HAYMON verlag

Franz Kabelka

Jemand anders

Kriminalroman

KULTUR LAND
OBERÖSTERREICH

Gedruckt mit freundlicher Unterstützung durch
die Direktion Kultur des Landes Oberösterreich.

Auflage:
4 3 2 1
2014 2013 2012 2011

HAYMON verlag
Innsbruck-Wien
www.haymonverlag.at

ISBN 978-3-85218-694-8

Umschlag- und Buchgestaltung, Satz:
hœretzeder grafische gestaltung, Scheffau/Tirol
Coverfoto: Haymon Verlag/Rebecca Dörner

Gedruckt auf umweltfreundlichem,
chlor- und säurefrei gebleichtem Papier.

Wie standen sie einem noch gegenüber,
selbst wenn man ihnen schon längst entlaufen war,
wenn es also längst nichts mehr zu fangen gab!
Wie setzten sie sich nicht, wie fielen sie nicht hin,
sondern sahen einen mit Blicken an, die noch immer,
wenn auch nur aus der Ferne, überzeugten!
Und ihre Mittel waren stets die gleichen:
Sie stellten sich vor uns hin, so breit sie konnten;
suchten uns abzuhalten von dort, wohin wir strebten;
bereiteten uns zum Ersatz eine Wohnung
in ihrer eigenen Brust, und bäumte sich endlich
das gesammelte Gefühl in uns auf, nahmen sie es
als Umarmung, in die sie sich warfen,
das Gesicht voran.

Franz Kafka:
Entlarvung eines Bauernfängers

Die Hölle, das ist die Unvorstellbarkeit des Gebets.

E. M. Cioran:
Die verfehlte Schöpfung

Alle Zitate am Beginn einzelner Kapitel stammen aus:
Rainer Maria Rilke: Geschichten vom lieben Gott
Prag, Vitalis 2007

Prolog

Er schaut hinauf zur knallgelben Plastikuhr, mit ihren stilisierten Frauenkörpern als Zeigern: fünf vor neun. Eigentlich sollte er schon längst in der Garderobe sein. Aber es macht ihm nichts aus, der Letzte im Studio zu sein, absolut nichts. Das Privileg nimmt er sich einfach heraus, und nicht zum ersten Mal. Selber schuld, Mädel, grinst er in sich hinein. Hättest was Ordentliches gelernt, dann könntest du dich jetzt mit deinem Lover vergnügen und müsstest nicht für mich da sein. Von wegen Kunde ist gleich König und so.

Die Kleine steht allein an der Theke, von ihm abgewendet und offenkundig damit beschäftigt, einen Shake zu mixen. Bereits seinen zweiten an diesem Abend, den für danach. Er hat ihn bestellt, indem er seinen Zeige- und Mittelfinger zu einem V spreizte. Das Victory-Zeichen. Es könnte auch für den Sieg über seinen inneren Schweinehund stehen.

Er freut sich schon auf die gelbliche Eiweißbombe. Aber vorher will er es sich noch einmal beweisen. Es sich ... Er braucht keine Zuseher dabei. Was hat er gemein mit diesen solariumgerösteten, öltriefenden Muskelprotzen, die selbstverliebt ihre Sixpacks in der Spiegelwand begaffen oder sich, lässig an ein Kraftgerät gelehnt, mit ihresgleichen über die neuesten anabolen Steroide am Markt austauschen. Die Tag für Tag in diesem Maschinenpark herumhängen, als ob es sonst nichts zu tun gäbe. Kretins, denkt er, hirnamputierte, bizepsstrotzende Kretins! Und jeder Dritte tätowiert, vom Arsch aufwärts. Mit kitschigen Blumengirlanden, chinesischen Schriftzeichen. Als wären sie allesamt Mitglieder einer asiatischen Gang. Eitelkeit, der Sinn ihres Lebens hier im *Vanity Fair* des einundzwanzigsten Jahrhunderts.

Nicht so bei ihm. Er kann auf Sixpack und pralle Oberschenkel ohne weiteres verzichten. Auch dass sein Bauchumfang trotz des eigens für ihn zusammengestellten Trainingsprogramms bisher nicht geringer geworden ist, kratzt ihn nicht: Meine Wampe gehört zu mir wie die fette Zigarre nach einem Viergangmenü; das Motto, das er jedem Stänkerer mit Wonne entgegenschleudert, am liebsten den passionierten Nichtrauchern. Und abgesehen davon: Selbst ein zwanzig Kilo leichterer Ranzen vermöchte ihn kaum mehr in einen Adonis zu verwandeln. Ob seine Alte es überhaupt bemerken würde? Adele, das frustrierte Adelchen, die Quartalquengelsuse mit ihren ewig klagenden, anklagenden Augen. Vor zehn Jahren hätte eine andere Figur vielleicht noch eine Rolle gespielt, aber jetzt ...

Was *sie* bemerkt, ist ihm mittlerweile so was von egal. Scheißegal!

Alsdann, murmelt er und bewegt sich langsam auf Nummer 12a zu. Es gibt daneben ein identisches Gerät, 12b, aber aus irgendeinem Grund hat er sich schon am ersten Tag für 12a entschieden. Seither wartet er, selbst wenn das Studio randvoll ist mit Leuten, lieber ab, bis seine Bank frei ist, als die andere zu benutzen. Seit drei Monaten trainiert er bereits darauf, hat allein auf 12a schon etliche Tonnen hochgestemmt, Bankdrücken ist eindeutig sein Ding im Kraftbereich. Vielleicht, weil da die Fortschritte am augenfälligsten sind. Wenn er zurückdenkt an die mageren vierzig Kilo, mit denen er begonnen hat! Jetzt hält er bei mehr als dem Doppelten. Und heute, heute Abend will er das erste Mal dreistellig werden.

Nur so für sich.

Ganz ohne Zeugen.

Er legt die Scheiben auf und streift das rote Badetuch mit seinen gestickten Insignien über die Bank. Dann lässt er sich vorsichtig darauf nieder. Der silberne, blitzende Stahl der Olympiahantel reflektiert einen der vielen Spots, was etwas blendet, aber ihn zugleich erfreut. Wahrlich, an der Hygiene und Sauberkeit in diesem Studio gibt es nichts zu bekritteln.

Die Musik aus dem Kopfhörer hüllt ihn ein. Bachs Suite Nr. 3 in D-Dur, BWV 1068 – Air. *Seine* Air! Es gibt nichts Friedlicheres als diesen grünen, breiten Strom, dieses wohlige Wallen. Bach eben. Im Grunde die einzige Musik, die er noch gelten lässt. Früher, in seiner Aktivzeit, hat er sich auch mit anderen großen Meistern herumgeschlagen: Schostakowitsch, Strawinsky, Martinů. Meinte, die slawische Seele für sich entdeckt zu haben, und fand sie inspirierender als jeden Mozart, jeden Schubert. Aber als er mit dreißig Bachs Air erstmals im Radio hörte (nein, nicht zum ersten Mal, aber zum ersten Mal richtig!), als dieses unglaubliche Wallen in D-Dur Besitz von ihm ergriff, wusste er, dass die Suche nun ein Ende hatte, dass er keine anderen Platten mehr in seinem Leben kaufen würde als neue Einspielungen dieses einen, zwischen fünf Minuten fünfzehn und fünf Minuten fünfundzwanzig Sekunden langen Stücks, je nachdem, ob ein Karajan es dirigierte oder ein Daniel Barenboim.

Ganz leise hat er die Lautstärke an seinem MP3-Player eingestellt, doch dank der perfekten Passform der tief in den Gehörgang gedrückten Knöpfe dringt kein Ton von außen zu ihm durch. Die Konservenmusik im Studio überlässt er gerne den geölten Sardinen. Er blickt hinüber zur Bar. Die Kleine hat sich ihm jetzt halb zugewandt und grinst, als sie seinen Blick bemerkt. Arm, denkt er, erbärmlich. Musst dir ein Lächeln abringen, obwohl du mich vermutlich ebenso wenig leiden kannst wie ich dich. Arme kleine Nutte! Erinnerst mich an irgendwen, aber eh kein Wunder: Eine Visage sieht hier aus wie die andere; allesamt überschminkte Larven, die einen dümmlich anglotzen. Am Ende seid ihr doch nichts als Nutten, die darauf warten, dass einer sie abholt, rausholt aus ihrer Auslage. Dafür wird in trendige Klamotten und teures Make-up investiert, um den Kunden mit einem sexy Wimpernklimpern die Energydrinks servieren zu können. Na ja, letztlich ist ein jeder seines Glückes Schmied.

Er grinst und führt seine Hände an die kalte Stange.

Die ideale Position innerhalb des geraffelten Bereichs zu finden, ist zentral. Er hat sich angewöhnt, die Langhantel ein wenig weiter außen zu umfassen, als Furat ihm gezeigt hat. So passt es besser für ihn, wegen seiner langen Arme. Einhundert Kilo, denkt er, okay, euer Tag ist gekommen!

Es hat gedauert, bis er Adeles Drängen nachgab und sich im Studio einschreiben ließ. Einer Laune folgend, beileibe nicht ihretwegen. Sie hatte ohnehin gleich wieder aufgehört, kaum dass er anfing. Weil sie den Karren als hoffnungslos verfahren betrachtete, mit Mann und Maus abgesoffen im Morast ihrer Ehe? Wie auch immer, das gemeinsame Herumhüpfen würde ihre Beziehung auch nicht mehr retten. Dachte er, dass sie dachte. Ihm war es nur recht gewesen. Schlimm genug, wenn einem Wildfremde beim Schnaufen und Schwitzen zusehen – was, bitte, soll es bringen, wenn die eigene Frau diesem Ausscheidungsvorgang beiwohnt? Sie, die dir im Bett schon längst nicht mehr *beiwohnt*. Die durch ihr Wegdrehen allabendlich zu erkennen gibt, wie unappetitlich sie alles an dir findet, wie ekelhaft …

Er schiebt die Gedanken beiseite und stößt ein Grunzen aus. Das ungewohnte Gewicht verlangt ihm alles ab. Sauber hochführen, erinnert er sich, und ausatmen, und pressen. Die Lichtreflexion auf der Stange ist noch stärker geworden, er spürt, wie seine Oberarme zu zittern beginnen. Er lässt die Langhantel wieder in die Halterung zurücksinken. Lauter als zuvor rauscht die klassische Musik durch seine Gehörgänge. Seine Schläfen pochen. Die Kleine drüben hält lächelnd den Eiweißshake in die Höhe, als wolle sie ihm zuprosten damit, dann verschwindet sie aus seinem Blickfeld. Meine Belohnung, denkt er, heute werde ich sie mir verdienen. Habe mir immer alles verdient in meinem Leben, nichts wird einem geschenkt, ohne Fleiß kein Preis. Eine kleine Pause, dann krallen sich seine Finger erneut um die Stange. Von unten sieht es aus, als würde sie sich krümmen, wie ein mächtiger Bogen, der gespannt wird. Welch ein Unsinn, rügt er sich, es gibt Typen hier, die drücken das doppelte Gewicht, und nie hat sich die stählerne Stange gekrümmt. Seine Unterlippe schmerzt, so fest beißen seine Schneidezähne darauf. Nicht verkrampfen, verkrampfen bringt gar nichts, das hat man ihnen immer wieder eingeschärft! Und fünf Kilo mehr können doch nicht so einen Unterschied ausmachen. Fünf lächerliche Kilo mehr. Im Augenwinkel nimmt er einen Schatten wahr, der sich über ihn beugt.

Mit einem Schlag ist die Musik wie weggeblasen. Ein unbändiges Brennen, dann wird alles weich und leicht.

Siehst du, es geht doch, frohlockt eine Stimme in ihm. Du hast gewusst, dass du es schaffst!

Von tief drinnen hört er ein garstiges Geräusch. Ein Knacken, das anschwillt zu einem unbändigen Lärm.

Passt überhaupt nicht zu Air, kann er noch denken, ehe er das Bewusstsein verliert.

27. Februar 2010

Als die Landschaft draußen rollender wird, buckliger, gerade so wie die Gegend, in die mich, ziemlich genau neun Monate nach einem Dorffeuerwehrball, Mama vor über sechs Jahrzehnten hineingeworfen hat, streift mich so etwas wie ein Hauch von Heimat. Aber ich lasse mich davon nicht beeindrucken. Oder verleugne ich jetzt nur wieder etwas, wie Petrus vor dem zweiten Hahnenschrei? Nein, nicht halb so biblisch: Ein Heimatloser bin ich gewesen, solange ich denken kann. Die Wandlinger Mundart – ich hab mich immer geweigert, das dumpfe Geseire in unserem Dorf mit einem so hehren Begriff wie Dialekt zu belegen – habe ich zwar erst mit achtzehn aufgegeben, in jenem euphorischen Herbst 1965, als ich auf die Uni nach Passau ging und von einem Tag auf den anderen ins hochsprachliche Lager wechselte, was man mir zuhause, wäre es bekannt geworden, als schlimmen Verrat ausgelegt hätte. Die wärmende Gemeinschaftsdecke aber, unter der sich meine Altersgenossen zusammenkuschelten wie eine Habichtsbrut, habe ich schon viel früher abgestreift. Habe bald gespürt, dass diese Decke gewoben ist aus Fäden des Neids, der Heimtücke, des Herumhackens auf Schwächeren. Unter der ausgeheckt wird, wer als Nächster an den Marterpfahl kommt. Und unter der man sich versteckt, wenn einem ein Stärkerer, der Rächer irgendeiner Missetat, auf den Fersen ist. Ich habe sie, die selbst ernannten *Ritter*, wegen dieser Decke immer verachtet, und zum Ausgleich verachteten sie mich. Weil ich mich allen Mutproben und Männlichkeitsbeweisen entzog. Weil ich mich immer rechtzeitig aus dem Staub machte, bevor ich in irgendetwas hineingeraten konnte.

Zum Beispiel, wenn sie ihre grandiosen Turniere ausfochten. *Schau wenigstens zu!* Ich schaute nicht zu. Eine

Bande von Rotzbuben bleibt eine Bande von Rotzbuben, auch wenn sie auf ritterlich macht. Was nach innen verbinden mag, grenzt nach außen umso schärfer ab. Das bekam man bei unseren Rittern jeden Tag auf das Unedelste vor Augen geführt. Demokratische Erwägungen waren wohl auch bei den echten Rittern nicht üblich, erst recht nicht bei den Raubrittern. Und als solche hätte man die kleine Dorfbande noch am ehesten bezeichnen können.

Anstatt hoch zu Ross kämpften Karli und Co. auf Drahteseln reitend, ausgestattet mit der neuen Torpedo-Dreigangnabenschaltung, Modell 415, ohne Rücktritt. Topmoderne und für damalige Verhältnisse sündteure Jugendräder waren es, die einem die eigenen Eltern nie und nimmer gekauft hätten. Am ehesten kam dafür der Firmpate in Frage. Erkundigte er sich unvorsichtigerweise bei seinem Schützling, was dieser sich denn als Geschenk zur Firmung wünsche, konnte man ja schon einmal vor der Auslage des Fahrradgeschäfts mit roten Ohren stehen bleiben und begehrlich darauf zeigen: auf das Objekt seiner Träume, funkelnd vor Schnittigkeit und Eleganz. Wurde einem Buben sein Traum erfüllt, erhöhte das den sozialen Druck auf jeden weiteren *Göd*. So kam es, dass sich auf der staubigen Dorfstraße von Wandling bald Grüppchen frisch gefirmter Zwölfjähriger auf ihren neuzeitlichen Kampfrössern versammelten, um in der Tradition mittelalterlicher Berittener aufeinander loszupreschen: die langen, hölzernen Wäschestangen eingelegt wie Lanzen, deren Spitzen sich beim Aufprall laut krachend in die gegnerischen Schilde bohrten, also in jene mit Phantasiewappen bemalten Obst- und Gemüsesteigen, welche man aus dem Kistendepot der Dorfgreißlerin geklaut hatte. Diesbezüglich gab es nie Nachschubprobleme.

Zerdroschene Holzsteigen, aufgeschürfte Knie und verbogene Räder als Beweis für Mut und Männlichkeit –

mit solch rabiaten Ritualen wollte ich nichts zu tun haben. Kein Wunder, dass sie mich zum bevorzugten Opfer für ihre Spielchen auserkoren. Die fünf Stunden am Marterpfahl, alleine im Wald unter Myriaden von Gelsen, werde ich nie vergessen.

*

Was man von den letzten paar Wochen nicht eben behaupten kann. Dabei ist *vergessen* gar nicht der richtige Ausdruck.

Gelöscht käme der Sache schon näher.

Ich orte mein Gesicht im Spiegel des verschmierten Fensterglases, der Kragen meines weißen Rollkragenpullis hebt sich scharf ab vom diffusen Rest, wie das Kollar eines Priesters. Ich lehne mich zurück. Komfortabel sind sie geworden, die neuen Garnituren! Wenn ich das vergleiche mit jenen bockigen Bänken, auf denen man nicht wusste, wohin mit den Beinen. Fahrende Folterbänke mit dunkelgrünen Kunststoffbezügen, schmierig von Schweiß und Dreck. Und am nächsten Tag warst du unter Garantie gesegnet mit einer rotzigen Nase und einem belegten Hals, es musste ja immer so ein Idiot das Fenster aufreißen bei voller Fahrt. Hättest du etwas gesagt deswegen, sie hätten dir höchstens eine Ohrfeige angetragen.

Aber das ist natürlich schon lange her. Eine kleine Ewigkeit.

Egal, wie die Leute über das heimische Bahnsystem herziehen: Es war richtig, Reginas Angebot, mich mit dem Wagen abzuholen, auszuschlagen. Ich möchte die Gelegenheit nutzen und wieder mal mit dem Zug fahren, habe ich erklärt und alle Einwände, es könnte auf der langen Fahrt Probleme mit der Wunde geben, beiseite gewischt.

„Bin ja nicht aus der Welt. Und für den Fall des Falles hab ich ja noch das neue Tratschophon!“

Ihr tolles Geschenk. Innerhalb kürzester Zeit ist schon wieder ein neues Handy fällig geworden, weil das andere beim Unfall verloren ging. Irgendwo in der Nähe der Sautränke werden jetzt die Ameisen damit spielen. Oder hat es sich einer meiner Retter unter den Nagel gerissen? Jedenfalls hat Regina mir die schwarz glänzende Wunderdose gleich bei ihrem ersten Besuch im Krankenhaus mitgebracht. In Goldfolie verpackt, als hätte ich einen runden Geburtstag.

„Ein Android“, schwärmte sie. „Voll smart. Das spielt noch etliche Stückln mehr als das vorige. Sogar ein Navi hast du da drauf. Damit du mir nicht mehr verloren gehst.“

Schon wie sie es mir in die Hand drückte und darauf bestand, das Paket sofort aufzumachen, verriet: Sie hatte an dem teuren Ding weit mehr Freude als ich. Erst das dritte Mobiltelefon meines Lebens, aber bereits das zweite innerhalb weniger Wochen. Bis vor kurzem war ich noch mit dem großen, schweren Ericsson unterwegs gewesen. Bin immer gut gefahren damit, auch wenn es, zugegeben, mit seiner Haifischflosse ein wenig vorsintflutlich gewirkt hat. Regina konnte es nicht ausstehen, sie nannte es *altvaterisch*. Altvaterisch, das ist überhaupt ihr Lieblingswort, wenn es um mein Verhältnis zu technischem Krimskrams geht. Wieso regst du dich auf, sagte ich, bei Handtaschen stehst du doch auch auf Retrolook? Nach Retro aussehen und altvaterisch sein ist nun einmal nicht dasselbe, meinte sie. Weibliche Logik! Sicher, das Ericsson war zu nichts anderem zu gebrauchen als zum Telefonieren, und vielleicht noch als Waffe. Was hast du gegen meinen Totschläger?, habe ich gescherzt und dabei mit der massiven Gummischale auf den Tisch geklopft, so wie man auf Holz klopft, um das Schicksal zu seinen Gunsten zu beeinflussen. Warum etwas wegwerfen, solange es funktioniert? Außerdem hatte das Gewicht des Ericsson einen im Alter nicht zu unterschätzenden Vorteil: Ich fand es auf der Stelle, egal, in welch verborgener Tasche es auch stecken mochte. Ein SMS darauf zu schreiben, kostete allerdings Nerven, so träge, wie die Tasten reagierten. Aber wozu überhaupt SMS schreiben? Um alle paar Sekunden bekannt zu geben, wo ich mich gerade befinde, wie die Halbwüchsigen heutzutage? Also bitte! Und geschäftliche Dinge lassen sich telefonisch ohnehin effizienter erledigen; oder, wenn es unbedingt schriftlich sein muss, per Mail. Mit dem Eineinhalbfingersuchsystem, wie Regina meine Schreibmethode nennt. Was auch zutrifft: Seit ich beim Holzhacken ein Glied meines rechten Zeigefingers eingebüßt habe, fuhrwerke ich auf der Tastatur noch tollpatschiger herum als zuvor. Und auf jemanden mit dem Finger zeigen geht schon gar nicht mehr. Das sähe einfach lächerlich aus.

Wahrscheinlich hat sie sich insgeheim für mich geschämt; jedenfalls wurde ich ständig von ihr bekniet: So leiste dir doch endlich einmal ein neues! Ich blieb hart. Wie gesagt, es war keine Frage der Kosten. Bis der Akku urplötzlich den Geist aufgab und ich keinen Ersatz dafür fand. Ihr Modell ist seit der Jahrtausendwende nicht mehr auf dem Markt, sagte der geschniegelte Verkäufer im Elektronikfachgeschäft und schenkte mir ein mitleidiges Lächeln. Mich wurmte sein Grinsen, irgendwie nahm ich es persönlich. Aber letztlich beugte ich mich der Kraft des Faktischen.

Regina hat mich während all der Wochen nur drei Mal besuchen dürfen, nicht öfter, darauf habe ich bestanden. Irgendwer muss die Dinge in meiner Abwesenheit doch am Laufen halten, habe ich gesagt. Wobei wir natürlich beide wussten, dass das ein schwachbrüstiges Argument war. Sie schaukelt die Dinge, ob ich anwesend bin oder nicht, ich habe längst akzeptiert, dass sie im Studio die

Hosen anhat. Meine Tätigkeit beschränkt sich auf die Aufnahme der Anamnese bei den neuen Kunden und auf die Pflege der Kontakte bei den alten. Auf Small Talk und aufmunternde Blicke. Vor allem bei der Buchhaltung wäre ich ohne sie aufgeschmissen, obwohl sie, die ehemalige Krankenschwester, sich das alles selbst beigebracht hat. Aber auch sonst hat in geschäftlichen Dingen eindeutig sie das Sagen, ich streite es gar nicht ab. Da kann ich pro forma noch so lange dagegenreden. Am Ende setzt sie doch ihren Schädel durch. Regina, die Königin.

Immerhin ist sie *meine* Königin.

Natürlich ist sie nicht mit der Bahn auf Besuch gekommen, sondern in ihrem neuen Lieblingsspielzeug, dem roten Mégane Coupé-Cabriolet. In Anbetracht der Jahreszeit natürlich mit geschlossenem Verdeck. Obwohl: Bei ein bisschen Föhn hätte sie es selbst im Februar geöffnet. Wozu brauche ich ein Cabrio, wenn ich nicht den Himmel sehen kann? Das ist ihre Philosophie. Wie sie es schafft, trotz strammer Zugluft nie einen steifen Nacken zu bekommen, ist mir schleierhaft. Sie fährt selbst im Spätherbst, wenn andere sich schon beim Spazierengehen einen dicken Schal um den Hals werfen, oben ohne, in ihrer Diktion. Ich interessierte mich keinen Deut für schnittige Autos. Aber weil sie so darauf abfährt, habe ich ihr das Cabrio eben letzten Frühling gekauft, ein Geschenk zu ihrem Fünfundfünfziger. Alles neu macht der Mai, habe ich geträllert und ihr den Schlüssel in die Hand gedrückt. Sie war wirklich baff. Vielleicht gerade deshalb, weil sie meine Meinung zu Luxusgütern kennt, zu *Glumpert* aller Art. Und weil keiner besser weiß als sie, wie es um unsere Finanzen bestellt ist. Ein wahrer Liebesbeweis!, haben ihre Augen gestaunt. Ich habe es nicht für nötig befunden, sie diesbezüglich zu korrigieren.

Liebe, mein Gott, Liebe ...

Ein großes Wort, ein allzu großes. Eines, das sich schon lange nicht mehr in meinem Wortschatz findet.

Freilich, man verträgt sich, nach einem Dutzend Jahren haben wir einander noch immer gern. Das ist doch mehr, als man anfangs erwarten durfte, oder? Der Expater und die Exkrankenschwester, die sich nach einiger Zeit nicht nur die Arbeit, sondern auch das Bett teilen. Wenige Höhepunkte, dafür auch kaum Krisen. Zu hässlichen Streitereien kommt es so gut wie nie, und im Zweifelsfall bin eh ich es, der nachgibt. Wie gesagt.

Ein bisschen bewundere ich es ja, wie sie alles zu regeln versteht. Die Regina ist einfach praktisch veranlagt – das sagt ein jeder über sie. Als ob das so einfach wäre! Ich würde mir gern eine Scheibe von ihrem OT abschneiden, OT wie Organisationstalent. Oder wie Operierender Thetan. Nicht, dass sie etwas mit diesen Scientologen am Hut hätte; aber wenn einer wissen will, was geistige Klarheit in der Praxis bedeutet, braucht er Regina nur beim Organisieren zusehen. Was immer sie anpackt, es gelingt ihr: ob Internetauftritt oder Firmenfeier, ob Umstrukturierung des Studios oder Neugestaltung unserer Dachterrasse. Kochen und Haushalt laufen bei ihr so nebenher. Sie ist es gewesen, die die neue Werbelinie zur Kundenakquirierung entworfen und durchgezogen hat; und sie war es, die, gegen meinen anhaltenden Widerstand, auf der Anschaffung der kostspieligen Kabelzugwand bestand. Der Erfolg, ich muss es eingestehen, gibt ihr zumeist recht. Sie hat einfach ein glückliches Händchen.

Apropos. *Da haben wir aber noch einmal Glück gehabt, Edgar!* Das ist das Erste gewesen, was ich im Spital von ihr zu hören bekam. Es hat mehr wie ein Vorwurf geklungen als wie ein Trost. Vor allem das *Wir*! Das nächste Mal überlegst' es dir bitte dreimal, ob du mir so was antust, sollte das wohl heißen.

Als ob ich den Unfall ausgeheckt hätte, um ihr etwas zufleiß zu tun! Ein paar Mal hat sie wiederholt, was für ein Riesenschwein wir gehabt haben, und ihre Augen sind ein bisserl feucht geworden. Dann hab ich einen Schmatz auf die Wange gekriegt, das weiß ich genau, obwohl ich zu dem Zeitpunkt noch ziemlich verwirrt gewesen bin, so vollgepumpt wie ich war mit Infusionen und Schmerzhämmern. Wir küssen einander ja selten, schon gar nicht in der Öffentlichkeit. Und mitten im Krankenzimmer abgeschmust zu werden, das ist doch so gut wie öffentlich, nicht wahr, auch wenn die Krankenschwester gleich die Tür hinter sich zumacht und der Bettnachbar friedlich schnarcht neben dir.

Sie hat mich gelöchert mit Fragen. Ob ich mich noch an den Unfallhergang erinnern könne, wie lange genau mein Blackout zurückreiche und dergleichen. Testete mein Gedächtnis, als wäre sie die rechte Hand von Dr. Sellner. „Weißt du noch, was wir an *dem* Tag gemacht haben? Und an *dem*?“

Ich war direkt froh, als sie wieder ging.

*

Woher hätte ich wissen sollen, was sich abgespielt hat, droben im Wald? Wie es dazu kam, dass mein Kopf im Sturm von einem fliegenden Ast getroffen wurde und in der Folge auf einem granitenen Felsbrocken bruchlandete; einem Findling, der sich als eindeutig härter erwies als meine Birne und tief drinnen einen Kahlschlag verursachte, eine satte Lücke von drei Wochen! Als Ausgleich dafür hat sich etwas bisher völlig Unbekanntes in meinem Schädel breitgemacht: massive Kopfschmerzen nämlich! Ein Schmerz ist das, in dem sich das Elend der ganzen Welt zu verdichten scheint. Einmal sticht und schneidet es, dann wieder reißt und zerrt es von innen her, eine unsägliche Mischkulanz. Und es ist kein Kraut gewachsen dagegen, so viele Tabletten du auch schluckst. Man spürt diesen Schmerz nicht bloß, man *ist in ihm*.

Du wirst selber zum Weh, wie der Wiener sagt.

Natürlich ist es nicht schlau gewesen, bei Sturmwarnung im Wald herumzulaufen, noch dazu in der Dämmerung. Ich habe nicht den Funken einer Ahnung, was mich am 28. Jänner überhaupt auf den Föhrenbühel getrieben hat, bin ja bei Gott kein großer Wanderer. Allenfalls lasse ich mich von Regina zu einem Spaziergang in Richtung Grüner Baum überreden. Weil dem Habringer sein Bratl und das offene Hirter Bier sind einfach unschlagbar.

Aber so wie es aussieht, war ich an diesem verdammten Nachmittag allein unterwegs, mausallein. Ohne ein Bratl im Bauch, und mindestens drei Kilometer Luftlinie entfernt vom Habringer.

Beim Findling droben neben der Sautränke haben sie dich gefunden.

Tja, Schwein gehabt, Edgar!

Etwas ist mir aus der Tasche gerutscht, ich hebe es auf: eine zusammengeknüllte Seite aus der Lokalzeitung. Ach ja, genau: der Artikel, den mir Regina bei ihrem zweiten Besuch auf die Tuchent gelegt hat.

„Jetzt hast du's auf deine alten Tage doch noch auf die Titelseite geschafft." Sie sagte es ohne jede Ironie. „Leider nur anonym."

„Na toll", knurrte ich, „werd's mir einrahmen und aufhängen. Auf dem Klo."

Unwetter ziehen Spur der Verwüstung durch Österreich

Für die Jahreszeit untypische Unwetter haben am Donnerstagabend und in der Nacht auf Freitag in weiten Teilen Österreichs schwere Schäden angerichtet, Tausende Feuerwehrleute waren im Einsatz. In Oberösterreich wurde ein Mann bei einem Waldspaziergang vermutlich von einem herabstürzenden Ast getroffen und lebensgefährlich verletzt. Der 62-Jährige erlitt eine schwere Schädelverletzung. Derzeit wird er auf der Intensivstation des Linzer Unfallkrankenhauses behandelt. Nach Aussagen der Ärzte sei der Mann bereits außer Lebensgefahr, habe aber durch den Unfall einen massiven Gedächtnisverlust erlitten.

Der Zweiundsechzigjährige, das bin ich. Wenigstens steht kein Name dabei, auch Treibern wird in dem Artikel nicht erwähnt. Ich lege keinerlei Wert darauf, von Krethi und Plethi darauf angequatscht zu werden. Nicht so Regina. Wenn es nach ihr gegangen wäre, hätte sie die Reporterin, die im Krankenhaus aufkreuzte, sofort ein Foto von mir mit weißem Turban machen lassen.

„Was glaubst', was das für eine Werbung gewesen wäre für unser Studio!"

„Schöne Werbung: Chef des New Life halb tot auf der Intensivstation!", habe ich geknurrt.

„Hauptsache, man hätte dich erkannt. Bad news are good news, Edgar, wie oft muss ich dir das noch erklären!"

Meine Holde und ihre Weisheiten! Aber das Thema hatte sich zu dem Zeitpunkt eh bereits erledigt gehabt. Die Pressetante ist von Agnes, der rotbäckigen, pummeligen Stationsschwester, ohne viel Federlesen hinausgeworfen worden. Ich darf nicht vergessen, Schwester Agnes dafür eine große Schachtel Pralinen zukommen zu lassen.

Als ich Regina das erste Mal danach fragte, wie man mich gefunden habe, klang ihre Antwort etwas verworren. Oder war *ich* durcheinander? Bei ihrem nächsten Besuch redeten wir noch einmal darüber, jetzt konnte ich ihr besser folgen. Offenbar hatte ich sie schwer verletzt angerufen, worauf sie sofort die Notrufzentrale kontaktierte und den Burschen vom Roten Kreuz sagte, wo in etwa ich liegen würde. Droben bei der Sautränke hätten sie mich dann gefunden. Bewusstlos und mit angeknacktem Schädel.

„Haben die mich geortet, oder was?“

„Quatsch. Wie hätte man dich orten sollen?“

„Über das Handy natürlich.“

„Wann hast du es schon eingeschaltet!“

„An dem Tag offenbar doch. Sonst hätte ich dich kaum anrufen können.“

Sie wiegte den Kopf hin und her. „Ich kann mir nicht vorstellen, dass man ein Handy so einfach anpeilen kann. Ist ja kein Lawinenpiepser, das Ding.“

„Und ich bin auch nicht in eine Lawine geraten, nicht wahr?“

Sie sah mich verdutzt an, ehe sie in ein penetrantes Gelächter ausbrach. Ich musste sofort an den alten Haflinger von Onkel Gerhard denken. Der wieherte in derselben Tonlage, was überhaupt nicht zu seiner massigen Statur passte.

Ob ich wirklich so knapp am Abgrund vorbeigeschrammt bin? Jedenfalls hat sie, die immerzu Kontrollierte, die Obercoole, für ein paar Augenblicke ziemlich aus dem Häuschen gewirkt.

SHT wie Schweres Schädel-Hirn-Trauma, retrograde Amnesie, Glasgow-Koma-Skala ... Mit solchen Begriffen durfte ich mich in den vergangenen Wochen auseinandersetzen. Wenn der Frontallappen mit einem Felsbrocken auf Kollisionskurs geht, hat halt meist Ersterer das Nachsehen, hatte Oberarzt Sellner gewitzelt. Für seine Art von Humor brauchst du einen eigenen Draht.

Statistisch gesehen gehöre ich zu jenen vierzehn Prozent, deren Schädel-Hirn-Trauma von einem Freizeitunfall rührt. Die Opfer von Verkehrsunfällen hätten, was die Mortalitätsrate anlangt, deutlich die Nase vorn.

„Haben Sie gewusst, dass SHT bei Erwachsenen vor dem vierzigsten Lebensjahr hierzulande die häufigste Todesursache darstellt? Na ja, in dieser Altersgruppe ist man halt noch dynamischer unterwegs."

Ich habe sein Grinsen als einen zarten Anflug von Selbstironie interpretiert. Immerhin weiß ich von Schwester Agnes, wie gerne er in seinem weißen Porsche durch die Gegend donnert.

„Rein statistisch betrachtet haben Sie demnach aufgrund Ihres Alters wenig zu befürchten ..."

Es sollte wohl als Trost gemeint sein, aber es war ein Trost von der Art, dass man sich wenigstens nicht mehr so leicht mit AIDS infizieren könne, wenn man erst einmal impotent sei.

Am seltensten sind offenbar Gewalttaten die Ursache für eine solche Verletzung: lächerliche 1,2 Prozent. Sellners Ergüsse halfen mir wenig. Mich beschäftigte vorrangig, ob sich die Erinnerungslücke von ca. drei Wochen, die in meinem Hirn klaffte, jemals wieder schließen würde.

„Schwer zu sagen, wenn nicht überhaupt unmöglich", meinte dazu der Oberarzt, „eine seriöse Prognose nämlich. Schon gar nicht in atypischen Fällen wie dem Ihren. Einerseits waren Sie höchstens eine Stunde lang ohne Bewusstsein, andererseits weisen Sie eine überdurchschnittlich große Erinnerungslücke auf für ein mittelschweres SHT. Zum Glück dürften sich Ihre bewusstseinsmäßigen Defizite auf diese retrograde Amnesie beschränken. Subjektiv schlimm, sicher; aber angesichts dessen, was wir im Leben sonst so alles vergessen, würde ich diese eine Lücke nicht überbewerten."

Womit er wohl recht hat, der kauzige Herr Doktor.

Schon vor dem Unfall sind meine Gedanken immer öfter ums eigene Denken gekreist, genauer um die Defizite, die sich beim Denken im Alter zunehmend einstellen. Früher hab ich mich im Fall des Falles – eines Ausfalls, sollte ich wohl eher sagen – mit einem selbstironischen Witzchen darüber hinweggerettet nach dem Strickmuster: Solange du deine Vergesslichkeit noch mitkriegst, hält sich die Verkalkung ja in Grenzen.

Unterhält sich ein altes Ehepaar über die Zukunft:

„Bring mir ein Sträußchen Maiglöckchen, wenn es soweit ist", sagt er. „Dann weiß ich, was ich zu tun habe."

„Maiglöckchen?", fragt sie. „Was willst du mit Maiglöckchen?"

„Sie essen, natürlich! Ein Strauß dürfte reichen."

Seit ich den Sechziger, diese elende Schwelle, überschritten habe, fällt es mir immer schwerer, einen lockeren Spruch zu finden, um peinliche Ausfälle zu übertünchen. Überhaupt: Flotte Sprüche, die waren immer schon mehr *ihre* Domäne.

So wie unser neuer Slogan. Ist natürlich auch auf Reginas Mist gewachsen:

Wollten Sie schon einmal jemand anders sein? Freier, frischer, fitter? Dann kommen Sie ins New Life. Ein neues Leben erwartet auch Sie!

Ich habe sofort an Easy Rider denken müssen; das Road Movie, das ich in den späten Neunzigerjahren zum ersten Mal sah. 1969, bei seinem Erscheinen, hätten mich keine zehn Pferde ins Kino gebracht. Nicht wegen eines Films über Hippies.

Wolltest du schon mal jemand anders sein?, fragt Fonda. *Mickey Mouse wäre nicht schlecht,* lautet Hoppers Antwort.

Der Spruch passt perfekt zu den beiden bekifften Streunern, wie sie plan- und ziellos durch die Welt schweben auf ihren bunten Harleys, die Köpfe in psychedelischen Wolken. Nie werde ich kapieren, was einem Drogen und Motorradfahren geben können. Andererseits: Wenn ich meinen eigenen Trip Revue passieren lasse, muss ich zugeben: Es braucht kein Gift und keine schweren Maschinen, um ähnlich beschissen zu enden wie die beiden Asphaltcowboys; sie sind auf einer staubigen Überlandstraße des mittleren Westens zerschellt – ich auf einer Via Dolorosa, die doch mein Königsweg hätte werden sollen.

Komm, werd' nicht sentimental ... *Ein neues Leben erwartet auch dich!*

Der erfolgreichste Ticker, den wir jemals auf unserer Studio-Homepage hatten. Regina führt eine Liste, auf der sie alle Komplimente zu ihrem famosen Werbespruch einträgt. Ein anderer oder eine andere zu werden, das kommt an. Sogar im New-Life-Blog wird der Text des Langen und Breiten diskutiert, wie alles, was trendy ist. Wie alle Arten von *Lösungen.* Das Wort Lösung wird auf unserer Website mit Abstand am häufigsten verwendet. Metabolic Screening zählt ebenso dazu wie der Slim-Belly-Bauchspeckkiller oder Slim Back & Legs, der Zellulitiskiller. Lösungen werden ferner angeboten für die heikle Frage, welches Outfit für welchen der diversen Kurse angesagt ist. Man kann doch für Spinning und Aerobic unmöglich dieselben Klamotten tragen! Mitunter wird einem im Blog sogar – wenn auch leicht verschlüsselt – verraten, wie man am besten an die kleinen Helferlein rankommt, die das Muskelwachstum so überirdisch ankurbeln. Last, not least der endlose Beziehungstratsch, das ewige Wer-wann-wo-mit-wem-Spiel. Unglaublich, womit die Leute ihre Zeit verplempern. Aber Regina kann sich darüber freuen wie ein kleines Kind. Für sie ist jede Art von Feedback willkommen, was sage ich: *zentral*. Der nichtigste Furz.

„Du hast gar keine Ahnung", versichert sie mir bei jeder sich bietenden Gelegenheit, „wie zentral Feedback ist. Kundenbindung, Edgar, Corporate Identity! Wie, glaubst du, hätten wir das letzte Jahr sonst überstanden, trotz der neuen Geräte?"

Was heißt *trotz*? Eben darum, genau wegen deiner sauteuren Anschaffungen, sind wir ja erst finanziell ins Schleudern geraten! Doch ich spreche es nicht aus. Hebe nur die Handflächen in die Höhe. Wie ein Priester, oder wie ein Soldat, der sich ergibt: Pax, Friede. Ich will ja nicht mit ihr streiten; will ihr die Freude, das Engagement nicht rauben.

Ihr Schmollmund zeigt mir, dass meine Demutsgeste sie erst recht ärgert.

Weil diese Geste nicht aufrichtig demütig ist?

Und wieso kommt mir dabei der Rex in den Sinn?

*

Ich würde jetzt gerne eine Zigarette rauchen. Aber das ist mittlerweile selbst in Regionalzügen verboten. Im Krankenhaus und in der Rehaklinik sowieso.

Mit dem Rauchen habe ich beinahe so spät angefangen wie mit dem Sex. Ich bin eben in vielerlei Hinsicht ein Spätberufener. Nur die *eine* Berufung, die schon mit achtzehn in mir brannte und die ich für die einzig wahre hielt, ist längst passé ...

Was man von den Kopfschmerzen nicht sagen kann! Ich hätte mich besser doch abholen lassen sollen. Aber vielleicht hilft ja ein bisschen Chopin oder Mozart. Wo habe ich nur das neue Handy hingesteckt? So etwas Smartes hat bestimmt auch ein Radio eingebaut.

Ich finde es dort, wo ich ganz sicher noch nie ein Handy verstaut habe: in der Brusttasche meines Sakkos. Verblöde ich langsam? Ich drücke den grünen Knopf, tippe auf dem Display herum. Meine Finger finden sich wie von selber zurecht, dabei habe ich das Ding noch nie verwendet. Intuitive Benutzeroberfläche, so nennt man das wohl. Oder das Gerät funktioniert schlicht und einfach ähnlich wie das vorige, das beim Unfall verloren ging. Von seinen zig Funktionen hatte ich nur wenige genutzt, mit Radio und Sprachaufnahme war ich immerhin vertraut. Ich stecke die Kopfhörer an, die gleichzeitig als Antenne dienen. Ein gutes Dutzend UKW-Sender stöbert der Suchlauf auf, durchwegs Dosenmusik, die meinem angeschlagenen Hirn nicht zuzumuten ist. Eine sonore Männerstimme hebt sich angenehm vom allgegenwärtigen Gequassel der Musiksender ab: das Ö1-Mittagsjournal. Schön, dann lasse ich mich eben von den Nachrichten berieseln, in den letzten Wochen habe ich ohnehin kaum etwas mitgekriegt vom Weltgeschehen. Fernseher und Zeitungen waren für SHT-Patienten nicht vorgesehen.

Der Prozess der Gedächtnislücken, verkündet der Moderator. Ich drücke auf den Lautstärkeregler. Gedächtnislücken – das klingt irgendwie vertraut …

Die Rede ist von der neuesten Runde im Gerichtsverfahren gegen den mutmaßlichen NS-Schergen John Demjanjuk.

Demjanjuk ist angeklagt, im Sommer 1943 als Wachmann in Sobibor beim Mord an 27.900 Juden geholfen zu haben. Er hatte bislang bestritten, je für die SS als KZ-Wachmann gearbeitet zu haben, und schweigt seit Prozessbeginn. Die

Anklage stützt sich auf seinen von der SS ausgestellten Dienstausweis sowie auf Verlegungslisten und Waffenbücher des Ausbildungslagers Trawniki und der Lager Sobibor und Flossenbürg von 1943 bis 1945.

In der heutigen Verhandlung sagte der ehemalige Weggefährte Alex Nagorny gegen seinen Landsmann aus. Der Zeuge will den wegen Beihilfe zum Massenmord angeklagten John Demjanjuk auf Fotos als KZ-Wachmann wiedererkannt haben. „Der Kamerad Demjanjuk hat zusammen mit mir als bewaffneter Wachmann im Konzentrationslager Flossenbürg gedient", erklärte der 93-jährige Alex Nagorny vor dem Münchner Schwurgericht. „Der war da Wachmann. Er hat dasselbe gemacht wie ich", sagte der gebürtige Ukrainer. Vom Vernichtungslager Sobibor dagegen sei ihm nichts bekannt, und er habe mit Demjanjuk auch nie darüber gesprochen: „Ich war nicht da. Das sagt mir gar nichts."

Die Szene im Gerichtssaal hatte etwas Groteskes an sich. Der 89-jährige Angeklagte war, bekleidet mit einem grünen Parka, auf einem Bett hereingetragen worden. Auch als er auf Anordnung des Richters seine Sonnenbrille abnehmen musste, erkannte ihn der Zeuge nicht. „Keine Ähnlichkeit", sagte der 93-jährige Nagorny.

Der Zeuge berichtete, er sei in Trawniki von der SS ausgebildet worden, aber Demjanjuk habe er erst in Flossenbürg kennengelernt. Als Wachmänner seien sie mit Maschinengewehren und italienischen Karabinern bewaffnet gewesen. In der Freizeit seien sie in eine Wirtschaft in der Nähe des Lagers zum Biertrinken gegangen. Von Flossenbürg seien sie kurz vor Kriegsende zusammen zur Wlassow-Armee abkommandiert worden, später hätten sie dann zusammen in Landshut gewohnt. Demjanjuk habe schließlich geheiratet und sei nach Amerika ausgewandert, er selbst habe dagegen kein Visum bekommen, sagte Nagorny. Erst als Demjanjuk als vermeintlicher „Iwan der Schreckliche“ 1988 in Jerusalem zum Tode verurteilt wurde, habe er wieder von ihm gehört. „Jetzt habe ich ihn nicht erkannt. Aber im Fernsehen hab ich ihn damals erkannt“, sagte Nagorny.

Voraussichtlich werde der Prozess weit länger dauern als geplant, merkt der Moderator an, das Landgericht habe bereits Verhandlungstermine bis zum 13. September festgelegt. Es folgt ein Interview mit dem mir unbekannten, aber offensichtlich renommierten Historiker Manser zu den Besonderheiten dieses Gerichtsverfahrens. Manser schießt sich auf die bisher zutage getretenen Probleme und Peinlichkeiten ein.

Nagorny ist der Einzige im Prozess, der sich persönlich an den in der Ukraine als „Iwan“ geborenen John Demjanjuk erinnern kann. Doch die Erinnerung daran, was vor fast 70 Jahren im Zweiten Weltkrieg passiert ist, verlässt den 93-Jährigen immer wieder. Eine andere Schwachstelle: Alle, die bisher als Zeugen aussagten, konnten zwar von den Zuständen im Vernichtungslager Sobibor berichten; davon, wie Transportzüge, auch Kindertransporte, ankamen und von Trawnikis bewacht wurden. Doch an einen Wächter namens Demjanjuk kann sich niemand erinnern.

All dies, erklärt Manser, könne durchaus dazu führen, dass der Prozess für den Vertreter der Anklage in einem veritablen Flop endet. Und damit der Sache der KZ-Opfer natürlich einen Bärendienst erweist.

Meine Nase reibt am kalten Glas. Der Zug durchquert bereits die Aulandschaft nördlich von Treibern. Ein gefiedertes Etwas stiebt aus der Wiese auf, aufgescheucht vom vorbeidonnernden Zug, schon ist es wieder aus meinem Blickfeld verschwunden.

Ein Fasan!

Wann habe ich den letzten frei fliegenden Fasan in dieser Gegend gesehen? Gelten sie nicht längst als ausgestorben – wie jene Herren, von denen man jetzt einen aufs Bett geschnallt in den Gerichtssaal tragen muss? Irgendetwas irritiert mich an der Geschichte, versetzt mich in eine unerklärliche Unruhe. Mein Schädel dröhnt immer noch. Ich schalte das Handy aus, stecke es zurück in die Brusttasche.

Liegt es an den fatalistischen Kommentaren des Historikers, an seiner heftigen Kritik am Staatsanwalt und dessen mangelhafter Vorbereitung auf diesen vielleicht letzten Kriegsverbrecherprozess, der anno 2010, fünfundsechzig Jahre nach Kriegsende, in Deutschland gegen einen Greis angestrengt wird? Aber was sollte mich daran so berühren? Die meisten dieser Verfahren haben immer schon mehr oder minder kläglich geendet, mit halbseidenen Freisprüchen oder ebenso unbefriedigenden Verurteilungen. Unsäglich, gewiss – aber was zum Henker geht mich das an?

Ostern 2009

Ein Serientraum. Jedes Mal, wenn Bell danach erwacht, hat er das Gefühl, als hätte ihn jemand geimpft.

Kann man dir einen Traum einimpfen? Immer den gleichen Traum, mit minimalen Abwandlungen?

Natürlich hat er seiner Alten nichts davon erzählt. Wie er aus heiterem Himmel seine gesamten Ersparnisse abhebt und damit verschwindet, auf eine griechische oder spanische Insel, es spielt keine Rolle, Hauptsache weg, weit weg von ihr. Er, der sonst immer glatt Rasierte, trägt jetzt einen Rauschebart und langes, zu einem Pferdeschwanz gebundenes Haar, staubig seine Kutte, seine Sandalen. Hoch droben im Felsenkloster führt er ein beschauliches Leben, nur selten zieht es ihn hinunter zum Dorfplatz, um einen süßen Espresso zu schlürfen und den Hund zu streicheln, der an seinen Zehen leckt. Da sieht er *sie*, über den Platz tanzend, sie tanzt mit einem gertenschlanken, schwarz gelockten Griechen oder Spanier, was spielt es für eine Rolle, tanzt mit hüpfenden Brüsten und schwingenden Hüften, und er weiß, er muss diesen Kerl töten, es geht nicht an, dass einer mit seiner Frau tanzt, auch wenn er sie schon vor ewigen Zeiten verlassen hat; und er nimmt Anlauf, stößt den Kerl von hinten in eine Bodenspalte, die sich im selben Moment öffnet; und seine Frau glaubt, dass sie wieder verlassen wurde, sie sucht nicht einmal nach ihrem Liebhaber; und jetzt erst erkennt sie ihn, den Mönch, den stillen Einsiedler mit der staubigen Kutte, und sie findet ihn auf einmal sexy, verführerisch, und sie lieben sich, in seiner kargen Klosterzelle lieben sie sich auf der harten Pritsche, und er hasst sie dafür, dass sie ihn nur deshalb begehrenswert findet, weil er ihren Liebhaber umgebracht hat, und er erschlägt auch sie, und jetzt ist er endlich ganz ruhig und ganz bei sich.

Mit zwei Bockbieren zu viel im Bauch kommt er nach Hause. Sie steht am Bügelbrett, der Fernseher läuft ohne Ton.

„Wo warst du den ganzen Tag? Immerhin haben wir heute Ostersonntag!"

Vorwürfe, blödsinnige Vorwürfe wie immer! Dabei weiß er, dass sie seine Antwort nicht einmal interessiert.

„Ja eh", sagt er. „Es hat halt ein Problem gegeben."

Sie drückt auf den Dampfknopf. Heiße Schwaden zischen über das Brett.

„Ein Problem mit der Auferstehung", fügt er hinzu.

Jetzt wird sie doch ein bisschen neugierig, stellt das Bügeleisen ab. „Mit welcher Auferstehung?"

Mit der Auferstehung des Fleisches, denkt er. Der Lust. Unserer Lust.

„Vergiss es. Ich bin müde, ich leg mich hin."

„Ja", sagt sie, „wird eh besser sein. So, wie du gelumpt hast die letzten Tage und Nächte."

Genau, denkt er, ein Lump bin ich in deinen Augen. Zu den Feiertagen frisst und säuft ja manch einer zu viel, aber ich, ich hab einen verdammt guten Grund dafür.

Er knallt die Tür hinter sich zu. Schlafen, nur noch schlafen. Den Wecker stellt er ab. Morgen werde ich nicht aufstehen, verspricht er sich, vielleicht auch übermorgen nicht. Sie wird es nicht einmal bemerken, fährt ja in aller Herrgottsfrühe zu ihrem bescheuerten Seminar: Zen-Meditation, auf irgendeiner Berghütte! Zum vierten oder fünften Mal macht sie das jetzt, wie immer wird es eine Woche dauern. Danach fühlt sie sich wieder wie neugeboren. Energetisiert, sagt sie, eine Frischzellenkur für Körper und Geist.

„Eigentlich passt das nicht zusammen", hat er ihren Spruch kommentiert.

„Was passt nicht zusammen?"

„Alte Seele und Frischzellenkur."

„Natürlich passt das zusammen! Bloß weil du nicht daran glaubst, musst du dich nicht darüber lustig machen."

„Ich mache mich nicht darüber lustig. Ich mache mich überhaupt über nichts lustig. Ich stelle nur fest, dass du nicht in diesem Augenblick auf deine alte Seele stolz sein kannst, und im nächsten auf ihre Verjüngung."

„Du und deine Logik!"

Wie sie dabei stöhnt und die Augen verdreht ...

Wenn sie so dreinschaut, weiß er, dass alles aus ist. Dass sie die Augen immer weiter verdrehen wird, immer weiter weg von ihm.

*

Ja eh.

Er sagt es in einem fort. Hat es immer gesagt, solange sie zurückdenken kann. *Ja* und *eh*. Vier Buchstaben, zwei Worte, eine Gesinnung. Oder keine Gesinnung, je nachdem. Jedenfalls ein Rezept, nach dem es sich prima leben lässt, ohne großen Aufwand, ohne Höhen und ohne Tiefen. Das Lebensrezept von Otto, dem Manischen. Eine alte Ottomane, zu nichts gut, als dir den Platz zu verstellen. Im Weg sein, ja, das kann er, darauf versteht er sich wie kein anderer.

Sie hasst den Staat dafür, dass er einen wie ihn in Frühpension gehen lässt, wegen angeblichem Burnout. Welch ein Witz! Wenn hier jemand Gefahr läuft auszubrennen, dann ist sie es.

Nichts kann man ihm recht machen. Am meisten liebt er das Schimpfen, vorzugsweise über die Quatschsucht der Frauen. Außer dem *Ja eh* findet sich in seinem Wortschatz noch ein zerkautes *Genau*, ein *Weißt*, dem es an jeglichem Schwung mangelt, und ein teilnahmsloses *Ver-*

stehe. Und das sind schon die Rosinen im Germschober seiner Existenz!

Wann hat sie ihm eigentlich zum letzten Mal einen echten Schober gebacken?

Sie schiebt die Gedanken an ihn beiseite und konzentriert sich auf die Spinne, die bewegungslos in ihrem Netz hockt und geduldig lauert, rechts oben in der Ecke über dem Fernseher. Jedes Mal, bevor Adele die Kiste ein- oder ausschaltet, schaut sie ihrer Spinne eine Weile zu beim Lauern. Andächtig fast, voller Zuneigung.

Wie sie sich, langsam, ganz langsam, eine eingesponnene Fliege angelt, um sie genüsslich zu verspeisen.

Sie redet mit ihr wie mit einer alten Vertrauten: Weißt du eigentlich, was du mir zu verdanken hast? Du lebst von meinen Gnaden, du überlebst nur deshalb, weil ich deine Gönnerin bin, weil ich deine Welt vor dem Staubsauger bewahre. Dein Glück, dass ich mich verändert habe. Bis vor zwei Jahren hätte ich dich ohne zu zögern weggeputzt, dich und dein Netzwerk. So ordentlich, wie ich war. Gegraust hätte es mich vor dir, geekelt! Jetzt nicht mehr. Jetzt ekelt es mich nur noch vor einem: vor dem *Ja eh*-Mann. Vor seinen Berührungen. Wenn er bloß anstreift an mir, kriege ich ein Brandmal an der Stelle.

Kein Tier kann so giftig sein wie er.

*

Wann er wohl das letzte Mal mit ihr geschlafen hat? Vier, fünf Jahre wird es schon her sein. Sie küssen sich ja nicht einmal mehr. Ein Busserl, dieses letzte Relikt eines Kusses, gibt es auch nur noch alle heiligen Zeiten, und wenn, dann mit spitzen Lippen und nur, um ihn entlarven zu können. Denn natürlich riecht sie, dass er wieder geraucht hat, entgegen all seinen Versprechungen. Sie ist ein verdammter Polizist, ein Spurensicherer, der mit seinem Pinsel Unsichtbares sichtbar macht. Wie ein Judaskuss, so ein Scheiß Judaskuss. Er beneidet ihn, den langhaarigen blonden Juden auf dem Kreuz. Den sie zwar nach allen Regeln der Kunst gefoltert haben, der diese Kussprozedur aber wenigstens nur ein einziges Mal über sich ergehen lassen musste.

Sein Anteil an dem Ganzen: dass er ihr zu viel Macht eingeräumt hat über all die Jahre, das rächt sich jetzt. *Sie* rächt sich jetzt. Oft muss er an diesen Typ denken, den mit dem Locked-in-Syndrom, seinen Namen hat er vergessen, dessen Autobiographie vor ein paar Jahren verfilmt wurde. Wie oft musste er zwinkern, dass ein Buch daraus wurde, ein dickes Buch sogar? Kurz danach ist er gestorben, seine Kraft war aufgebraucht. Einen wie ihn kannst du nur bewundern. Nicht, weil er seine Leidensgeschichte der Nachwelt hinterlassen hat auf diese aufwendige Art, sondern weil er sich mit seinem Zwinkern gewehrt hat gegen das Eingesperrtsein, gegen das Weggesperrtsein. Und er? Was hat er ihrem berechnenden spitzen Küsschen entgegenzusetzen? Nichts. Keinen einzigen Wimpernschlag.

*

Eine Trennung auf Probe. Wenigstens das. Wenn es die Ehe auf Probe gibt, wieso nicht auch ihr Gegenstück? Wieso traut sie es sich nicht zu?

Haben wir uns einmal geliebt? Oder war von vorneherein alles falsch gewickelt, verlogen? Immer wieder fragt sie sich das vor dem Einschlafen. Aber wir müssen uns doch einmal geliebt haben! Je öfter man sich etwas vorsagt, umso eher glaubt man daran, heißt es. Sehr groß kann ihr Glaube demnach nicht sein. Berührt haben sie sich auch früher kaum einmal, erst recht nicht vor den Kindern, als die in die Pubertät kamen. Wer will schon vor den eigenen Kindern dastehen wie zwei alte Idioten, die so tun, als wären sie junge Idioten. Die Kommentare der vierzehnjährigen Maria und des sechzehnjährigen Peter hat sie noch im Ohr. Diesbezüglich herrschte unter den sonst ständig zankenden Geschwistern Einigkeit. Pubertierende finden es halt peinlich bis grauslich, wenn ihre fünfzigjährigen Eltern neben ihnen Zärtlichkeiten austauschen. Oder, schlimmer noch, wenn sie herumturteln. Das ist dann *urpeinlich*. Diese Peinlichkeit kann man ihnen ersparen. Und sich selbst erspart man auch etwas dabei: die Heuchelei.

Die Kinder sind längst aus dem Haus, geändert hat sich nichts. Höchstens zum Schlechteren. Während sie seine dreckige Unterwäsche in die Maschine steckt, hat sie ständig die Körperteile vor sich, die diese Verschmutzung verursacht haben. Seinen kleinen Schwanz, seinen hängenden Arsch, seine triefenden Achseln. Wie kann einer nur so schwitzen, wo er doch nichts tut den lieben langen Tag außer herumhängen und saufen und fressen und rülpsen! Dazwischen nichts als diese blödsinnigen *Ja eh*-Kommentare zu Gott und der Welt. Und wie, wie nur war es möglich gewesen, dass sein ewig tropfender Wurmfortsatz jemals in sie, in ihr ... dass sie es zugelassen hatte, ohne dabei Ekel zu empfinden, ohne in gellendes Gelächter auszubrechen ... Peter und Maria ... Verdammt noch einmal: Sie waren schließlich nicht das Ergebnis einer jungfräulichen Geburt!

Sie analysiert heftig neuerdings: die eigenen Gewohnheiten, die täglichen Rituale. Beobachtet sich dabei, wie ihr erster Weg in der Früh nicht mehr aus dem Bad in die Küche führt, zur Kaffeemaschine etwa oder zum Kühlschrank, um sich ein Marmeladebrot zu schmieren. Nein, etwas anderes versüßt ihr jetzt den Morgen: das Öffnen des Mailprogramms. Die Hoffnung auf Nachrichten. Auf *die* Nachricht. Von wem? Von wem erwartest du dir das ultimative Mail, Adele? Sie weiß es nicht. Aber sie wartet, klickt sich ungeduldig durch den Posteingang, rollt den Stein den Hügel hinauf. Sisypha nennt sie sich insgeheim, arme Sisypha. Eine, die robotet ohne Dank und Lohn.

Du wartest auf das Mail von Gott.

Gerlindes spontaner Kommentar, als sie in der Frauenrunde davon erzählte.

„Spinnst du?", fuhr sie auf. „Ich, die Atheistin?"

„Eben darum", grinste Gerlinde.

Dieses Grinsen beschäftigt sie seither. Wann immer sich ihr Gesicht während des Hochstartens des Computers im glänzenden Bildschirm spiegelt, während sie darauf wartet, dass das Mailprogramm sich endlich öffnet, denkt sie an Ihn: wie Er sie beobachtet bei ihrem Warten auf was auch immer. Aber, murmelt sie trotzig: Hat Sisyphus nicht Thanatos, den Tod, besiegt?

Warum sollte eine Sisypha das nicht auch hinkriegen?

*

Was macht es aus, dieses endlose Beharrungsdingsbums?

Ist es bloß die Macht der Gewohnheit nach einem Vierteljahrhundert Verheiratetsein?

Natürlich wissen sie beide längst, dass die Ehe hin ist. Aber wenn das einmal akzeptiert wurde, kann es auch beruhigen: Nichts mehr wollen voneinander ...

Das ist beinahe wieder so etwas wie eine neue Gemeinsamkeit, eine Art gemeinsamer Meditation auf die große Bedürfnislosigkeit. Buddhistisch fast.

Dass sie immer noch das alte Ehebett benutzen und nicht längst in getrennten Betten schlafen, hat nichts zu besagen. Sie vermeiden die kleinste Berührung, liegen da wie durch gläserne Platten getrennt. Wozu eigentlich – um einander beim Schnarchen zuzuhören?

An sich schnarcht ja nur sie. Wovon sie allerdings nichts wissen will.

„Ich? Ich schnarch' sicher nicht, ich hab nie geschnarcht!"

In einer Nacht ist er extra aufgestanden und hat seinen alten Kassettenrekorder hervorgeholt. Nur, um es ihr beweisen zu können. Sie war davon wenig beeindruckt:

„Reg dich net auf. Solang ich schnarch', leb ich noch."

Welch ein Trost! Und was für eine Logik seitens einer, die es immer abstreitet zu schnarchen!

Sie schnarcht geradezu unanständig, das dafür ständig. Er empfindet diese Mischung aus Grunzen und Furzen als eine gegen ihn gerichtete Bösartigkeit. Um es ihr heimzuzahlen, verdoppelt er, wenn sie ihn wieder einmal besonders reizt, die ekelhafte Klangkulisse. Jedes pfeifende oder gurgelnde Einsaugen der Luft ihrerseits beantwortet er mit seinem, ein richtiges Schnarchduell, allerdings mit höchst ungleichen Vorzeichen. Denn während er sie genervt imitiert, reagiert sie nicht im Mindesten auf ihn, natürlich nicht, schläft sie doch, nur im Schlaf kann man sich so vulgär aufführen. Er wird es ihr jetzt hineinsagen, hinausschreien: Du bist so was von vulgär!

Eine vulgäre Fotze!

Aber dann tut er es doch nicht. Stopft sich stattdessen die rosa Wachspfropfen in die Ohren und ringelt sich zusammen.

1. April 2003

Später würde sie sich einreden, sie hätte es an jenem Morgen schon geahnt. Dass sich mit der plötzlichen neuen Aussicht ihr Leben schlagartig verändern würde. Dass mit dem Fall der Buche auch in ihr etwas zusammenbrechen würde …

Alles hängt mit allem zusammen, Joy!

Wie Buchen und Buchstaben. *Buochstap* auf Mittelhochdeutsch. Erst unlängst hatten sie im Unterricht von der hölzernen Herkunft der Schriftzeichen erfahren. Es war eigentlich naheliegend, und doch hatten alle gestaunt. Natürlich ließ es sich keiner anmerken. In der Klasse eine andere Gefühlsregung als Langeweile zu zeigen, das passte nicht ins System, war uncool bis zum Geht-nicht-mehr. Aber manchmal passierte es einfach. Dass irgendein Gefühl mit einem durchging, ohne Vorwarnung, und man eine Augenbraue staunend nach oben zog. Wenige Millimeter nur, aber immerhin.

Sie hatte immer schon ein Faible für alte Mythen gehabt. Für orakelschwangere Runen, die einem etwas zuraunen; für Kräfte, die in dir schlummern wie … wie der Saft, der im Baum kreist. Unsichtbar, aber wirksam. Joy Sriwong war dagesessen und hatte gebrütet, eine von fünfundzwanzig Brütern, die auf das Ende der Stunde warteten. Bell hatte einen seiner besseren Tage gehabt. Hatte einmal nicht geprüft und keine Hefte kontrolliert und bekrittelt, sondern drauflosgeschwafelt, ohne eine Mitschrift einzumahnen, keine Ahnung, wovon er nach der Sache mit der Herkunft der Buchstaben erzählt hatte. Sein monotones Geplapper war kaum zu ertragen. Aber wer verstand sich schon auf Rhetorik in diesem trostlosen Plattenbau.

Am ehesten beherrschte die Kunst der Rede noch Dr. M. Muhrer, M. wie Moritz, ja, er hieß wirklich so, das

Fossil der Schule und Mr. Mathe himself. Obwohl Joy mit dem Fach nichts am Hut hatte, mochte sie Muhrers Art. Wenn er den fast kahlen Schädel schief legte und zu philosophieren begann, um es nach der dritten Abschweifung von der Abschweifung – Exkurs hoch drei, wie er selbstironisch dazu sagte – doch noch irgendwie hinzukriegen, seine schrulligen Geschichten mit einer mathematischen Problemstellung zu verlinken. Man konnte fast meinen, es stünde ein Plan hinter seiner chaotischen Art. Irgendein pädagogisches Konzept, das sie auf einer Lehrerfortbildung unter *Individualisierung des Unterrichts* oder so verkauften. Aber das war natürlich Unsinn, denn Muhrer hatte seit Jahren alle Pädagogischen Tage geschwänzt. Pädagogische Einkehrtage, lästerte er, habe er nicht nötig. Einkehren würde er allenfalls im Wirtshaus.

Nein, kein Plan. Vermutlich imponierte ihr an dem alten Herrn, dass er etwas von sich preisgab. Keine mausgraue Maske trug wie der Rest des Lehrkörpers, allen voran Bell.

Immerhin ermöglichte ihr das gleichförmige Schnurren seiner Stimme bisweilen in Gedanken zu verreisen, sich zu räkeln an fernen Gestaden. Das hatte sie einmal in einem der zahllosen Liebesromane aufgeschnappt, die sie verschlang: *sich zu räkeln an fernen Gestaden*. Gerade weil sie ursprünglich nicht genau verstanden hatte, was die Worte meinten, hatten sie sich ihr eingeprägt.

The very sound of it.

Sie war von einem entsetzlichen Geräusch aufgewacht. Zuerst hatte sie es für ein getuntes Moped gehalten, so eines mit manipuliertem Auspuff. In den Gemeindebauten gegenüber wohnten einige Jungs, denen das ohne weiteres zuzutrauen war. Sie schaute auf den Wecker. Die digitale Leuchtschrift zeigte sieben Uhr zweiunddreißig an, darunter blinkte das Datum: 1. April. No joke. Ein Dienstag, an dem sie hatte ausschlafen wollen, weil doch heute die ersten beiden Unterrichtsstunden entfielen. Aber an Schlaf war bei dem Lärm nicht mehr zu denken.

Als sie das Dachfenster hochkippte und in den hellen Morgen starrte, stachen ihr seine Hosenträger als Erstes ins Auge. Der Mann trug eine grüne Latzhose, die knallroten, auf dem Rücken gekreuzten Bänder hoben sich davon ab wie Ostereier im frischen Frühlingsgras. Die Kettensäge in seinen breiten Pranken war größer als jede, die sie bisher gesehen hatte, aber er hantierte mit der Maschine so locker, so geschickt, als wäre sie ein Handmixer. STIHL stand in großen, rechtwinkeligen Lettern auf dem Sägeblatt. Auf dem Stahl, der das Holz zu Tausenden Spänen zerfetzte und in der Luft verwirbelte. Wie Bienen, die den Imker umschwärmen. Immer, wenn der Mann die rotierende Kette am Stamm ansetzte, heulte der Motor auf; im Leerlauf hingegen tuckerte das Ding vor sich hin, als könnte es keiner Fliege etwas zuleide tun. Sie wollte schreien, brüllen, dass er damit aufhören solle, sofort. Du Schwein, du Mörder, was hat sie dir getan? Die Buche, von der unsere Schrift, unsere Kultur abstammt! Aber es hatte ihr die Sprache verschlagen, und überhaupt: Wer hätte ihre Stimme, die Stimme einer schmächtigen Fünfzehnjährigen, hören sollen bei dem Lärm? Sie konnte nur die Hände ballen und ohnmächtig zusehen, wie sich das scharfe Metall durch den mächtigen Stamm fräste, wie ein Messer durch Butter. Auf dem Parkplatz jenseits der Wiese stand ein Traktor, auf dem Fahrersitz ein hagerer Bursche im Schneidersitz. Trotz seiner braungrünen Tarnjacke und der übergeworfenen Kapuze schätzte sie ihn auf nicht älter als vierzehn. Sie fragte sich gerade, was ein Jugendlicher auf einem solchen Ungetüm von Maschine zu suchen hatte, als er startete, den Gang einlegte und ein paar Meter zurücksetzte. Erst jetzt bemerkte sie das

Seil, das sich vom Schwenkkran auf der Ladefläche des Traktors hinauf zu einem der massiven Äste der Rotbuche spannte. Ein alter, vollbärtiger Kerl stand daneben und winkte hektisch. Wollte offensichtlich den Mann mit der Säge vor etwas warnen, aber der lachte nur und gab seinerseits dem Jungen ein Zeichen. In dem Augenblick, als sich der Traktor wieder in Bewegung setzte, begann der Baum zu schwanken. Erschlage sie, erschlag sie alle, schoss es ihr durch den Kopf, aber das majestätische Wesen neigte sich folgsam dorthin, wohin seine Mörder es haben wollten. Der Aufprall war nicht zu hören.

Vielleicht wollte sie ihn auch nicht hören.

Hörte nur die Säge, die schon wieder zu jaulen begonnen hatte. Leichenschändung, dachte sie, welch ein Frevel! Du wirst geschändet und verstümmelt, noch ehe du kalt bist.

In diesem Augenblick erkannte sie die Wahrheit: dass nicht *sie* entscheiden würde darüber, wie es spielt auf dieser Welt. Dass Leben und Schönheit für immer abhängig sein würden von *denen*. Von den Männern mit den grünen Latzhosen und den knallroten Hosenträgern.

Mit dem kreischenden Stahl in ihren Händen.

*

Niemals mehr im Frühjahr dein frisches Blattgrün leuchten sehen, schrieb sie zwei Stunden später, *niemals mehr den Gesang der Vögel aus deinem Inneren vernehmen.*

Sie hockte noch keine dreißig Minuten vor dem grobklotzigen, altertümlichen Monitor im Informatiksaal II, aber ihre Arbeit war schon so gut wie fertig, während sich die anderen noch mit der Einleitung herumschlugen. *Ein prägendes Erlebnis,* lautete das Aufsatzthema. Es war wieder einmal eine dieser Alibiaktionen, auf die immer mehr

Professoren, egal, in welchem Fach, verfielen: selbstständiges Arbeiten am PC, so hieß das Zauberwort. Die Arbeit für die Lehrkraft bestand einzig und allein darin, rechtzeitig einen Raum zu reservieren und einen läppischen Auftrag zu formulieren: Recherchiere im Internet die Unterschiede zwischen Hinduismus und Buddhismus; erstelle eine Power-Point-Präsentation über mögliche Ursachen von Depressionen; finde eine Grafik zum Blutkreislauf der Primaten, und so weiter und so fort. Recherche hin, Power Point her – der Phantasie waren klare Grenzen gesetzt. Im Sprachunterricht durfte man im Informatiksaal außerdem noch Aufsätze verfassen, was für die Lehrer vor allem den Vorteil hatte, dass sich die Arbeiten so leichter Korrektur lesen ließen. Manche Professoren verlangten gar, dass man ihnen die Arbeiten per Mail nach Hause schickte, damit sie sie dann auf dem eigenen Computer speichern konnten – als gratis Vorbereitung für ihre nächste Stunde! Bell gehörte nicht zu ihnen. Er verlangte von seinen Schülern, die Texte auszudrucken, in der nächsten Stunde vorzulesen und anschließend gegenseitig zu verbessern. So sparte er sich die Korrektur zuhause und hatte mit einem Schlag gleich mehrere Unterrichtsstunden abgedeckt. Der Gipfel war, dass er seine Methode als besonders praxisnah hinstellte. Partner- und Teamarbeit seien heutzutage das Allerwichtigste im Berufsleben, pflegte er zu predigen. Ausgerechnet er, der noch nie mit jemandem zusammengearbeitet hatte! Gerade die Deutschlehrer, das wussten alle, waren besonders resistent gegen Kooperation und Fachlehrerkonferenzen. Die meisten begriffen sich wahrscheinlich als verkannte Schriftsteller, die nur in einem Punkt übereinstimmten: dass ausschließlich ihre eigene Unterrichtsmethode, ihre jeweilige Stoffauswahl die einzig richtige und sinnvolle war. Wozu hätte man sich da noch mit anderen absprechen sollen?

Joy drückte die Steuerungs- und P-Taste und stapfte hinüber zum Drucker, der bereits losratterte, ein vorsintflutliches Modell, das aber nach wie vor seine Dienste tat. Sie überflog noch einmal die drei Seiten, setzte auf jedes einzelne Blatt ihre Unterschrift und machte sich auf den Weg, um den Aufsatz abzugeben. Bell hockte im angrenzenden Kabinett, vermutlich erledigte er dort seine dürftigen Unterrichtsvorbereitungen. Sie klopfte an die halb geöffnete Tür, doch er schien ihre Anwesenheit nicht zu bemerken. Natürlich rechnet er nicht damit, dass eine schon nach so kurzer Zeit abgibt, dachte sie ein wenig stolz. Er saß mit dem Rücken zu ihr, vornübergebeugt stierte er auf den Bildschirm. Sie wunderte sich, dass er Kopfhörer in den Ohren hatte. Kleine Pfropfen, die alle Außengeräusche abdichten. Bell und Musik hören!, staunte sie, ich würde gerne wissen, welche Art von Musik der sich so reinzieht! Operetten und Gospel vermutlich, ja, das könnte sie sich am ehesten vorstellen: *Nobody knows the trouble I've seen, nobody knows but Jesus ...*

Sie trat näher.

Er bewegte sich nicht.

Seine Arme lagen schlaff auf seinen Oberschenkeln. Döste wohl vor sich hin, der Herr Professor! Als sich sein massiger Oberkörper zur Seite neigte, sah sie, womit er sich beschäftigte.

Nur wenige Sekunden lang hatte sie freie Sicht auf den Monitor, aber sie genügten, um die Szene zu erfassen: eine grell ausgeleuchtete, opulente Wohnzimmerlandschaft, rote Teppiche, schwarze Ledersofas, schwülstig goldenes Dekor; dazwischen nackte schmale Körper mit gespreizten Beinen; über, unter, in ihnen die erigierten Glieder fetter, schwitzender Männer, die einander zugrinsten, in stillem Einverständnis. Wie Schlächter, die über das Schicksal der Schafe kein Wort zu verlieren brauchen.

Aber auch die unter ihnen gaben keinen Ton von sich.

Mein Gott, dachte sie, das sind doch ... die sehen aus wie ... wie ich!

Von einem plötzlichen Schwindel erfasst schloss sie für einen Moment die Augen.

Als sie sie wieder öffnete, flimmerte vor ihr ein liebliches alpines Panorama: scheckige Kühe und schindelgedeckte Hütten vor knallgrünen Wiesen und bläulich schimmernden Gipfeln. Der Bildschirmschoner, natürlich, der verdammte Bildschirmschoner!

Der Lehrer fuhr auf seinem Drehsessel herum, starrte sie an wie einen Geist.

„Was willst du?“, zischte er.

Wortlos hielt sie ihm die Blätter entgegen. Ebenso wortlos riss er sie ihr aus der Hand.

Wie hat Dr. Sellner mich genannt? Einen atypischen Fall. Von wegen Glück im Unglück und so.

Der atypische Fall denkt nach über die kleinen Unterschiede. Die immer größer werden, je länger man sie betrachtet, die sich auswachsen von Nuancen zu Gegensätzen. Nein, nicht das unterschiedliche Wesen von Mann und Frau beschäftigt mich, obwohl dies vielleicht angebracht wäre; und auch nicht die Frage, warum ein ehemals tief Gläubiger wie ich seit Jahrzehnten ganz tadellos ohne Gott auskommt.

Der atypische Fall und das Phänomen Zeit ...

Über die Zeit kannst du natürlich endlos nachdenken, insbesondere über unseren wahnwitzigen Umgang mit ihr. Ständig dieser Stress, ständig dieser Drang, irgendeinen Sonntagsfahrer überholen zu müssen. Es gibt ja praktisch nur Sonntagsfahrer. Mit einer Ausnahme, versteht sich.

Vier Varianten bieten sich an. Vier Muster.

Nummer eins: Die Polizei zieht dich aus dem Verkehr, und du verlierst jetzt wirklich viel Zeit – auf der Wache.

Oder du holst dir einen Herzinfarkt vor lauter Zeitstress und lässt noch mehr wertvolle Zeit liegen – im Krankenhaus und auf der Reha.

Drittens: Du baust einen Totalcrash und verlierst das Leben. Hebst quasi die Zeit vollständig auf, wo du ihr doch nur ein paar Minuten abzwacken wolltest. Ärgerlich, sicher, aber das passiert dir garantiert nur ein Mal.

Last, not least und – weil so alltäglich, so unspektakulär – die gemeinste aller Aussichten: Derselbe Typ, den du nach einem selbstmörderischen Manöver schließlich doch noch überholen konntest, setzt sich in der nächsten Raststätte dir gegenüber und lächelt dir zu, ehe er wieder ins Auto steigt. Ähnlich wie in *Duell*, dem ersten Spielfilm von Steven Spielberg.

Aber auch das ist nicht mein eigentliches Thema ...

Was *ist* mein Thema?

Ist es das Regenwurmmäßige der Zeit, ihre Fähigkeit, aus der Kontinuität eines Menschenlebens zwei Perioden zu machen, die sich unabhängig voneinander weiterschlängeln? Vor dem Unfall, nach dem Unfall ... Der Unfall, der zu dieser elenden Lücke führte. Was hat das Loch mit dem Rundherum zu tun? Definiert nicht eines das andere? In seinen Ausmaßen jedenfalls – über den Inhalt ist damit noch nichts ausgesagt.

Über den Inhalt des Nichts.

Nach dem Unfall ist vor dem Unfall.

Hieß so nicht dieser blöde Spruch im Werbespot einer Unfallversicherung? *Denken Sie beizeiten an Ihre Zukunft!* Meine Zukunft, mein neues Leben. Das punziert ist mit einer tiefen Gravur: Kopf-schmer-zen! Keiner, der noch nie richtiges Schädelweh hatte, kann sich vorstellen, wie es sich anfühlt, nein, wie es *ist*. Denn wo sonst bist du so sehr eins mit dir wie im Kopfschmerz? Wer ihn nicht kennt, kann höchstens versuchen, andere Schmerzen hochzurechnen, im wahrsten Sinn des Wortes: hinauf in den Schädel. Aber Hochrechnen und Erleben sind nicht dasselbe.

Im Augenblick bin ich nahezu schmerzfrei. Warum also jammern? Ist mein Alltag *danach* so viel anders geworden? *Angesichts dessen, was wir im Leben sonst so alles vergessen, würde ich diese eine Lücke nicht überbewerten ...* Annehmen, so laute das Zauberwort. *Sie müssen Ihre Defizite nur annehmen, das macht alles viel leichter.* Aber wenn es einem der Falsche sagt? Einem Hirnwichser wie Dr. Sellner nimmt man nicht einmal die größten Weisheiten ab!

Ein müdes, verklebtes Paar Augen, das mich da im Spiegel mustert. Das Kreisen der Zahnbürste kann den bitteren Geschmack nicht vertreiben, der an meinem Gaumen haftet. Ja, ich habe Angst davor, ins Studio zurückzukehren, warum soll ich es mir nicht eingestehen.

Vor dem Getuschel, das einen erwartet.

Natürlich werde ich nichts davon hören in meinem gut isolierten Glasverschlag, kein Laut dringt zu mir herein. Aber Blicke und Gesten können Bände sprechen, und erst recht Köpfe, die auseinanderfahren, sobald sie sich beim Beobachten beobachtet fühlen. Von einem Hirngeschädigten ertappt, der immerhin ihr Chef ist. Wir sitzen alle in der Auslage. Regina hat das New Life in ein modernes Großraumbüro umgemodelt, in dem alles transparent zu sein hat, von außen einsehbar. *Weil wir doch nichts zu verbergen haben.* Sie ist voll auf Kurs mit dieser Einstellung, die modernen Planer öffentlicher Gebäude hätten ihre helle Freude an ihr.

Nein, ich muss nicht befürchten, dass man mir das Loch im Oberstübchen ansehen könnte. Den partiellen Ausfall meiner Software. Mein Schädel ist nicht glatt rasiert wie bei jenen Zombies, die mir im Lift und auf den Gängen der Neurochirurgie manchmal begegneten. Mich verunstalten keine Nähte, keine Narben. Zumindest keine sichtbaren. *Hirntumore auf dem Vormarsch,* hatte der Aufmacher der Zeitschrift gelautet, die mir auf der Station als erste in die Hände fiel. Gründe für diesen Vormarsch gebe es vielerlei: die allgemeine Zunahme karzinogener Substanzen in unserer Umwelt, hormonelle Faktoren, genetische Vorbelastung, die Bestrahlung des Schädels im Kindesalter, Absiedelungen von anderen Krebsarten im Gehirn, sogar Viren ... die ganze Palette. Es war nicht eben eine erbauliche Krankenhauslektüre gewesen. Obwohl man es vielleicht auch anders sehen konnte: als eine, vielleicht ein klein bisschen zynische, Aufmunterung für den, der seine momentanen Defizite einem granitenen Felsbrocken verdankte.

Nur ein Erinnerungs-, kein Haarausfall. Glück im Unglück, wie gesagt.

*

Als ich endlich die Tür mit dem gelben Logo aufstoße, ist alles ganz anders. Joy, attraktiv wie eine asiatische Prinzessin, schenkt mir ihr immer bezauberndes, immer ein wenig scheues Thailächeln.

„Sind Sie wieder ganz gesund, Herr Moser?"

Furat serviert mir einen Willkommenstrunk in knalligen Farben. Der bullige Türke liebt es, Energydrinks aufzupeppen wie Cocktails.

„Furats Special. Jede Menge Eiweiß, jede Menge Energie. Geht natürlich aufs Haus. Und bitte: ex!"

Ich füge mich der Anweisung und fühle mich gleich besser. Jetzt kommen auch Susanne, Lola und die anderen, begrüßen mich mit Küsschen links, Küsschen rechts und erkundigen sich nach meiner Gesundheit. Ich könnte sie alle umarmen dafür, wie herzlich sie mich empfangen. Gut, wieder einmal den Knödel der Rührung in der Kehle zu spüren.

Regina lächelt ebenfalls, aber die Anspannung ist ihr anzusehen. Ich kann es ihr nicht verdenken. In den letzten Wochen ist aus ihrer üblichen Doppelbelastung eine dreifache geworden. Ich habe mich anfangs dagegen gesträubt, von ihr versorgt zu werden.

Bin ich ein kleines Kind?

Nein, aber sei jetzt bitte nicht kindisch und lass dir helfen.

Schließlich habe ich begriffen, dass ich auf sie angewiesen bin.

Um meine Konzentrationsfähigkeit steht es nicht zum Besten. Würde ich es jedes Mal zugeben, wenn ich mich in der eigenen Wohnung nicht mehr zurechtfinde, sie würden mich gleich wieder auf Reha schicken. Worauf ich nicht heiß bin, ganz und gar nicht.

Vertrauen wir darauf, dass es sich lediglich um Anlaufschwierigkeiten handelt.

Der Heimkehrerschock, habe ich gescherzt, als ich mich einmal statt auf dem Klo in der Speis wiederfand.

Das andere Mal, noch peinlicher: als die heiße, schwarze Brühe alles überschwemmte. Regina brachte mir den Kaffee ans Bett, und ich glaubte die Tasse festzuhalten. Doch sie glitt mir einfach durch die Finger. Als hätte meine Haut keine Haftung mehr. Oder habe ich vergessen, die Hand zu schließen? Doch seit wann muss man daran denken? Widerlich! Nicht so sehr die Sauerei auf Laken und Pyjama: der Verlust des Selbstverständlichen. Eine Tasse nicht mehr halten zu können, ohne sie abzusichern mit beiden Händen. Sich konzentrieren zu müssen aufs Konzentrieren.

Es macht mich rasend!

Ich brülle los, wie ich noch nie gebrüllt habe. Regina bleibt ruhig. Putzt alles kommentarlos weg; nur auf ihrer Stirn tauchen ein paar frische Falten auf.

Wenn du Bescheid weißt um die eigenen Beschränkungen, bist du noch nicht völlig beschränkt.

Habe ich früher immer gedacht. Jetzt bin ich mir da nicht mehr so sicher.

*

Seit ich wieder unter die Leute komme, blühe ich auf. Ich kann mir förmlich zusehen beim Aufblühen. Die *Sache* wird sich bald von selbst erledigen, Edgar, musst nur positiv denken! Und, ja, warum nicht, die bleibenden Defizite *annehmen* – wenn man sie damit austricksen kann ...

Mit Furat unterhalte ich mich am liebsten. Meist schwatzen wir über Belanglosigkeiten. Wie Beşiktaş Istanbul unter dem neuen Trainer Bernd Schuster gespielt hat, oder warum Furat selbst mit dem Fußballspielen Schluss machte. Manchmal nimmt das Gespräch auch eine ernste Wendung. Wenn ich eingestehe, Aussetzer zu haben, oder wie die Kopfschmerzen mir zusetzen. Mit Furat kann ich leichter darüber reden als mit Regina. Der Junge ist unkompliziert und zumeist gut drauf. Ein echter Gewinn für das bisher rein weibliche Team.

„Du, Chef, und ich – wir sind die letzten Männer in dieser Weiberwelt."

Dass er *Weiberwelt* mittlerweile hinter vorgehaltener Hand sagt, zeigt, wie lernfähig der Bursche ist. Längst beglückwünsche ich mich dafür, damals, als es um Furats Anstellung ging, ebenfalls lernfähig gewesen zu sein.

Meine negative Einstellung gegenüber dem Islam ließ mich ihn einer *peinlichen Befragung* unterziehen. Am Ende stellte sich heraus, dass die Befragung für den Inquisitor peinlicher ausfiel als für den Befragten.

„Wie hältst du es mit der Religion?"

Furat schaute so verwundert drein, dass ich mich genötigt fühlte zu erläutern: Selbstverständlich könne jeder hier glauben oder nicht glauben, was er wolle, aber als Betreiber dieses Studios hätte ich nun einmal sicherzustellen, dass alle Kunden, aber auch wirklich alle, gleich zuvorkommend behandelt würden. Dass nicht manche benachteiligt würden, bloß weil sich im Koran vielleicht Passagen fänden, die ...

„Worauf willst du hinaus, Mann?", unterbrach er mich. „Rede Klartext mit mir, oder wir lassen es gleich!"

Also redete ich Klartext. Von der Gretchen- zur Frauenfrage ist es nur ein kleiner Schritt.

„Kannst du damit umgehen, wenn unsere weibliche Kundschaft halbnackt um dich herumschwänzelt?"

Ich erntete ein lautes Lachen.

„Sorry, Mann", entschuldigte er sich sofort, „aber *Frauen* und *herumschwänzeln* – das klingt einfach witzig. Ich kann dir versichern, dass ich mit Halbnackten weniger Probleme habe als mit Frauen, die unter der Burka schwitzen."

Ich gab mich damit zufrieden, schließlich brauchten wir dringend einen männlichen Trainer. Seitdem hat sich gezeigt: Mit dem Jungen haben wir einen Glücksgriff getan. Furat ist ein wahres Juwel. Ein über und über mit grässlichen Tattoos geschmücktes Juwel zwar, aber sanftmütig, humorvoll, hilfsbereit. Und, soweit ich das mitbekommen habe, gegenüber allen Klienten gleichermaßen. Nur einmal noch, drei Monate nach seiner Anstellung, kam Furats religiöse Herkunft aufs Tapet, im Rahmen einer firmeninternen Fortbildungsveranstaltung. *Kommunikation mit schwierigen Klienten*, lautete das Thema. In der Pause standen wir beide draußen unter dem Vordach bei Kaffee und Zigaretten zusammen, während der Regen herunterprasselte.

„Vielleicht sind ja Kommunikationsprobleme der Anfang allen Übels", sinnierte Furat und bot mir Feuer an. „Sogar, was unser Verständnis der Heiligen Schriften angeht."

„Weise Feststellung", sagte ich und hielt die Zigarette über die Flamme.

„Zum Beispiel die Entstehung des Koran. Der Prophet Mohammed war ja laut Al-Qualam, der 68. Sure, das Schreibrohr Allahs. Andererseits soll ihm der Erzengel Gabriel alles diktiert haben."

„Wieso andererseits?"

Furat hüstelte. Rauchen passte definitiv nicht zu ihm.

„Na ja, vielleicht ein ganz frühes Kommunikationsproblem. Gabriel könnte die ursprüngliche Botschaft Allahs an die Gläubigen ja in gewissen Punkten missverstanden haben. Falsch rübergebracht, verstehst du? Und je nachdem, in welcher Sprache Allah und Gabriel kommunizierten, könnte es sich bei manchen dunklen Passagen schlicht um ein Übersetzungsproblem handeln."

„Ziemlich ketzerisch, deine Gedanken", meinte ich. „Was steht im Koran eigentlich über solche Zweifler wie dich?"

„Ich friste ihnen, aber wahrlich, mein Anschlag steht fest." Es klang ein bisschen pathetisch. Mir fielen jene nordamerikanischen Fernsehprediger ein, die auf diversen kirchlichen Kanälen neuerdings auch bei uns zu sehen sind. Ihr Pathos kennt keine Grenzen. Schon gar keine Schamgrenzen.

„Not so good", sagte Furat. Er betonte es genau wie der Fahrlehrer in der Budweiser-Werbung, wenn sein Fahrschüler den LKW in den Graben steuert, weil er hübschen Mädchen nachschaut, anstatt sich auf die Straße zu konzentrieren.

Ich musste lachen. Nein, mit evangelikalen Fanatikern hatte der Türke nichts gemein.

„Aber *Anschlag* kann ja vieles bedeuten", setzte er fort. „An einer anderen Stelle heißt es in unserem Heiligen Buch: Alle, die an Allahs Wort zweifeln, sollen *gebrandmarkt* werden. Dasselbe droht auch denen, die so anmaßend sind, die sogenannten dunklen Verse des Koran zu interpretieren, obwohl die Deutung dieser Verse Allah allein zusteht. Sagen jedenfalls unsere Gelehrten. Für mich stellt sich allerdings die Frage: Wer bestimmt, welche Verse klar sind und welche dunkel? Und wieso sollte Allah selbst oder auf dem Umweg über den Erzengel Gabriel seinem Propheten eine Offenbarung in die Feder diktiert haben, die Verse enthält, welche von den Rechtgläubigen nicht gedeutet werden dürfen? Hat der Allerhöchste seiner eigenen Offenbarung misstraut?“

An der Stelle hat das Glöckchen des Seminarleiters uns in den Sitzungsraum zurückgerufen, und wir sind nie wieder auf das Thema zu sprechen gekommen. Aber unser kurzes Gespräch hat mich schwer beeindruckt. Ich hätte nicht gedacht, dass es auch unter Muslimen Menschen gibt, die mit dem Koran ähnlich kritisch umgehen wie aufgeklärte Christen mit der Bibel. Falls, ja, falls man mit einer solchen Position überhaupt noch *innerhalb* der jeweiligen Glaubensgemeinschaft steht.

Für mich stellt sich die Frage ohnehin nicht mehr. Ich bin längst meilenweit abgedriftet von jenem Schiff namens Kirche ...

*

Heute schließt das New Life bereits um neunzehn Uhr. Zeit für die in unregelmäßigen Abständen stattfindende Teamsitzung, die erste nach meiner Rückkehr und erstmals wieder unter meiner Leitung. Regina hat wortlos den Platz am Kopfende des Tisches geräumt, als ich das Sitzungszimmer betrat.

„Alsdann, meine Herrschaften. Was steht an?“

Wahrscheinlich lachen sie hintenherum über meine verstaubte Ausdrucksweise. *Herrschaften* ... Angesichts des deutlichen Überhangs an Frauen im Raum eigentlich ein klarer Fall von politischer Unkorrektheit, aber noch nie hat sich eine darüber mokiert. Vielleicht schätzen manche sogar meine Art. Keine Frage, Reginas Führungsstil ist weitaus effizienter als meiner. Ihr würde es nie einfallen, die Angestellten zu fragen, was *ansteht* – das gibt selbstverständlich sie, die Chefin, vor. Was ihre Beliebtheit im Team nicht eben steigert. Effizienz und Führungsstil ... Beides wird von Chefität und Belegschaft mitunter recht unterschiedlich bewertet.

Offenbar hatten sie im Team eine Art Vereinbarung getroffen: Kein Wort darüber in seiner Anwesenheit. Es ist Lola, die Jüngste im Team, die sich verplappert. Jedenfalls steht der Name Bell plötzlich im Raum und kein Industriestaubsauger dieser Welt könnte ihn zum Verschwinden bringen. Alle schweigen. Die einen aus Pietät, die anderen aus Peinlichkeit. Weil sie nicht den Mumm hatten, das Thema von sich aus aufs Tapet zu bringen.

Also fange ich an, Fragen zu stellen: Wann genau die Leiche gefunden wurde; wer was unternommen hat; wie lange es dauerte, bis die Polizei vor Ort war. Nichts von Bedeutung, aber immerhin kommt der Redefluss wieder in Gang.

„Und er war auf der Stelle tot?“

„Laut Gerichtsmediziner, ja. Wenn eine hundert Kilo schwere Hantel auf deinem Kehlkopf landet, ist nicht mehr viel zu wollen. Selbst wenn es wer mitgekriegt hätte, wäre wohl jede Hilfe zu spät gekommen.“

Einige nicken nachdenklich. Wieder hocken alle da wie in einer dichten Nebelschwade, bis Regina sich räuspert.

„Er hat sich ganz offensichtlich übernommen“, sagt sie. „Es sollte wohl sein kleiner privater Rekordversuch werden. Hundert Kilo hatte er zuvor ja noch nie gestemmt, nicht wahr, Furat? Und das um diese Zeit, alleine im Studio! Unverantwortlich, ich kann es nur immer wieder sagen: absolut unverantwortlich.“

„Aber irgendwer von uns muss ja noch da gewesen sein.“

„Natürlich. Joy hatte Dienst an diesem Abend, sie hielt sich gerade im Saunabereich auf, um zu lüften und abzusperren, als es passiert ist. Offiziell war bereits Schluss, der

Bell hat eben wieder überzogen. So sind sie nun einmal, unsere lieben Kunden. Spekulieren darauf, dass keiner es wagt, sie hinauszuschmeißen. Eine Unverschämtheit, sicher ... aber wenn es funktioniert! Im Grunde sind wir selbst daran schuld, man hätte das gar nicht erst einreißen lassen dürfen. Joy kann jedenfalls nichts dafür. Das hast du damals übrigens selbst zur Polizei gesagt."

Ich bezweifle es nicht, obwohl ich mich an nichts mehr erinnern kann, was diese tragische Geschichte anlangt. Ebenso wenig entsinne ich mich des zweiten Vorfalls gerade mal eine Woche später. Wenn beiden Fälle auch sonst nichts gemein haben mögen: Für mich sind sie in ein und dasselbe Blackout gehüllt, scheinbar unwiderruflich gelöscht von meiner Festplatte. Drei ganze Wochen. Äußerst seltsam, nicht nur nach Meinung der Fachärzte.

Natürlich hat mich Regina längst über alle Details informiert, ausführlich und ausschmückend, wie es nun einmal ihre Art ist. Bereits im Krankenhaus hat sie darüber berichtet, was sich nach Bells Tod im Studio abgespielt hat; wie sie einzeln von der Polizei einvernommen wurden und was die Spurensicherer alles untersucht haben. Nach dem Tod Johannes Reicherts habe sich dann die ganze Prozedur wiederholt, nur noch genauer und langwieriger.

„Außerdem haben sie die Aufzeichnungen mitgenommen, um sie auszuwerten."

„Welche Aufzeichnungen?"

„Na, die Videobänder halt. Gleich nach der Geschichte mit Bell haben wir vier Überwachungskameras einbauen lassen, hab ich doch noch mit dir abgesprochen. Hast du das auch vergessen?"

Ja, habe ich.

Ich bin es leid, mich immer wieder dafür entschuldigen zu müssen. Und ich will ihr nicht so recht glauben, als sie versichert, ich selbst sei mit der Installation der Videoüberwachung einverstanden gewesen. Dazu habe ich viel zu wenig am Hut mit der grassierenden Securitywelle.

Die Sicherheitsbranche ist derzeit zweifellos die mit der höchsten Zuwachsrate. Sogar vor dem kleinen Billamarkt in Treibern patrouillieren jetzt schon diese schwarz uniformierten Hilfssheriffs, mit verbissenen Visagen, als hätten sie Fort Knox zu bewachen. Und das Fazit? Es wird gleich viel gestohlen wie ehedem, nicht einmal mit den Drogensüchtigen vor dem Geschäft werden sie fertig, die einen vor und nach jedem Einkauf anschnorren. Am Ende darf der Kunde einen Sicherheitsobulus bezahlen für etwas, das er nicht braucht und das nichts bringt.

„Was haben denn die vier Kameras im Studio geholfen?", frage ich erbost. „Haben sie vielleicht verhindert, dass ein zweites Unglück passiert? Dass auch Johannes Reichert mit den Füßen voran das Studio verlässt?"

Aber so eine Logik leuchtet ihr natürlich nicht ein.

„Immerhin könnte man im Nachhinein etwas herausfinden."

„Zum Beispiel?"

„Na, ob alles mit rechten Dingen zugegangen ist."

„Was, bitte, soll nicht mit rechten Dingen zugegangen sein? Du liest wohl zu viel Krimis, was?"

Regina liest wirklich Unmengen von Krimis. Nordische vor allem. Nicht nur von Platzhirschen wie Mankell und Stieg Larsson – sie frisst alles in sich hinein, was ihrer Sucht nach möglichst schaurigen Geschichten Futter gibt. Ich habe eine Theorie, womit das zusammenhängt: Im Grunde ist dieser wohlige Schauer vielleicht die Kehrseite desselben Gefühls, das die Leute regelmäßig im Advent überkommt. Das Rührselig-Anheimelige der sogenannten besinnlichen Zeit, deren Wirkung ja auch nicht zufällig von den länger werdenden Nächten zehrt, findet seine profane Entsprechung in der Imagination grausiger Morde.

Solange nur die Gräueltaten nach dem letzten Zuklappen des Buchdeckels gerächt, gesühnt oder mindestens aufgeklärt werden, solange lässt sich der Krimijunkie selbst das Ungustiöseste unterjubeln. Und welche Gegend würde sich besser als Schauplatz hiefür eignen als die ins Schummerlicht langer Winternächte getauchte skandinavische Landschaft? Nach dem zu urteilen, was Regina von ihrer Lektüre berichtet, sind vier Fünftel aller Krimis in der kalten Jahreszeit angesiedelt. Völlig überproportional, wie ich finde, vor allem, wenn man den Klimawandel bedenkt, die globale Erwärmung. Aber selbst das Schmelzwasser der Gletscher scheint nur weitere Hundertschaften von Winterkrimis ans diffuse Licht zu schwemmen.

Was Kriminalromane betrifft, ist Regina gleich gestrickt wie ein guter Witzeerzähler. Zu jedem Thema, für jeden Typ weiß sie den passenden Titel. Für die Zeit in der Rehabilitationsklinik hat sie mir einen fünfhundert Seiten dicken Schmöker dagelassen.

„*Zimmer Nr. 10*? Was soll ich damit? Du weißt doch, was ich von Krimis halte!"

„Nur für den Fall, dass du einmal deine Vorurteile überwindest."

Und weil die Story doch in einem Fitnessstudio spiele, müsse sie mich schon rein beruflich interessieren.

Immerhin habe ich den Wälzer in den drei Wochen Reha bis zur Hälfte geschafft. Manche Sätze darin klangen vertraut, fast so, als hätte Regina, die große Werbestrategin, sie schon einmal an der Pinnwand des New Life affichiert:

Ihr kommt hier mit Fettärschen herein und geht als Models wieder hinaus. Wir sind wie ihr gewesen, ihr werdet werden wie wir.

Aber je länger ich darüber nachdachte, umso negativer empfand ich es, dieses *Ihr werdet werden wie wir.* Umso deprimierender.

Es tönte wie das barocke Memento mori aus früheren Tagen.

Regina muss bemerkt haben, dass meine Gedanken abgeschweift sind, aber sie nimmt darauf keine Rücksicht. Wenn sie sich einmal in ein Thema verbissen hat ...

„Könnte ja sein, dass sie noch was herausfinden", insistiert sie. „Dass doch etwas auf den Videos zu sehen ist."

Ihre Sturheit kann einen in Rage bringen.

„Ein Blitz, der in Reichert gefahren ist, während er auf dem verdammten Ergometer seine Runden gedreht hat, oder was? Ich sag dir, woran er gestorben ist: am Sesselfurzersyndrom. Die ganze Woche über null Bewegung, selbst für die paar Meter zum Zigarettenautomaten verwendet so einer die Limousine. Aber kaum hockt er auf dem Ergometer, wird mit dem Teufel um die Wette geradelt, noch dazu, wenn ihm eine attraktive Blondine dabei zuschaut. Ich hab's immer gesagt: Sesselfurzersyndrom und männliches Imponiergehabe – eine tödliche Mischung. Kein Wunder, wenn da einer mal mit lächelndem Gesicht von der Maschine kippt."

„Jetzt wirst du zynisch, Edgar!"

„Zynisch? Hast du mir nicht im Krankenhaus erzählt, dass der noble Herr auf die Pulskontrolle verzichtet hat? Dass er als ehemaliger Leistungssportler auch ganz ohne technischen Schnickschnack wisse, in welchem Frequenzbereich er sich bewege. Hat er das nun gesagt oder nicht?"

„Stimmt schon. Aber Reichert war gar nicht so schlecht in Form, obwohl er Koronarpatient und schwerer Hypertoniker war. Gerade die sollten ja Ausdauer trainieren. Er musste nur regelmäßig seine Tabletten einnehmen, vor allem vor dem Training, damit sein Blutdruck nicht zu hoch wird. Und das hat er auch immer gewissenhaft gemacht, soweit wir wissen, auch an dem betreffenden Tag. Nicht wahr, Furat?"

„Kann ich bestätigen. Reichert bat mich wie üblich um ein Glas Leitungswasser, ich habe es ihm gebracht und er hat damit seine Kapseln hinuntergespült, direkt vor meiner Nase. Keine zehn Minuten später fällt er vom Upright Bike. Tot, mausetot."

„Es ist auch schon bei Ausdauersportlern zu einem Plaqueriss gekommen. Eine hundertprozentige Sicherheit gibt es halt nicht."

„No na", brumme ich, „bloß gut, dass ich das nicht mitansehen hab müssen."

„Aber du hast es doch mitangesehen!" Furat schüttelt den Kopf. „Du hast dich noch unterhalten mit ihm, während ich dir einen großen Braunen heruntergelassen habe."

„Ich? Worüber?"

„Keine Ahnung. Wie soll man etwas verstehen bei dem Lärm, den unsere Gaggia macht!" Er nickt mit dem Kinn in Richtung Espressomaschine. „Vielleicht hast du ihn ja ermahnt, es nicht zu übertreiben. Davor hast du ihn jedenfalls früher schon mal gewarnt. Genau dort" – Furat zeigt auf das linke Ende der Theke – „seid ihr zwei gestanden. Kannst dir ja die Videoaufzeichnung anschauen, da müsste alles drauf sein."

In meinem Hirn beginnt es wieder zu hämmern. Hämmern statt dämmern. Höchste Zeit, zu einem schnellen Ende zu kommen.

„Mach ich bestimmt. Aber wo ist es eigentlich, dieses ominöse Video?"

Regina zuckt die Schulter. „Wohin immer die Kripo es verschustert hat. Man kann doch keinen Monat brauchen für die Analyse."

„Ach du Scheiße", stöhnt Furat, „darauf hab ich völlig vergessen!"

Er schnappt sich einen Schlüsselbund, schwingt sich über die Theke wie ein Geräteturner über das Seitpferd und verschwindet nach draußen. Keiner weiß, was dieser Abgang soll. Zwei Minuten später ist er wieder zurück und überreicht mir ein dickes Kuvert.

„Die Polizei hat die Bänder längst freigegeben. Ich kutschiere sie schon über eine Woche mit mir herum. Sorry!"

Er öffnet den Klebeverschluss und zieht zwei Mini-DV-Kassetten heraus. Ich nehme sie ihm aus der Hand, zögere einen Moment, dann stecke ich sie in meine Sakkotasche.

„Danke. Ich werde sie mir zuhause anschauen."

Beim Aufstehen bemerke ich das rote Kästchen an der Wand.

„Und was, bitte schön, ist das?"

Alle Blicke richten sich auf Regina, als wäre es eine Frage der Etikette, der Chefin das Antworten zu überlassen.

„Unser neuer Defibrillator. Absolut selbsterklärend, im wahrsten Sinn des Wortes: Das Gerät sagt dir jeden Handgriff an, man kann nichts falsch machen dabei. Zusätzlich hatten wir noch eine Einschulung durch einen Fachmann."

Furats massiger Brustkorb zuckt plötzlich hoch, von einem heftigen Spasmus erfasst. Lola stößt einen spitzen Schrei aus. Langsam sackt der Körper des Trainers wieder in sich zusammen, der Kopf klappt nach hinten, die Zunge hängt ihm aus dem Mund.

„Mann, bist du blöd!", schimpft Lola. Jetzt hat auch sie kapiert, dass er nur Theater spielt. Ziemlich überzeugend, zugegeben, wenn auch ein geschmackloses Stück.

„Cool, Baby!", grinst er. „Du musst lernen, der Realität ins Auge zu sehen."

Regina findet das gar nicht witzig. „In der Realität entscheidet dieser Koffer über Sein oder Nichtsein. Hätten wir ihn bloß früher angeschafft!"

Der Vorwurf an meine Adresse ist unüberhörbar. *Du* bist es doch, dem alles zu teuer ist, *du* musst jeden Cent drei Mal umdrehen! Womöglich wäre dieser Reichert noch am Leben, wärst du nicht ein solch elender Knauser ...

„Welche Kapseln musste Reichert eigentlich einnehmen?" Die Frage ist natürlich ein plumpes Ablenkungsmanöver, was interessiert mich schon der Name des Medikaments.

Furat hat sofort die Antwort parat.

„Beta-Adalat heißt das Zeug, eine Kombination von Betablockern und Nifedipin. Reduziert die Herzschlagfrequenz und wirkt blutdrucksenkend. Aufgrund des Nifedipin-Anteils ist das Zeug noch wirksamer als normale Betablocker, die in Tablettenform verabreicht werden."

„Und woher weißt du das? Studiert der Herr seit neuestem Medizin?"

„Ne, hab mich nur im Internet schlau gemacht. Und weißt du, was mir dabei aufgefallen ist?"

„Sag schon!"

„Als ich in Google Betablocker eingegeben habe, sind einige Adressen aufgetaucht, die schon vor mir jemand aufgerufen haben muss."

„Woher willst du das wissen?"

Furats fröhliches Grinsen lässt befürchten, dass ich mich schon wieder blamiert habe. Zu Recht, wie sich gleich herausstellt.

„Weil die Schrift violett war, nicht blau. Daran erkennst du, welche Website bereits einmal geöffnet wurde."

„Okay. Und was hat das jetzt für eine Bedeutung?"

„Keine Ahnung. Ich fand es nur interessant, dass sich noch jemand in unserem Haus damit beschäftigt hat, welche Zusammensetzung Reicherts Medikamente aufweisen."

Ich mustere die Runde.

Joy hat ihr übliches asiatisches Lächeln aufgesetzt, Lola bewundert den scheußlichen grellgrünen Lack auf ihren Fingernägeln, Susanne nestelt nervös an ihrer Halskette herum und Furat und Regina wechseln kryptische Blicke.

Soll ich, oder soll ich nicht?

Aber welchen Sinn hätte es, seine Mitarbeiter zu fragen, ob sie sich über blutdrucksenkende Mittel im Netz kundig gemacht haben? Gesetzt den Fall, jemand würde zugeben, den Firmen-PC dafür missbraucht zu haben – was würde es beweisen? Bin ich jetzt schon vom selben irrationalen Aufklärungsvirus befallen wie Regina? Wenn selbst die Kriminalpolizei nichts Verdächtiges gefunden hat, nach all den Befragungen, Untersuchungen und Laboranalysen ...

Wozu sollte ich, der blutige Laie, da lange herumbohren?

„Machen wir Schluss", entscheide ich. „Ich wünsche allen noch einen schönen Abend."

Womit ich den Abend verbringen werde, weiß ich. Die zwei Kassetten in meiner Sakkotasche klappern, als ich den Sitzungsraum verlasse. Draußen fällt mir ein, dass ich etwas vergessen habe. Schon wieder vergessen.

„Sperrst du ab?", rufe ich in Richtung Regina.

Sie verzieht spöttisch die Mundwinkel, hält den Schlüssel in die Höhe.

Längst erledigt, soll das heißen, wenn alle so langsam wären wie du ...

0005.amr

Ich hätte ihn nie erkannt, hätte er mich nicht darauf angesprochen. Auf unsere *gemeinsame Vergangenheit*. Er war mir vom ersten Augenblick an unsympathisch, der Hundsfott schaut ihm aus den Augen. Und mir wurde ja bestätigt, was er für einer ist: ein Spekulant der miesesten Sorte, ein Kriegsgewinnler, dem keine Wirtschaftskrise etwas anhaben kann.

Kriege haben immer Saison …

Wie kann er es wagen, mir dieses Angebot zu machen, er selbst hat es ein unmoralisches genannt! Und woher weiß er überhaupt, dass ich finanziell in Schwierigkeiten stecke? Aber Typen wie er haben eben einen Riecher dafür, wie sonst könnten sie zu dem werden, was sie sind. Ich habe ihn gefragt, wie er sich meine Rolle bei dem Deal vorstellt. Das überlasse ich dir, Edgar, hat er gönnerhaft gegrinst, Hauptsache, sie kehrt zu mir zurück.

Die Blume auf den Misthaufen! Doch selbst dort erhält sie sich ihren Duft.

Unvorstellbar, dass eine wie sie mit einem wie ihm …

Nur schade, dass ich das Handy nicht dabeihatte, um sein tolles Offert mitzuschneiden; wer weiß, wozu so eine kleine Doku gut wäre. Nein, das passiert mir nicht noch einmal: Das nächste Mal bin ich vorbereitet darauf.

Der andere ist um keinen Deut besser. Ein Schmarotzer, der sich an den Goldesel dranhängt. Kunststück, wenn der Goldesel ein Schulfreund ist aus alten Tagen.

Ob die zwei damals, mit dreizehn, vierzehn, auch schon so waren? So berechnend, so verschlagen? Ich habe kein klares Bild mehr von ihnen als Buben. Weiß nur, dass ich sie einmal im Bett erwischt habe, die üblichen pubertären Spielchen halt, hatte nicht viel zu besagen.

Aber dass beide jetzt auftauchen müssen … Zufälle spielt das Leben!

Furat stößt mich verstohlen an.

„Schau mal, wer wieder da ist!"

Er deutet auf eine schlanke, fast dürre Frau unbestimmten Alters. Vielleicht war sie früher einmal attraktiv; jetzt übersäen Hunderte von Fältchen ihr Gesicht. Und sie ist nicht der Typ, der davon profitiert.

„Ist das nicht ...?"

„Richtig. Adele Bell, die Frau unseres ersten Verunglückten. Sie hat schon vor über einem Jahr bei uns angefangen, aber wieder aufgehört, als ihr Mann im Dezember eingestiegen ist. Kein Wunder, wenn du gesehen hast, wie der sich ihr gegenüber benommen hat."

„Und jetzt, wo er tot ist, kommt sie wieder. Interessant."

Ich beobachte, wie die Frau auf einen Crosswalker zusteuert und ihren Kopfhörer ansteckt. Jedes dieser neuen Geräte verfügt über einen eigenen Fernsehmonitor, purer Luxus, wie ich es sehe, aber Regina hat sich auch bei dieser Anschaffungsdebatte durchgesetzt, trotz der Finanzkrise, die auch vor dem New Life nicht haltgemacht hat.

Die Wandmonitore müssen endlich weg, Edgar! – Wozu, die sind doch erst vier Jahre alt. – Du kannst den Leuten nicht zumuten, auf eine ganze Batterie von Bildschirmen starren zu müssen, wo sie doch nur ihr jeweiliges Lieblingsprogramm anschauen wollen. – Was willst': Es funktioniert alles tadellos, bei mir hat sich nie jemand beschwert! – Bei mir schon. Die einen wollen anspruchsvollere Kanäle, die anderen verlangen mehr Sport oder Soap. Wie soll man es mit lächerlichen sechs Monitoren allen recht machen? Auf den neuen Geräten kannst du das Fernsehprogramm deiner Wahl einstellen; wenn du nicht lieber Backgammon *oder* Four in a Row *darauf spielst. Oder du kannst, wenn dir nach Ruhe ist, auch ganz auf das Geflimmer verzichten. Das nennt man moderne Dienstleistung, Edgar: auf die individuellen Bedürfnisse unserer Kunden einzugehen ...*

Komisches Verständnis von *individuell*, dachte ich. Aber auch mir war nach Ruhe zumute, und so gab ich am Ende meinen Segen. Wieder einmal.

Adele Bell steppt gemächlich vor sich hin; sie scheint es gemütlich anzugehen und wirkt völlig entspannt bei ihrer Übung. Der Monitor ihres Crosswalkers ist schwarz. Offenbar hat sie die Kopfhörerstöpsel nur deswegen in den Ohren, um nichts von der dezenten Musikbeschallung mitzukriegen.

Unsere Blicke kreuzen sich. Ich weiß nicht, was mich dazu veranlasst, ihr zuzunicken; vielleicht, weil ich mich irgendwie ertappt fühle. Es gehört sich nicht, eine Dame anzustarren, schon gar nicht, wenn sie trieft vor Schweiß.

Sie nickt zurück. Mit ernster Miene, aber es wirkt wie eine Einladung.

Wenn ich über etwas wirklich Bescheid weiß, dann über die unausgesprochenen Regeln in einem Fitnessstudio. Über die Jahre hin habe ich begriffen: Die Muster hier herinnen spiegeln nicht nur jene wider, die draußen gelten, sondern verdichten sie in hoch konzentrierter Form. Wie sich Hinz und Kunz, egal, welcher Herkunft, im Fitnessstudio aufführen, drückt eins zu eins ihren Charakter aus. Der Albert zum Beispiel, der das *Abdominal Crunch* mit frecher Selbstverständlichkeit für andere sperrt, indem er sein Handtuch darüberbreitet, als wär's sein Eigentum. Dabei hat er eben einen ausgedehnten Tratsch begonnen und wird das Gerät in der nächsten Viertelstunde sicher nicht nutzen. Der Josef hingegen zuckt verschüchtert zurück, sobald einer nur nervös mit dem Handtuch wedelt: Aber bitte, gehen Sie doch vor, ich hab eh Zeit!

Oder der Bruno, unser Obermacker. Fünfunddreißig, ledig, mit goldenem Flinserl im Ohr und selbst auf dem Laufband ständig auf Aufriss. So wie er die Mädels mit seinen Blicken auszieht, ist es kein Wunder, dass sie lieber demonstrativ in einer Zeitschrift blättern, während sie ihre Kilometer herunterspulen, oder mit steinerner Miene einen Punkt fixieren am imaginären Horizont. Da behandelt der Baumeister Hofer seine Holde ganz anders, nämlich wie eine Vollidiotin, wenn er ihr schon zum dritten Mal lautstark erklärt, wie das Ruder-Ergometer funktioniert. Dass er sie erst gar nicht an Hanteln und Gewichte ranlässt, passt ins Bild: Die Kraftabteilung ist nun einmal das letzte Reservat für harte Männer in einer Welt der Frauenquoten. Hier dominieren schiere Muskelmasse und bärige Bulligkeit, Waschbrettbauch und Solariumbräune; wobei sich die Oberbullen bisweilen rührend um die noch unerfahrenen Jungbullen kümmern, routinierte Haudegen um grüne Spunde, ohne jegliche Hintergedanken. Woher auch solche nehmen, wenn sich doch alles Denken nur um einen schnellen Muskelzuwachs dreht, um Bi-, Tri- und Quadrizepse.

Selbst ob einer sein Gerät reinigt oder nicht, ist aussagekräftig: Während pedantische Gemüter die Griffe des Ergometers in Reinigungsspray ertränken, scheren sich die superlässigen Sonnyboys einen Deut darum, wie viel Schweiß sie absondern. Schließlich lässt sich damit eine eigene Duftmarke setzen. Den sportlicheren Typen kann ihre synthetische Haut gar nicht eng genug sein; damit nur ja niemand übersieht, was sich darunter befindet. Die weniger Wohlproportionierten bevorzugen Trainingsanzüge in Übergröße, um ihre Speckringe zu kaschieren. Last, not least der höchst unterschiedliche Umgang mit dem vom Trainer oder Therapeuten verordneten Fitnessprogramm: Mit Tabelle und Bleistift bewaffnet haken die

Neuen nach jeder Übung brav ab, was ihnen an Minuten, Gewicht, Anzahl und Wiederholungen aufgegeben wurde; die alten Hasen verzichten nicht nur darauf, sondern bedenken die Tabellenträger auch noch mit einem abfälligen Grinsen.

Locker, natürlich, verklemmt – nirgends sonst kommt eine Haltung auf engem Raum so ungeschminkt zur Geltung. Wenn die gestählten Figuren sich nach vollbrachtem Werk nackt vor dem Spiegel föhnen und sich dazu im Schritt kratzen, wollen sie doch betrachtet, ja, bewundert werden. Trau dich nur, sagen ihre Blicke, sieh dich nur satt an meinem perfekten Body! Ich gehöre nicht zu den verdrückten Warmduschern, die das Badetuch mit in die Duschkabine nehmen. Die nichts mehr fürchten, als dass ein abschätziger Blick sie streift.

Ja, ein wahrer Minimundus ist das New Life! Wer hier hereinspaziert, gibt nichts von Bedeutung ab an der Garderobe. Die Essenz, der Sinn, das Wesen deines ganzen Lebens rennt, radelt, rudert, strampelt und stemmt mit dir mit, wie ein prall gefüllter, unsichtbarer Rucksack.

*

Adele Bell steigt mit einer solchen Eleganz vom Crosstrainer, als hätte sie eigens dafür geübt.

„Schön, dass Sie wieder bei uns sind“, höre ich mich sagen.

„Ja“, sagt sie. „Es tut gut. Und ich habe es, weiß Gott, vermisst.“ Sie stößt die Luft aus und lässt ihre Schultern kreisen.

Ich bin mir nicht sicher, wie ich das Gespräch fortsetzen soll.

„Es tut mir sehr leid, das mit Ihrem Mann. Ich weiß nicht, ob ich Ihnen schon mein Beileid ausgedrückt habe.“

Ihr Nicken signalisiert, dass sie die verspätete Beileidsbekundung zur Kenntnis nimmt.

„Sie waren ja selbst eine Weile außer Gefecht, wie man hört."

„Tja", murmle ich, „böse Sache. Zuerst Intensivstation, dann ein paar Wochen Reha."

Ich tippe mir mit dem Zeigefinger an die Stirn, lasse die Hand aber schnell wieder sinken. Das muss ja aussehen, als wollte ich ihr den Vogel zeigen.

„Aber jetzt sind Sie wieder ganz hergestellt?"

„So halbwegs."

Ich spüre, wie mir das Lächeln misslingt. Worauf will sie hinaus?

Adele Bell legt den Kopf schief. „Ich habe Sie nämlich nicht beim Begräbnis von Otto gesehen. Waren Sie zu der Zeit bereits im Spital?"

Das Begräbnis ihres Mannes ... Ich habe nicht den Hauch einer Ahnung, ob ich daran teilgenommen habe, niemand hat mit mir darüber geredet. Es muss ja zwei Begräbnisse innerhalb kürzester Zeit gegeben haben. Beim ersten sollte ich als Chef des Studios, in dem Bell zu Tode kam, eigentlich dabei gewesen sein. Schließlich passierte mein Unfall erst nach seiner Bestattung.

Zumeist ist der einzig sinnvolle Handlungsmodus in einer Dilemmasituation jener, der dich zuvor schlichtweg sinnlos dünkt.

Der Satz fällt mir ein, ohne dass ich wüsste, wo ich ihn aufgeschnappt habe. Ob er irgendetwas mit meiner Ausrede zu tun hat? Seltsam sind sie verschaltet, meine grauen Zellen!

„Ich war nicht dabei, weil ich Begräbnisse nicht so gut verkrafte."

Ihre Augenbrauen heben und senken sich. Oder ist es nur ihre Stirn, die sich in Runzeln legt, und das seltsame Mäandrieren der Brauen ein bloßer Sekundäreffekt?

„Sie müssen sich nicht entschuldigen und auch keine Entschuldigungen erfinden. Ich habe Sie nicht wirklich vermisst, Herr Moser."

Das ist nun ein Satz, wie man ihn in seiner Klarheit selten zu hören bekommt. Und Adele Bell setzt noch eins drauf.

„Sie nicht und auch sonst keinen. Wenn es Sie beruhigt: Es wäre mir vollkommen gleichgültig gewesen, wenn überhaupt niemand gekommen wäre. Wer, glauben Sie denn, hat Otto Bell auch nur eine Träne nachgeweint?"

Der diskrete Charme der Bourgeoisie, denke ich, viel ehrlicher geht's dann wohl nicht mehr. Ihre Offenheit verleitet mich zu einer ebensolchen.

„Gehe ich recht in der Annahme, dass der Tod Ihres Gatten Sie nicht sonderlich deprimiert hat?"

„Sie gehen", antwortet sie mit einer luftigen Gebärde und bringt ihren Mund so nahe an mein Ohr, dass niemand außer mir ihre Worte hören kann. „Mein verblichener Gatte war ein – mit Verlaub – absolutes Arschloch."

Ihre Worte zischen in meinem Gehörgang. Ich recke den Unterkiefer nach oben. Frau A und Herr O: Das A und O der wahren Liebe hat man sich wohl ein bisserl anders vorzustellen. Auch wenn ich keinerlei praktische Erfahrung mit der Ehe habe, so beginne ich doch zu erahnen, welch abgrundtiefer Morast sich im Hause Bell im Verlauf von Dezennien angesammelt haben muss. Soll ich ihr sagen, dass es mir leidtut? Dass ich sie bedaure? Aber Adele Bell vermittelt nicht den Eindruck, als ob sie getröstet werden müsste.

„Entschuldigen Sie", lächelt sie verbindlich, „aber wenn Sie nichts dagegen haben, würde ich jetzt gerne mein Workout fortsetzen. Ich möchte nicht auskühlen."

„Selbstverständlich, gnä' Frau." Ich mache einen Schritt zur Seite.

Sie steuert auf die Beinpresse zu und breitet ihr Handtuch über die Rückenlehne. Unvermittelt dreht sie sich noch einmal um zu mir.

„Wissen Sie, wie lange ich gebraucht habe, um Otto davon zu überzeugen, auch ins Studio zu gehen? Ein volles Jahr."

„Und warum?"

„Geiz, Herr Moser, Geiz! Eine nicht zu unterschätzende Quelle der Kraft, das haben die Werbefachleute längst erkannt. Er hätte sich wahrscheinlich schon viel früher umgebracht mit seinem Fressen und Saufen und Nichtstun, mein lieber Otto. Wenn er nicht so geizig gewesen wäre. *Zufleiß nicht*, hat er gesagt, *ich werde doch denen nicht die Freude machen, dass sie sich die Pension für mich ersparen können! Da beiß ich mich lieber noch ein bisserl durch*. Am Ende hat er denen da oben doch noch eine Freude gemacht, wenn auch unabsichtlich. Und, wenn Sie's genau wissen wollen, mir auch!"

Ich ringe mir ein Lächeln ab, lasse sie alleine zurück an der Beinpresse.

Dass eine Frau ihren Mann so hassen kann, gibt mir zu denken.

Wie habe *ich* Bell in Erinnerung? Ein kleiner untersetzter Typ, schwammig wie meine Erinnerung an ihn. Sympathisch war er mir jedenfalls nicht, so viel steht fest.

Doch wie ich zu diesem Gefühl komme, könnte ich nicht sagen.

*

Ich möchte Furat etwas fragen, das mir schon eine Weile am Herzen liegt, aber er unterhält sich gerade in seiner Muttersprache mit einem schnauzbärtigen, graumelierten Mann, der aussieht wie ein anatolischer Bauer. Wie einer, der sich im Jahrhundert verirrt hat. Ich schätze ihn auf mindestens fünfundfünfzig. Äußerst untypisch, dass Türken in dem Alter zu uns finden. Sie hocken lieber in ihren verrauchten Kaschemmen oder in privaten Spielhöllen, zu denen kein Österreicher Zutritt hat. Hingegen stellen die jungen Türken der dritten Generation einen überdurchschnittlich hohen Prozentsatz unserer Klientel.

Ich warte, bis Furat dem Mann seine Karte ausgehändigt und dafür den Spindschlüssel entgegengenommen hat. Obwohl ich kein Wort des kurzen Dialogs verstehe, überrascht mich die Körpersprache unseres sonst so jovialen Trainers. Am Ende verneigt er sich gar vor dem Schnauzbärtigen.

„Ein Verwandter von dir?", frage ich, nachdem der Mann das Studio verlassen hat.

„Nein, überhaupt nicht. Wieso?"

„Weil du ihn so ... zuvorkommend behandelt hast."

„Er *ist* auch eine Respektsperson. Ein Saz-Spieler, und einer der besten, die ich kenne. Im Hauptberuf ist er Maurer. Besser gesagt er war es bis vor vierzehn Tagen, jetzt ist er in Rente und kann sich hoffentlich wieder mehr um seine Musik kümmern. Letzte Woche war ich auf einem kleinen Konzert in privatem Rahmen, da habe ich ihn erstmals seit Jahren wieder spielen gehört. Es war phantastisch! Danach haben wir zusammen Tee getrunken und er hat mir von seiner alten Heimat erzählt. Am meisten gehe ihm ab, dass er in vierzig Kilometern Umkreis von Treibern kein richtiges Bad findet, hat er gemeint, du weißt schon, einen Hamam mit Massage und allem Drumherum. Da habe ich ihm einen Zehnerblock für unseren Wellnessbereich geschenkt. Ist natürlich nur ein schwacher Ersatz für ein türkisches Dampfbad. Aber heute, an unserem Herrentag, hat er die Sauna das erste Mal genutzt und sich überschwänglich bei mir bedankt. Dabei bin ich ihm zu Dank verpflichtet. Seine Musik öffnet einem jeden das Herz."

Furat lächelt mich versonnen an.

Ich weiß nicht einmal, wie eine Saz aussieht, geschweige denn, wie sie klingt. Aber Furats Begeisterung wirkt durchaus ansteckend.

„Komm, wir gönnen uns zwei Espressi. Ich finde, das passt jetzt. Die gerösteten Bohnen haben uns ja schließlich deine Vorfahren gebracht."

„Gerne." Er macht sich an den Hebeln der Espressomaschine zu schaffen, die wirklich reif fürs Museum ist und, zugegeben, auch zu langsam arbeitet für ein so großes Studio. Aber mir ist das gute Ding einfach ans Herz gewachsen, und erstaunlicherweise konnte ich es bislang vor Reginas Modernisierungswut retten. Vermutlich ist die Gaggia Orione 1973 das einzige Stück aus Onkel Gerhards Inventar, das es ins dritte Jahrtausend geschafft hat. Ich bewundere Furat, wie geschickt er sie bedient.

Aber was wollte ich den Burschen eigentlich fragen?

„Ich dachte, du würdest keinen Kaffee mehr trinken", ruft er zu mir herüber. Die Maschine pfaucht wie eine alte Dampflokomotive. „Den letzten hast du bei mir vor Wochen bestellt."

„Du meinst, vor meinem Unfall?"

„Ja, natürlich. Als du das letzte Mal mit Reichert geredet hast. Hast du dir übrigens die Videobänder angeschaut?" Er stellt die dampfenden Tassen vor uns hin. „Wie ich dir gestern schon sagte, die Szene mit euch beiden an der Theke müsste eigentlich drauf sein."

„Ist sie auch. Ich hab mir die Bänder angesehen, bis ich irgendwann eingeschlafen bin dabei."

Was ich nicht erwähne: Wie anders die Welt aus der Vogelperspektive einer Videokamera aussieht. Nicht genug, dass meine Glatze von da oben viel größer wirkt, als wenn ich sie im Spiegel betrachte. Es rückt auch alles näher zusammen. Natürlich weiß ich, dass das an dem Weitwinkelobjektiv liegt, das unsere kerzengerade Theke bogenförmig abbildet. Das Video zeigt mich in nächster Nähe zu Johannes Reichert, unsere aufgestützten Arme berühren einander beinahe. So, als führten wir ein inniges, vertrauliches Gespräch.

Dabei war er für mich doch nur ein Kunde wie zig andere.

Ich komme nicht mehr drauf, wonach ich Furat eigentlich fragen wollte. Es hatte irgendetwas mit dem zu tun, was wir bei der Teamsitzung besprochen haben. Gesellt sich zu meiner retrograden Amnesie jetzt auch noch eine anterograde hinzu? Oder ist das nur die übliche altersbedingte Vergesslichkeit, an der alle mit sechzig plus zu knabbern haben?

0007.amr

Mein erster Livemitschnitt wird das heute. Moralisch ist es vielleicht nicht ganz einwandfrei, unsere Unterhaltung heimlich aufzuzeichnen, aber sagen kann ich ihr natürlich nichts davon. Das Bewusstsein, in ein Mikrofon zu sprechen, verändert jedes Gespräch. Wie wenn du fotografiert wirst, während du dein Geschäft verrichtest. Das muss ja zu Verstopfung führen, oder zu Durchfall.

Was ich mir erhoffe von dem heimlichen Mitschnitt? Dass mir der Klang ihrer Stimme hilft bei meiner Entscheidung. Ich werde mir die Aufnahme so oft anhören, bis es keine Zweifel mehr gibt.

So wie ich die eigenen Gedanken festhalte, um sie zu ordnen, zu sortieren. Beim Wiederanhören trennt sich schnell die Spreu vom Weizen. Irgendwo habe ich gelesen, dass die Kiowa-Indianer einen großen Stein mit sich herumschleppen, wenn sie ein Problem haben. Ist die Lösung gefunden, werfen sie den Stein weg – erleichtert und befreit, in doppelter Hinsicht …

Für mich ist das Handy dieser Stein. Wenn es seinen Dienst getan hat, werde ich es ausschalten. So einfach ist das.

1. April 2010

Erst gestern, beim gemeinsamen Abendessen, habe ich mich zu der Reise entschlossen, spontan ist nicht der richtige Ausdruck dafür. Ich hatte längst die Witterung aufgenommen. Es war schon seit meiner Rückkehr aus der Reha in der Luft gelegen. Ein vager Duft, ein Düftchen, aber nicht zu verleugnen.

Der Auslöser kam im Doppelpack. Regina und ich sahen die Abendnachrichten im Fernsehen, während die belegten Knäckebrote zwischen unseren Kiefern krachten. Ich drehte den Ton lauter. Zuerst brachten sie die Meldung von dem neuesten Gutachten. Ich stellte das Kauen ein.

Ein neues Gutachten im Fall Demjanjuk.

Die soundsovielte Gerichtswoche. Keine Fortschritte. Seine Erinnerungslücken klafften wie eh und je.

Dann der Beitrag über den feierlichen Klage- und Bußgottesdienst im Stephansdom. *Kirche zeigt Reue,* lautete die Schlagzeile. Der Kardinal höchstpersönlich stand am Altar, viele Größen der österreichischen Politik hatten sich eingefunden. Ein Gottesdienst zu Ehren der kirchlichen Missbrauchsopfer. Nur 1989, als die letzte Habsburgerkaiserin hier aufgebahrt wurde, hätten sich noch mehr Politiker im Dom versammelt, erklärte der Moderator.

Ich ging hinüber zum Schreibtisch und schaltete den PC ein.

„Ich glaub's nicht", staunte Regina, „Edgar am Computer! Es geschehen noch Zeichen und Wunder."

Zuhause gehe ich praktisch nie an den Rechner, Regina beantwortet zum Glück sogar die an mich gerichteten Mails. Aber nun hatte ich etwas zu überprüfen. Ich googelte die Website der österreichischen Franziskaner und fand auf Anhieb, was ich suchte: die offizielle Stellungnahme des Pater Provinzial zum momentanen Thema Nummer eins.

Die Diktion überraschte mich nicht: *Tiefe und schmerzliche Betroffenheit* empfinde man darüber, dass jetzt auch gegenüber der franziskanischen Bruderschaft *solch schreckliche Anschuldigungen im Raum* stünden. *Allfällige Übergriffe* in ehemaligen Bildungs- und Erziehungseinrichtungen des Ordens seien natürlich ohne Wissen der Obrigkeit erfolgt, man werde allen Vorwürfen *sorgfältig nachgehen.* Für schon verstorbene Beschuldigte könne nur noch *um Vergebung* gebeten werden. Was geschehen sei, ließe sich allerdings *nicht mehr ungeschehen machen,* und so weiter und so fort.

Ich kehrte zurück auf die Couch. Der Kardinal breitete ein letztes Mal seine Arme aus und richtete einen leidenden Blick gen Himmel. Als ob er ausdrücken wollte, dass die Opfer bestimmt von höchster, von allerhöchster Stelle entschädigt würden. Nicht mit schnödem Mammon allerdings, wie manche sich vielleicht erhofft hatten, sondern mit himmlischem Manna.

„Habe ich morgen was Wichtiges zu erledigen?", fragte ich Regina.

„Woher soll ich das wissen?", gab sie zurück. Manchmal hört sie sich recht unwirsch an. Aber sie meint es nur selten so.

„Ich wollte nur wissen, ob wir etwas ausgemacht haben. Etwas, das sich nicht aufschieben lässt."

„Nicht, dass ich wüsste."

„Gut. Dann wirst du mich einen Tag lang entbehren müssen. Vielleicht auch zwei. Ich werde nach Gerlach fahren."

„Gerlach?" In ihrem Hirn arbeitete es. „Hast du da nicht früher ..."

„Ja", unterbrach ich sie. Jetzt war ich der Unwirsche.

„Bist du überhaupt schon fit genug dafür?“

Ich nahm die klassische Bodybuilderpose ein.

„Aber wozu?“

Wieso kann diese Frau nie locker lassen, wieso verbeißt sie sich in alles? Es soll welche geben, die nicken einfach in so einer Situation und wünschen dir einen schönen Ausflug.

Ich gab vor, auf die Toilette zu müssen. Hoffte, die Frage würde sich danach von selbst erledigt haben. Aber das war natürlich eitler Wahn.

„Also?“, sagte sie. Starrte mich an mit verschränkten Armen.

„Ach, nur alte Geschichten. Nichts von Bedeutung.“

Sie sah einen Moment zur Decke. Offensichtlich fand sie dort, was sie suchte.

„Ich will mitkommen!“

Ihre Bestimmtheit überraschte mich, aber ich hatte mich auf dem Klo gewappnet.

„Nein“, sagte ich ebenso entschieden. „Das ist meine Geschichte. Meine Vergangenheit.“

„Betrifft deine Vergangenheit nicht auch mich?“

„Wahrscheinlich gibt es dort eh nicht mehr viel zu sehen. Du würdest dich nur langweilen.“

Das Spielchen ging noch ein paar Minuten hin und her, schlüssig war das alles nicht, was ich an Argumenten vorbrachte. Aber es war mir egal. Ich hatte keine Alternative. Regina wäre mir im Weg, so viel war klar. Noch jemand, der mir im Weg stünde.

Und das wäre eindeutig des Guten zu viel.

*

Es ist, wie wenn du die Brille verlegt hast.

Die sicherste Methode, sie wiederzufinden: den ganzen Weg noch einmal abzulaufen, mit dem Blick auf den Boden gerichtet zurückzugehen bis zu der Stelle, wo du sie das letzte Mal auf der Nase gespürt hast. Über kurz oder lang wirst du über sie stolpern.

Jetzt kommt es nur noch darauf an, sie nicht zu zertreten ...

Für die kaum hundert Kilometer lange Strecke habe ich bereits zwei Mal umsteigen müssen. Das letzte Teilstück lege ich in einem Zug zurück, der aus einem einzigen Triebwagen besteht, der Kartenautomat hat auch hier längst den Schaffner freigesetzt. Immerhin wurde die Strecke noch nicht eingestellt, eigentlich ein Wunder angesichts der Sparphilosophie der ÖBB, deren Chefetage mittlerweile Unsummen für Marktanalysen und Studien rausschmeißt, welche belegen sollen, was man auch so weiß: dass das Einstellen von Nebenlinien am profitabelsten ist.

Nach einer langgezogenen Linkskurve taucht unten das städtische Freibad von Gerlach auf. Seine grün-weiß gestrichenen Umkleidekabinen: ein Relikt aus alten Tagen. Auch das Bahnhofsgebäude sieht noch aus wie anno dazumal – erbaut auf einem Granitsockel, gedeckt mit grauem Eternit, und jede Menge Blumenkisten vor den ausgebleichten Fensterläden. Ist die Zeit hier stehen geblieben? Oder ist es Teil der Vermarktungsstrategie, die Atmosphäre der alten Eisenstadt bewusst zu konservieren für den modernen Städtetourismus?

Um mehr von der Stadt zu sehen, entscheide ich mich für den ungeteerten Fußweg entlang des Flussufers, der, wie ich mich zu erinnern vermeine, knapp vor der eisernen Brücke über die Gerlach in die Hauptstraße mündet. Wie sich herausstellt, habe ich mich nicht geirrt – nur dass anstelle der rostbraunen Eisenbrücke, dem flachgelegten Eiffelturm, wie die Brücke im Volksmund genannt wurde, nun eine aus Beton den Fluss überspannt.

Also doch keine Vermarktungsstrategie, eher stadtplanerische Willkür.

Ich überquere das graue Ungetüm und steige die steile, eingehauste Treppe hinauf zum Rosenhügel. Die Sonne blendet mich, als ich aus dem Dunkel trete. Vor mir ragt die Stadtpfarrkirche auf, ein gotischer Wolkenkratzer, der vom wirtschaftlichen Aufschwung Gerlachs im fünfzehnten Jahrhundert zeugt. Im Pfarrhaus nebenan soll Anton Bruckner Teile seiner achten und neunten Symphonie komponiert haben, hier befindet sich auch das erste für ihn errichtete Denkmal.

Unschlüssig stehe ich vor dem Portal. In dieser Kirche habe ich mehr Zeit verbracht als in allen anderen zusammen. Hier überkamen mich einst wohlige Schauer: O ja, das, genau das ist es! Wahrhafte Schönheit, keinem irdischen Zweck dienend, gewidmet allein der höheren Ehre Gottes.

Wie sicher bin ich mir damals gewesen! Luftig leicht und fest verankert zugleich.

Längst ist jede Gewissheit, jede Ehrfurcht zerstoben. Ich habe keinen Henkel mehr zum Anhalten.

Sakrale Prunkbauten, egal welcher Konfession, vermögen mich nicht mehr zu beeindrucken; zu viel weiß ich mittlerweile um ihren Zweck, ihre Funktion. Ihr Prunken prallt ab an mir. Nicht Psalter und Harfe, Psalmen und Choräle tönen in meinen Ohren, nur die Schreie der vom Gerüst gestürzten Sträflinge, die man hier zu Tausenden und über Jahrhunderte hinweg als Bausklaven missbrauchte. Niemals wieder gedenke ich diesen hohen Raum zu betreten, wo die als Beichtstühle getarnten schwarzen Löcher lauern, die die Menschen aufsaugen, ihren

Mut zersetzen; wo flüsternd jener krankhafte, krankmachende Selbstbezichtigungskult betrieben wird, bei dem sie dir, mit jedem Mal tiefer, die spitze Spirale der Schuld hineindrehen, die dir für den Rest des Lebens Lust und Freude vergällt.

Bekenne, büße, bekenne, büße ...

Nur ganz leise, kaum zu vernehmen, das *Fürchtet euch nicht!*

Doch ich fürchte ...

Fürchte, die gotischen Spitzbögen der Stadtpfarrkirche könnten wieder auf mich einstechen wie die Argumentationsbögen theologischer Logik während des Studiums, kulminierend im großen Vertröstungsdrama: der Mär von der ewigen Verdammnis, der ewigen Glückseligkeit. Nicht zufällig hat sich das neuzeitliche Theater aus Osterläufen und ähnlichen Inszenierungen entwickelt. Von wegen zweckfreier Bau! Ohne eine solche zu Stein gewordene Majestät, ohne ihre architektonische Perfektion und Größe, könnten die irdischen Paladine Gottes nie und nimmer so wirkungsvoll ihre Macht verbreiten.

Genug. Ich lasse die Kirche links liegen und schlendere hinüber zum Stadtpark, mit dem weithin sichtbaren Kragl-Denkmal an seiner Westseite.

Der Begründer der Gerlacher Waffenschmiede steht immer noch lässig und mit herablassender Gebärde auf seinem ehernen Sockel. Gestützt auf das Gewehr in seiner Linken, den Gründerzeitblick firm in die Zukunft gerichtet, zeigt seine Rechte den unter ihm kauernden einfachen Arbeitern, wo es lang geht. Eine gewisse unfreiwillige Ironie liegt in dieser Pose, weiß man doch, wie Kragl, der Vater der Gerlacher Waffen- und Stahlschmiede, Intimus des Wiener Hofes und als solcher nicht ganz uneigennütziger Berater des Kaisers in rüstungstechnischen Angelegenheiten, endete: hinweggerafft ausgerechnet von der Tuberkulose, der Armeleutekrankheit. Ein Waffenbaron, der sich in Fürstenmanier ein Schloss auf dem Gerlacher Rosenhügel erbauen ließ, das er selbst nie betreten sollte. Kein Jagd- und Lustschlösschen irgendwo in den eigenen Forsten, um sich mit der Geliebten dann und wann vergnügen zu können, ohne viel Aufsehen zu erregen, sondern eine im neuromantischen Stil gehaltene Mischung aus Burg und Schloss.

Unerklärlich, was Kragl bei diesem Auftrag ritt: Wozu all die Zinnen, Putten und Stuckaturen, die kalten Marmorböden und ein sich über drei Geschoße erstreckendes Treppenhaus, das den Aufmärschen ganzer Dynastien Platz geboten hätte? War es der Versuch, seine bürgerliche Herkunft mittels eines pompösen Schlosses vergessen zu machen, die eigene Bedeutung auf eine pseudoaristokratische Ebene hochzustilisieren? Oder handelte es sich nur um die übliche Geschmacklosigkeit eines Parvenüs, niemandem und nichts geschuldet als eben dem gänzlichen Mangel an Stil?

Wie auch immer: Auf dem Sterbebett überkam Kragl das, was manche Ausbeuter in ihrem finalen Siechtum bisweilen zu überkommen pflegt: Reue. Sein schlechtes Gewissen – immerhin hatten sich die technologischen Spitzenleistungen der Kraglschen Waffenschmiede, wie etwa die Perfektionierung des Hinterladers, auf die Lebenserwartung Zigtausender junger Männer im Ersten Weltkrieg ziemlich negativ ausgewirkt – sein schlechtes Gewissen also veranlasste ihn, nach dem Notar rufen zu lassen und seinen Letzten Willen buchstäblich in letzter Minute abzuändern. Als dann das Testament verlesen wurde, staunte ganz Gerlach: Der Waffenbaron hatte das nagelneue, bezugsfertige Schloss auf dem Rosenhügel weder seiner Frau noch seinen beiden Söhnen und auch nicht Fräulein Breitfuß, seiner langjährigen Mätresse, vererbt, sondern den Minderbrüdern, besser bekannt als Bettlerorden der Franziskaner.

Vielleicht war es deren Armutsgelübde, das Kragl zu diesem Schritt veranlasst hatte, stellte so ein Gelübde doch einen fast exotisch anmutenden Kontrast zu seinem eigenen Leben dar. Und sucht nicht gerade der Verwöhnte, vom Leben Verzärtelte bisweilen den Kontrast in Form des Kruden, Einfachen? Das gilt damals wie heute: Topmanager, die sich für ihr Diner Starköche aus fernen Metropolen einfliegen lassen, können plötzlich ganz sentimental werden, wenn ihnen auf einer Berghütte ein schlichter Wurstsalat vorgesetzt wird: *Nein, so etwas Köstliches! ... in meinem ganzen Leben habe ich noch nie ... also diese Natürlichkeit, dieser ehrliche Geschmack!*

Als ob ausgerechnet jene von der unbefleckten Empfängnis schwärmten, die sonst keine Gelegenheit ausließen, sich durch die Gegend zu vögeln.

Der Ordensleitung waren die Gründe für das Geschenk aus heiterem Himmel jedenfalls egal. Der Herr in seinem unerforschlichen Ratschluss hatte ihnen etwas zukommen lassen, was ideologisch nicht ganz auf der Linie des Wanderpredigers aus Assisi liegen mochte, was jedoch die seelsorgerischen, pädagogischen und gesellschaftlichen Aufgaben des Ordens erheblich erleichtern würde. Man entschied, das Schloss nicht zu verkaufen (was in der damaligen Zeit auch schwierig gewesen wäre, immerhin stand schon wieder ein Krieg vor der Tür), sondern es in ein Knabeninternat umzumodeln. Wobei nicht viel an Umbauarbeiten vonnöten war: Die überdimensionierten Repräsentationsräume verwandelten sich über Nacht in Schlaf-, Studier- und Speisesäle für Zehn- bis Achtzehnjährige. Der größte Saal war mit fünfzig, der kleinste mit achtzehn Betten und Spinden vollgestellt.

Zweifelsohne gab es zu Beginn des 20. Jahrhunderts nicht viele Internate, die über derart ausladende Kristallluster, breite Marmortreppen und filigrane Stuckarbeiten verfügten.

Passend zur Gesinnung seiner neuen Herren, vielleicht aber auch in sprachlicher Anlehnung an den Ortsteil Rosenhügel, wurde das Kraglsche Schloss bald in *Konvikt zum Heiligen Rosenkranz* umbenannt – ein makellos weißes, mit Ecktürmen und Zinnen bewehrtes Bollwerk gegen den wachsenden Unglauben.

Jung und Alt zu Fromm und Nutz, wie es noch hieß, als ich in dieses Bollwerk einzog.

*

Ich hatte den stattlichen Bau anders im Kopf – duftiger, schwebender ...

Eine sentimentale Verklärung? Schwer vorstellbar angesichts meiner Erfahrungen in diesen Hallen, deren schiere Kubatur allein schon einschüchterte. Endlos lange Gänge, riesige Säle. Aber kein Quadratmeter, um sich zurückziehen zu können.

Die Mittagsonne steht hoch über den Schlosszinnen und leuchtet die Szene aus wie in einem expressionistischen Film: hart, holzschnittartig. Irgendetwas geht mir ab. Ach ja, der Amorbrunnen! Mehrmals war vom Rektor erwogen worden, ihn zu entfernen. Heidnische Gottheiten passten seiner Meinung nach nicht zu einem christlichen Internat, schon gar nicht der Sohn von Venus und Mars mit seinen Liebespfeilen. Aber irgendwie hat der bronzene Amor vor dem Haupteingang überlebt. Und das, obwohl ihm ein Arm fehlte, ausgerechnet der mit dem Bogen, wodurch der klassizistische Brunnen schon zu meiner Zeit einen desolaten Eindruck machte.

Zu meiner Zeit? Welcher Teufel, Herrgott noch einmal, reitet mich, diese Zeit als die meine zu bezeichnen?

Fünfunddreißig Jahre ...

Nicht ein einziges Mal hat es mich in dreieinhalb Jahrzehnten auf den Rosenhügel verschlagen. Auch zu meinen ehemaligen Mitbrüdern hatte ich seither keinerlei Kontakt.

Wenn man von meinem gestrigen virtuellen Besuch beim Pater Provinzial einmal absieht.

Hatte ich mich nicht entschieden, nie mehr an der Vergangenheit rühren zu wollen, weil sie Gift ist für mich? Wie die tödlich präparierten Seiten in Ecos *Der Name der Rose.*

Kehre nie zurück an den Ort, wo deine Träume zerschlagen wurden, wo man dir die Unschuld raubte. Das schrieb ich vor Jahren in mein Tagebuch. Nun bin ich freiwillig zurückgekehrt an den verbotenen Ort, niemand hat mich dazu genötigt.

Oder ist es umgekehrt: Hat sich das Konvikt mir angenähert, gegen meinen Willen, bin ich immer noch sein Gefangener?

Aber ist es überhaupt eine Frage des Willens? Musste es nicht einfach geschehen, steckt dahinter womöglich eine Gesetzmäßigkeit, von der wir alle nichts wissen?

Ich komme mir vor wie ein Einsiedler, der eines Tages beschließt, sein Eremitendasein aufzugeben. Der seine wenigen Habseligkeiten zusammenpackt und seiner Höhle ade sagt. Der zurückkehrt in die Welt des Lachens, des Weinens, der offenen Plätze, der lauten Feste. Bis er nach Jahren merkt, dass er sie nie wirklich loslassen konnte. Dass er seine Höhle ständig herumgetragen hat mit sich.

Wie ein Pelz, der festgewachsen ist an ihm.

*

Zwei alte Leutchen, mit ihren grauen Haaren und der fast identischen Kleidung erst auf den zweiten Blick als Männlein und Weiblein identifizierbar, schlurfen, gestützt auf ihre Gehhilfen, durch das offenstehende Gittertor. Hinter ihnen, strahlend weiß wie ehedem, vielleicht auch gerade erst frisch gestrichen, die Fassade des Konvikts als theatralischer Prospekt.

Aus dem schönbrunnergelben Nebengebäude, das immer den wenigen Maturanten unter den Konviktlern und ein paar Schwestern vorbehalten war, deren Regime sich auf Küche und Krankenstation beschränkte, kommt eine Gruppe von Leuten auf mich zu. Langsam, bedächtig, jeden Schritt messend. Wie Pater Xaver, wenn er im Park seine Runden drehte. Es sind gebrechliche Menschen, deutlich älter als ich. Ich grüße sie, und die Frauen beantworten freundlich meinen Gruß, während mich die beiden Männer nicht zu bemerken scheinen. Vielleicht sind sie bereits dement, so wie Onkel Gerhard, der seinen Neffen und Pfleger am Ende auch nicht mehr erkannte.

Jetzt weiß ich, was mich am meisten irritiert: die Stille! Wohin sind bloß all die Buben verschwunden? Ihr Lachen, ihr Weinen, ihr Geschrei?

„Entschuldigen Sie", spreche ich die Dame an, die noch am agilsten wirkt. „Können Sie mir sagen, wo ich hier bin?"

Die schlohweißen, ein wenig ins Violette tendierenden Haare der Frau zittern – vor Vergnügen, wenn ich es recht interpretiere. Ihre Äuglein blinzeln mich verschmitzt an.

„Im Vorhof der Ewigkeit, lieber Herr. Ob im Vorhof zur Hölle oder zum Himmel, wird sich für die meisten von uns bald weisen."

Sie kichert, und ihr Zeigefinger weist auf eine Plakette links am Eingangstor, die mir entgangen ist. Die Geste lässt mich unwillkürlich an *Die Erschaffung Adams* denken, Michelangelos Deckengemälde, das ich beim letzten

Novizenausflug in der Sixtinischen Kapelle mit verrenktem Hals bewundern durfte.

SENIORENHEIM ROSENHÜGEL, steht in großen Lettern auf der Plakette zu lesen, *eröffnet 1996*.

Die Franziskaner sind verschwunden, ausgestorben vermutlich, so wie hoffentlich bald alle in diesem – Verein. Ich knirsche mit den Zähnen. Nur konsequent, dass aus dem Knabeninternat ein Seniorenheim geworden war.

Im Vorhof der Ewigkeit, hat die alte Dame gesagt.

Die Ewigkeit ... Sie ist auch nicht mehr das, was sie einmal war.

Hatte nicht ein gewisser Pater Fidelis sie selbst terminiert?

Ich schnaube, leise und bitter: Unter *Terminieren* verstanden Bettelmönche früher das Sammeln von Almosen ...

Aber lässt sich denn eine ewige Profess lösen wie ein Vertrag, den man einfach wieder aufschnürt, wie eine Ehe, die jederzeit geschieden werden kann? Wie könnte einer, der die ehelose Keuschheit gewählt hat, sich jemals scheiden lassen? Meine Fäuste massieren die Schläfen, sie sind dünn, gleich drücke ich sie ein. Kein Ausweg, mach dir keine Illusionen! Freiwillig bist du vielleicht hereingeraten, Bruder, aber raus kommst du uns nie und nimmer!

Bruder ...

Ich finde mich zurückkatapultiert in den glühenden Kessel der Seelenfresser, als wäre all das eben erst passiert, als hätte ich mich nicht selbst jahrzehntelang mit solchen Fragen gefoltert. Es hätte die Appelle und Ermahnungen seitens der Obrigkeit gar nicht gebraucht. Was Bischof und Provinzial zu meinem Austrittsbegehren gesagt hatten, waren dieselben Vorhalte, die ich mir machte: *Die ewige Profess, Bruder, sie ist unauflöslich! Weißt du nicht mehr, was du vor Gott gelobt hast: für die ganze Zeit deines Lebens ... in Gehorsam, ohne Eigentum und in Keuschheit ...*

um so zur Vollkommenheit der Liebe zu gelangen im Dienste des Herrn, der Kirche und der Menschen. Hast du dich und deine Berufung nicht viele Jahre lang gewissenhaft geprüft, während all der Etappen auf deinem Weg zu Priester- und Mönchstum? Franziskanische Demut, Hingabe, die evangelischen Räte – sind das auf einmal keine Werte mehr für dich? Denk doch an all deine Exerzitien, an die Stunden des gemeinsamen Gebets, die gewachsene Gemeinschaft mit deinen Mitbrüdern! Willst du das jetzt wirklich alles hinwerfen?

Aber ich hatte ja nichts hinwerfen wollen – ich hatte es müssen!

Was zählt die Berufung, wenn dir der Glaube abhandengekommen ist! Oder kam mir der Glaube abhanden, weil der Kern meiner Berufung zerschlagen wurde mit dem Vorschlaghammer der Verleumdung? Wie willst du dich wehren gegen anonyme Beschuldigungen? Ich hatte alles verloren, als sie mich hinauswarfen aus meinem Heim, meiner Heimat. Entsorgten in ein Tiroler Kloster. Raubt man dir die Lebensenergie, raubt man dir auch den Glauben an den Spender allen Lebens. So furchtbar einfach ist das, so furchtbar. Am Ende kappte ich alle Bande. Nicht nur die offensichtlichen Fesseln, sondern die Bande jeglicher Rückbindung, jeglicher *religio*.

Ich war fertig mit allem und allen.

Zu fertig gar, um wo hinunterzuspringen ...

*

Ich schüttle mich. Die alte Dame sieht mich erstaunt an.

„Geht's Ihnen nicht gut?“

Sie hat viele Falten, die meisten scheinen vom Lachen zu kommen. Eine wie sie hätte ich gerne zur Patin gehabt, mit oder ohne Sakramente.

„Danke, geht schon. Glauben Sie, ich dürfte mich in Ihrem Park ein wenig umsehen, auch wenn ich niemanden hier kenne? “

„Natürlich.“ Sie legt die Hand verschwörerisch an ihren Mund. „Aber an Ihrer Stelle würde ich so was gar nicht erst fragen. Man weiß nie, welche Antwort man bekommt, wenn man zu viel fragt. Frisch drauf los, junger Mann!“

Jetzt hat sie mir tatsächlich ein Lächeln abgerungen. *Junger Mann* ... Das hat schon lange niemand mehr zu mir gesagt.

Ich verabschiede mich und spaziere langsam die Auffahrt hoch zum Hauptportal. Immer wieder bleibe ich stehen, schaue, vergleiche. Die Linde sieht immer noch aus wie ein gewaltiges, auf dem Kopf stehendes Herz, die Buben sind gerne in ihr herumgeklettert. Das Hallenbad aber, das sich auf der Rückseite des Schlosses befand und auf das wir so stolz waren, weil die Buben sich hier auch bei Schlechtwetter austoben konnten, ist verschwunden. Ein asphaltierter Parkplatz breitet sich an seiner statt aus.

Ich überquere ihn, um hinüber in den halb verwilderten Teil des Schlossparks zu gelangen.

Zur Gstätten. In den Dschungel. So haben die Buben ihn genannt.

Wo Schlingpflanzen von den Bäumen hingen.

Wo Tarzan seine erste Liane rauchte.

Frisch drauf los, junger Mann ...

Juni 1974

Aber wenn einer eine wirkliche
Geschichte weiß, glauben Sie,
das kann verborgen bleiben?
Bewahre, das spricht sich herum,
besonders unter den Kindern!

Ein früher Juninachmittag, Pater Fidelis dreht seine Runden im Park. Er ist glücklich. Die dunklen Baumwipfel schlagen über ihm zusammen, der graue Kies knirscht unter seinen Sandalen.

Vertraute Geräusche. Vom Faustballplatz dringt das Geschrei der Kinder an sein Ohr. Er kann es nicht sehen, aber er weiß: Pater Klaus spielt wieder mit ihnen, tobt herum in seinem flatternden Habit, größer, stärker zwar als der Rest der Mannschaft, aber in diesem Augenblick nur ein übermütiger Junge wie alle anderen. Wie er den Lederball hochwirft, aufschlägt, haarscharf über die Leine schmettert er die harte Kugel, er beherrscht es wie kein Zweiter. Die Leine zu berühren würde eine Wiederholung des Aufschlags bedeuten, diesen Fehler erlaubt sich ein Pater Klaus nicht. Er hat die perfekte Statur für diesen Sport, selbst in einer Profimannschaft hätte er es weit bringen können. Die Kutte scheint ihn nicht zu behindern, er verfügt über den mächtigsten Aufschlag von allen. Auf dem Faustballplatz ist er ein kleiner Gott. Doch Fidelis ist nicht neidisch auf den älteren Bruder in Christo. Sport wird nun einmal großgeschrieben im Konvikt. Welches andere Internat verfügt Mitte der Siebzigerjahre über ein eigenes Hallenbad, über gleich zwei Fußball- und zwei Faustballplätze sowie etliche Tischtennistische? Und über diesen gigantischen Park, in dem es sich trefflich Verstecken oder Indianer spielen lässt.

Hier ist sein Zuhause, nein, viel mehr: Hier hat er seine wahre Heimat gefunden. Er ist noch kein Jahr im Konvikt zum Heiligen Rosenkranz, aber wenn es nach ihm ginge, könnte es immer so bleiben. Es geht ihm nichts ab. Schon während seines Theologiestudiums konnte er nicht begreifen, warum ihm die wenigen Freunde, die er an anderen Fakultäten hatte, ständig ihr Mitleid bekundeten. Er litt ja nicht, nicht im geringsten! Auf eine eigene Bude in der Stadt war er ebenso wenig erpicht wie auf die viel beschworenen neuen Freiheiten, von denen alle schwärmten. Die Kommilitonen betrachteten es offenbar als das Größte, sich die Haare lang wachsen lassen zu können und die Mädchen von Party zu Party zu schleppen. Wie früher im Dorf, wo man von Ball zu Ball zog. Sich jeden Abend zu betrinken und mit einer anderen ins Bett zu steigen – sollte das der Gipfel sein, das Ziel? Er hatte nur freundlich gelächelt, wenn man ihn dazu überreden wollte, mitzukommen: Ein einziges Mal, na komm schon! Nicht ein Mal war er schwach geworden. Er wusste, was er wollte, wonach es ihn im Herzen verlangte. Daran hat sich bis heute nichts geändert.

Wenn die Glocke zum gemeinsamen Abendgebet im Oratorium schlägt, läutet es auch in ihm.

Es ist ein hohes, fröhliches Läuten, spürt er doch: Dieser Tag war wieder ein erfüllter. Sinn-voll. Das gilt ihm weit mehr als jede Sinnlichkeit. Ein Sinn, der ihm geschenkt wird im Gebet, und in seiner Arbeit als Erzieher. Die Buben schätzen seine Geduld, wenn er ihnen beim Lernen hilft, wenn er sie lateinische Vokabeln abfragt oder für sie im Handumdrehen die kniffligsten mathematischen Probleme löst. Und erst recht, wenn er ihnen am Abend etwas vorliest oder erzählt.

Kurz bevor das Licht gelöscht wird im Schlafsaal, gibt es noch eine der *Geschichten vom lieben Gott*. Sie so, wie der Erzähler in Rilkes Buch es empfiehlt, weiterzugeben, als reines, uneigennütziges Geschenk, fällt Fidelis selbst nach einem langen Arbeitstag nicht schwer, bereitet ihm vielmehr Genugtuung. Schon die Tatsache, dass ein solches Buch geschrieben werden konnte, wertet er als eine Art Gottesbeweis. Es begeistert ihn, wie der Erzähler auf Dummheit, menschliche Arroganz und Bösartigkeit antwortet: nicht mit rechthaberischen Argumenten und Richtigstellungen, sondern indem er Geschichten von einfachen Menschen erzählt, die alles Negative aufheben im Exempel, im Gleichnis. Fidelis kennt sämtliche Erzählungen auswendig, dennoch blättert er immer wieder gerne in dem schmalen Band. Die Sprache des Verfassers, der im Erscheinungsjahr 1900 etwa im selben Alter war wie er jetzt (unglaublich eigentlich, es liest sich wie die Hinterlassenschaft eines weisen, lebenserfahrenen Mannes!), ist so schön, so geheimnisvoll, dass es bei jedem neuen Eintauchen wieder etwas zu entdecken gibt. Er badet in den Bildern wie in einem warmen, heilenden Moorbad. *Warum der liebe Gott will, dass es arme Leute gibt, Wie der alte Timofei singend starb* oder, die schönste von allen, *Wie der Fingerhut dazu kam, der liebe Gott zu sein.* Nicht zufällig spielen Kinder darin die Hauptrolle. Und es stimmt: Die Kinder kommen von selber, wenn einer eine wirkliche Geschichte weiß. Nur eine, die letzte in der Sammlung, erzählt er ihnen nie. Er weiß selbst nicht, warum. Vielleicht, weil sie, wie der Titel schon sagt, *dem Dunkel erzählt* ist.

„Sie sind der beste Präfekt, Pater Fidelis!“

Der kleine Schorsch hat es gestern zu ihm gesagt. Der Bub weiß nicht, was er ihm damit für eine Freude bereitet hat. Welch größere Genugtuung kann es für einen Erzieher geben, als Anerkennung zu finden in seinem Beruf, in dem, was ihm am meisten bedeutet? Es gibt nur eine Leidenschaft, die keine Leiden schafft, spürt er: jene für Jesus. Nie wird er dieses Haus verlassen, nicht freiwillig. Hier möchte er alt werden. Wenn man ihm eines fernen Tages anbieten sollte, Rektor in einem anderen Internat zu werden, er wird die Ehre dankend ablehnen. Wer würde von sich aus eine solche Heimat verlassen wollen! Hier, inmitten der lärmenden Jungs, hat er gefunden, was ein jeder sucht: Ruhe.

Diesem Ort will er für immer die Treue halten.

So, wie es in seinem selbst gewählten Ordensnamen steckt.

Er war sich bereits am Beginn seines Noviziats, als er theologisch noch ganz grün hinter den Ohren war, sicher: Fidelis, das wäre der richtige Name für dich. Denn *fidel,* das kommt vom Lateinischen *fidelis*: Treue. Mit der heutigen Verwendung von *fidel* hat das rein gar nichts zu tun. Erst die freigeistigen Studentenverbindungen haben die Bedeutung des Wortes verbogen. Mit ihrem viel gesungenen Krambambulilied zum Beispiel, wo es in der vierten Strophe heißt: *Toujours fidèle et sans souci, c'est l'ordre du Krambambuli.* So wurden Standhaftigkeit und Treue zu Unverbindlichkeit und Spaß umgemodelt – und das schon im achtzehnten Jahrhundert!

In dem Dreiervorschlag, den der Pater Provinzial ihm ein paar Wochen vor der feierlichen Einkleidung vorlegte, fand sich dann tatsächlich sein Wunschname, allerdings erst an dritter Stelle. Er reihte ihn vor auf Platz eins, unterstrich ihn doppelt und küsste den Umschlag wie ein frisch Verliebter den Brief an die Angebetete. Die Spannung blieb bis zuletzt aufrecht, denn erst bei der Feier selbst würde man erfahren, ob einem der Wunsch erfüllt worden war. Er erinnert sich an dieses Ereignis, als wäre es gestern gewesen.

Der Pater Provinzial sprach lange über die neue Identität, die im Ordensgewand und Ordensnamen nach außen sichtbar und hörbar werde. Als er endlich an der Reihe war und das erste Mal seinen neuen Namen vernahm, hätte er sich beinahe vergessen und einen Jubelschrei ausgestoßen: Fi-de-lis! Damit war für alle Zeiten klargestellt, dass seine Entscheidung für Jesus und Maria, seine Hingabe an Beruf und Berufung unumstößlich waren. Im Geiste des Heiligen Franziskus junge Menschen zu begleiten, bis sie körperlich und seelisch gereift das Internat verlassen – was kann es Schöneres geben, Edleres? Viele Generationen gedenkt er so zu erziehen, und wenn er einmal so alt ist wie Pater Xaver, der bereits auf die achtzig zugeht, wird er auf eine reiche Ernte zurückblicken können.

*

Es raschelt in den Büschen links von ihm. Hinter den Zweigen erkennt er den Felbinger Ferdl, der den Zeigefinger verschwörerisch bittend an die Lippen legt: nicht verraten!

Fidelis antwortet mit derselben Geste, milde lächelnd. Ein Präfekt weiß genau, was die Buben im dichten Gebüsch treiben: Sie bauen sich ihr Nest. Irgendwo im Park vergraben sie ihre Schätze, zu denen sie sich dann schleichen von Zeit zu Zeit. Einmal hat er in einem hohlen Baumstamm eine Schuhschachtel voll mit uraltem Brot entdeckt. Er kennt die Prozedur: Die Scheiben werden zuerst im Spind gehortet, bis sie hart sind wie Knäckebrot. Damit sie sich länger halten. Frisches, saftiges Brot gibt es kaum jemals im Konvikt, nur dieses zähe Zeug. Alles eine Frage der Wirtschaftlichkeit. Darauf achtet Schwester Romana, die Küchenchefin: dass die kleinen Lausbuben nicht zu viel verschlingen. Und darum finden es die meisten gescheiter, gleich etwas richtig Knackiges zum Beißen zu haben;

hü oder hott, so lautet die unausgesprochene Devise. Wenn man nur lange genug darauf herumkaut, soll eine harte Rinde am Ende richtig süß schmecken.

Von solch einem Versteck im Park darf natürlich höchstens der beste Freund etwas wissen. Manchmal treffen sich ein paar Buben wie kleine Verschwörer und tauschen untereinander aus, was ihnen die Eltern alle vierzehn Tage, wenn sie übers Wochenende heimfahren dürfen, eingepackt haben. Gib mir ein Stück von deinem Speck, kriegst dafür ein Eck von meinem Geheimratskäse. Zum Drüberstreuen dann noch ein paar Lungenzüge Marke Liane. Schlingpflanzen gibt es jede Menge auf der Westseite des Parks, in diesem Dschungel turnen vor allem die Jüngeren herum wie Tarzan, schwingen sich von Ast zu Ast. Die getrockneten Lianen eignen sich als Zigarettenersatz, und gratis sind sie obendrein.

Selbstverständlich ist beides verboten: das Herumtollen in der steilen Gstätten, weil es nicht ganz ungefährlich ist, und das Rauchen auf dem Internatsgelände erst recht. Jedes einzelne Zündholz wäre laut Order des Pater Rektors abzunehmen. Aber Fidelis hat noch nie wen gemeldet, den er erwischt hat. Keinen Einzigen.

Nicht nur, weil das Saugen an Lianen sicher nicht süchtig macht. Er findet manche der Gebote im Heim einfach zu streng, unzeitgemäß.

Wenn man bedenkt, was sich die Pubertierenden draußen so alles reinziehen!

Selbst die bösesten Scherze der Konviktler sind doch vergleichsweise harmlos. Wenn sie sich zum Beispiel am Mittagstisch sekkieren wegen der *Wilmas* im Salat. Dabei handelt es sich um kleine weiße Maden, unvermeidlich bei den Massen von frischem grünem Salat, die im Internat auf den Tisch kommen. Die Buben haben sie Wilmas getauft. Wahrscheinlich, weil Wilma so ähnlich klingt wie

Würmer im Dialekt. Oder wegen der Frau vom Fred aus der Familie Feuerstein, die Serie läuft gerade im Fernsehen. Sie ziehen einander gerne auf wegen der Wilmas im Blattsalat. Auch wenn gar keine drin sind. Am Ende sieht man unter jedem Blatt nur noch Wilmas.

„Du hast gerade eine geschluckt, yabba dabba doo!"

„Hab ich nicht!"

„Ich werd's wohl wissen: Hab dir grad' die meine spendiert, ha ha ..."

Einem eine Wilma unterzujubeln, ob eine echte oder eine erfundene, das gehört einfach dazu zum Theater am Mittagstisch.

So wie das ständige Gerangel um den *zweiten Gang*.

Wobei es einen echten zweiten Gang gar nicht gibt. Nur einen Nachschlag desselben Gerichts, der aber wichtig ist, weil er erst die nötigen Kalorien sicherstellt. Den Kraftstoff für ihre Verbrennungsmotoren, die dauernd auf Vollgas laufen. Wer den Nachschlag verpasst, bleibt dünn und dürr. Wie der, den sie *Seicherl* nennen. Ein Extradürrer, eine Bohnenstange.

Wolferl, Wolfgang Niederl; genau, so heißt er.

Kein Wunder, dass man den Namen so leicht vergisst. Sogar seine Eltern vermeiden es, den Buben beim Vornamen anzureden. Vielleicht, weil selbst Wolferl schon zu scharf klingt für das Seicherl. Ob Seicherl von Säugling kommt? Immerhin ist der Bub mit Abstand der Jüngste in seiner Klasse. Sie haben ihn nämlich vorzeitig eingeschult, mit nicht einmal sechs, weil er so aufgeweckt war im Kindergarten und schon lesen und schreiben gekonnt hat, besser als jeder Erstklässler. Aber das ist ein großer Fehler gewesen, hat der alte Niederl mehr als einmal gesagt. Er ist halt doch noch nicht reif genug gewesen für die Schul'.

Was Fidelis nicht glaubt. Er glaubt, die anderen sind noch nicht reif genug für einen wie ihn.

Was für ein Zarterl der Wolferl ist, sieht man schon beim Nachschlagfassen. Nicht, dass er nicht schnell genug essen oder seinen Teller nicht picobello abschlecken würde, weil ohne blitzblanken Teller musst du dich gar nicht erst anstellen um einen Nachschlag. Aber er rührt sich einfach nicht. So rühr' dich doch!, sollte man ihm vielleicht sagen. Aber keiner sagt etwas.

Die Patres mischen sich aus Prinzip nicht ein in die Hackordnung am Tisch.

Und die Bohnenstange hockt da wie ... na, wie eine echte Bohnenstange eben: steif, stocksteif. Vielleicht hat er Angst davor, sie würden ihn wieder wo abpassen, wenn er sich vordrängt. Wie an dem Tag, als sie ihn auf dem Klo gestellt haben.

Das hat der Peham Pauli gebeichtet. Weil das Seicherl ihnen angeblich ein dreistündiges Nachsitzen im Studiersaal eingebrockt hat. Niemand hat gewusst, ob wirklich das Seicherl schuld daran war, dass der Rex einen Schreikrampf gekriegt hat und sie um ihre nachmittägliche Sportstunde gekommen sind. Aber der Jüngste, Dünnste hat sich natürlich als Sündenbock angeboten. Wobei: Sünden*schaf* wäre eigentlich richtiger. Weil ein Bock würde sich mitunter doch wehren.

Was genau auf dem Klo passiert ist, hat der Pauli nicht gesagt, aber man kann es sich denken. Niemand, auch nicht der Wolferl, hat je darüber gesprochen.

Blaue Flecken oder so hatte er jedenfalls keine.

0010.amr

Wisst ihr Konviktler überhaupt, was Konvikt heißt?

Das hat der Lateinprofessor Muhr unsere Buben schon in der ersten Stunde gefragt. Wann immer er sie bloßstellen wollte, nannte er sie so: *Konviktler.* Sie, die täglich vom Rosenhügel hinunter ins staatliche Gymnasium liefen, der Stadtgang, der ihnen von keinem Präfekten gestrichen werden konnte. Eines Tages vertrauten sie sich mir an.

Der Professor hat gesagt, dass Konvikt *gefangen* bedeutet. Sind wir wirklich Gefangene, Pater Fidelis?

Aber woher denn, hab ich sie getröstet. Ihr wisst doch, dass es bei euch auf dem Land nur Volksschulen gibt, höchstens eine Hauptschule. Ohne dieses Internat wärt ihr nie ans Gymnasium gekommen. Nein, Buben, ihr gehört zu den Privilegierten, den Auserwählten! Eure Eltern zahlen nicht wenig dafür, dass ihr hier sein dürft. Oder habt ihr schon einmal gehört, dass Eltern dafür bezahlen, dass ihr Kind gefangen gehalten wird?

Meine Worte überzeugten sie. Auch wenn manche sich nachts die Augen herausweinten vor Heimweh. Auch wenn sie vom Aufstehen bis zum Schlafengehen von hunderten Geboten und Verboten umstellt waren und von einem drei Meter hohen, schmiedeeisernen Zaun rund um unseren Park, der das Internat abschirmte vor der profanen Welt draußen. Einmal kletterte ein Junge an den Gitterstäben hoch, er wollte sich, wie sich später herausstellte, heimlich den neuesten Zorrofilm im Gloriakino ansehen. Und er hatte es fast schon geschafft, musste nur noch hinunterspringen auf die Straßenseite; aber irgendwie rutschte er aus, und die eiserne Spitze bohrte sich durch seinen dünnen Jungenbauch …

Ja, ich war gut darin, sie zu beruhigen, und brav beteten sie nach, was ich ihnen eingetrichtert hatte: Wenn euch wieder einmal einer als Konviktler verhöhnt, nehmt es als Ehrentitel. Ihr wisst doch, ihr seid die Auserwählten …

So verdammt unschuldig war ich damals. Meine Tröstungsversuche: gleich naiv wie mein Glaube.

Man kann auch unschuldig Schuld auf sich laden …

Ich glaube, es war Pater Xaver, der das zu mir sagte.

Er hatte einiges an Hirnschmalz darauf verwenden müssen. Aber nachdem er die Sache erst einmal kühl analysiert hatte, wusste er schnell, was zu tun war. Angriff ist noch immer die beste Verteidigung. Eine gewisse Ruptur in der Reputation – sie vermag bisweilen wahre Wunder zu bewirken. Wie das schon klang, wie das alliterierte! Ein typisches Wortspiel Marke Bell. Dass es spontan und aus einer gewissen Bedrängung heraus geboren wurde, steigerte noch seine Originalität.

Zum Glück hatte er dieses Ass im Ärmel. Das er sich aufgespart hatte, als hätte er geahnt, dass es noch einmal benötigt werden würde. Als die 6c im Biologiesaal war, schlich er sich in ihre Klasse und platzierte die Geldtasche so in Joys Rucksack, dass sie beim Öffnen des Reißverschlusses fast zwangsläufig herausfallen musste. Das Ganze dauerte nur wenige Sekunden. Für die Lösung des Problems war nicht mehr Zeit erforderlich als für seine Entstehung droben im Kabinett, wo die Kleine ihn blöderweise erwischen musste.

Die auffällige gelbe Geldbörse hatte er in der Jacke Gerd Lamprechts, seines Lieblingsschülers, gefunden, als er Aufsicht bei den Garderoben führte. Der Junge war ohne Frage intelligent, er konnte die längsten Balladen auswendig rezitieren. Aber er war dumm genug, die Hinweise auf die Besitzerin der Börse nicht verschwinden zu lassen. War sich wohl zu sicher gewesen, dass niemand den Dieb bestehlen würde. Und normalerweise hätte sich auch keiner um die Verlustmeldung der kleinen Sabine gekümmert, eine der zahllosen tränenreichen Anzeigen, die Woche für Woche im Sekretariat landeten, wobei der *ganz sicher gestohlene* Gegenstand meist schon am nächsten Tag wieder auftauchte. Aber er, Bell, hatte den richtigen Riecher gehabt, hatte sich den Generalschlüssel für die Spinde besorgt und ein bisschen Privatdetektiv gespielt. So war er fündig geworden, und enttäuscht zugleich: Ausgerechnet jener Schüler, der wie kein anderer an seinen Lippen hing, klaute einer Mitschülerin das Geldtäschchen. Sabines Jahreskarte für den Bus mit ihrem Konterfei darauf verriet Bell auf den ersten Blick, dass er ins Schwarze getroffen hatte.

Der Rest war eine Frage des Timings.

Er musste nur wie zufällig neben Joy Sriwong stehen, als er befahl, die Literaturgeschichtebücher herauszuholen. Sie öffnete den Rucksack und zog an der dicken Schwarte. Die gelbe Geldtasche landete direkt neben Bells Schuhen.

„Was haben wir denn da?"

Eine dieser Lehrerfragen, die jeder Schüler fürchtet. Deren Tonfall bereits eine Entlarvung signalisiert, einen entdeckten Spickzettel zum Beispiel oder einen abgefangenen Liebesbrief. Nur dass es sich hier um etwas bedeutend Gravierenderes handelte. Was die Kleine wohl gespürt hatte, noch ehe er sich die Börse schnappte und in ihr zu wühlen begann.

„Das ... gehört nicht mir", sagte sie mit kippender Stimme.

Er legte die Hand an seine Ohrmuschel, als hätte er nicht recht verstanden, und beugte sich zu ihr hinab. Schaute ihr dabei direkt ins Dekolleté.

Sie lief rot an. Puterrot. Die meisten dieser Halbwüchsigen wussten wahrscheinlich nicht einmal mehr, dass *puterrot* von Truthahn abgeleitet war, ihnen fehlte es an sprachlicher Finesse, erst recht an etymologischen Grundkenntnissen.

Für ihn schwang auch noch *putain* mit, französisch für Hure. Er musterte das Mädchen mit einem verächtlichen Blick.

„Aha. Und wem gehört es dann?“ Er hob das gelbe Ding in die Höhe, sodass alle es sehen konnten, sogar Gerd Lamprecht in der letzten Reihe. Aufgeklappt erinnerte die Geldtasche an einen überdimensionalen Zitronenfalter.

„Ich ... ich ...“, stotterte sie.

„Ja?“, sagte er eisig. „Bitte sehr, mein Fräulein. Wir warten auf Ihre Erklärung.“

Bewusst verwendete er die Wir-Form. Ob hier der Pluralis Majestatis gemeint war oder tatsächlich alle Anwesenden in das peinliche Warten einbezogen werden sollten, blieb offen. Jedenfalls handelte es sich um ein bewährtes Mittel, um den Druck zu erhöhen. Er wusste, wie sie über ihn dachten, wie sie ihn fürchteten, wenn nicht gar verabscheuten. Aber das kümmerte ihn nicht. Er fühlte sich ausgezeichnet in seiner Rolle als meistgehasster Lehrer.

In der Klasse war es mucksmäuschenstill.

„Ja?“, wiederholte er und wandte den Kopf von ihr ab. Die Arme hatte er über der Brust verschränkt, Standbein und Spielbein in einer Pose, als warte er auf ein fernes Echo.

„Ich ... habe keine Erklärung dafür“, sagte sie mit erstickter Stimme.

„Schade“, sagte er. „Wirklich sehr schade.“

Er zog den Busausweis aus der Geldtasche und tat so, als müsse er erst den Namen darauf entziffern. „Eine gewisse .... Sabine Prießnig dürfte sich jedenfalls darüber freuen. Tja, des einen Freud, des andern Leid.“

Sein Blick streifte über die Klasse. Den meisten sah man an, dass sie sich höchst unwohl fühlten in ihrer Haut. Alleine schon deshalb, weil sie nicht wussten, was sie von der Sache halten sollten. Aber wie hätten sie auch verstehen sollen, was wirklich im Busch war?

Nur der Bursche hinten in der letzten Reihe schien sich zu amüsieren. Bell fragte sich, ob dahinter Naivität steckte oder Berechnung. Ahnte Gerd Lamprecht, dass ein anderes Opfer benötigt wurde und er, der wahre Täter, deshalb aus dem Schneider war? Zuzutrauen war es ihm.

Natürlich stand fest: Wegen eines einmaligen Diebstahls würde die Kleine nicht von der Schule fliegen. Zu Beginn seiner Lehrtätigkeit hätte das vielleicht gelangt; jetzt aber, wo jeder Gestörte mit ungünstigen psychosozialen Rahmenbedingungen entschuldigt wurde und selbst Verweise durch den Direktor oder Ermahnungen seitens des Landesschulrats nicht ausreichten, um einen renitenten Schüler endlich loszuwerden, brauchte es dafür schwerere Geschütze, mit stärkerer Durchschlagskraft.

Doch Bell war optimistisch: Mit seiner Erfahrung sollte es ihm nicht schwerfallen, solche Kaliber aufzufahren.

Blieb nur die Frage, ob sie ihrerseits nicht auch eine bestimmte Kanone in Stellung bringen würde.

Diesbezüglich galt es natürlich vorzusorgen.

*

In schlechten Zeiten erkennst du die wahren Freunde, hat Mama immer gesagt. Und: Die Ehre eines Mädchens ist das, was sie mit Zähnen und Nägeln verteidigen muss. Die Ehre eines Mädchens ist das höchste Gut, und es ist unwiederbringlich. Wie das Jungfernhäutchen, hat sie einmal hinzugefügt, aber da war sie ein bisschen betrunken, sonst hätte sie so etwas nicht gesagt. Von Mama habe ich jede Menge Weisheiten geerbt. Sonst leider nichts, keinen müden Cent.

Wieso musstest du uns so früh verlassen, Mama!

Danach zu urteilen, wie meine Klasse auf die Geschichte mit der Geldbörse reagiert hat, habe ich in der Schule keinen einzigen wahren Freund. Obwohl so gut wie alle Bell hassen, hat sich niemand auf meine Seite gestellt. Und auch sonst niemand. Mein Verhältnis zu Papa ist nie so eng gewesen, dass ich ihn ins Vertrauen gezogen hätte. Er hat von der Sache erst erfahren, als es offiziell wurde. Als der Direktor persönlich anrief und ihn zu sich bestellte. Dabei checkte er natürlich auch, dass ich, seine missratene Tochter, es gewesen war, die die schriftliche Mitteilung der Direktion an die Erziehungsberechtigten statt seiner unterschrieben hatte.

An dem Tag hat Papa erstmals die Hand gegen mich erhoben, ich habe den Schlag schon gespürt im Gesicht. Aber im letzten Moment hat er zurückgezogen und sich mit trauriger Miene von mir weggedreht. Ich wünschte, er hätte zugeschlagen! Auch wenn es ungerecht gewesen wäre. Weil ich abgesehen von der gefälschten Unterschrift nichts verbrochen hatte.

Aber man muss nichts Falsches tun, um alles falsch zu machen – das habe ich an diesem Tag gelernt.

Sie beschuldigen mich nicht weniger als dreier Vergehen: des Diebstahls, der mutwilligen Sachbeschädigung und des Telefonterrors.

Für Letzteres gebe es seit Neuestem einen eigenen Paragrafen, wurde Papa vom Direktor erklärt. Der redete so, als müsse er Papa, dem zugezogenen Piefke, verdeutlichen, dass sich sein feines Fräulein Tochter wie jede brave Österreicherin gefälligst an die Gesetze zu halten habe. Und an meine Adresse fügte er hinzu, dass ich die zweifelhafte Ehre hätte, als Erste an der Schule wegen Stalking belangt zu werden. Ohnedies habe man mir gegenüber großes Verständnis bewiesen, die Geduld meiner Lehrer sei sprichwörtlich gewesen, aber nunmehr zu Ende. Und sogar mein Status als Halbwaise mit migrantischem Hintergrund habe gebührend Berücksichtigung gefunden.

Aber nächtliche Morddrohungen am Telefon, das müsse sich nun wirklich kein Lehrer bieten lassen, damit hätte ich den Bogen eindeutig überspannt.

Welchen Bogen? Den, den sie seit Wochen alle um mich machen?

Eine Disziplinarkonferenz wurde einberufen, eigens wegen mir. Jetzt sind siebzig Lehrer allein schon deshalb sauer auf mich, weil sie ein paar zusätzliche Stunden in diesem Betonbunker abhocken müssen. Aber es werde keine Vorverurteilung geben, wird mir versichert. Und ich dürfe mir sogar einen Schülervertreter aussuchen, der mir bei der Konferenz zur Seite stehen könne. So großzügig ist man an unserer Schule! So unparteiisch!

Auch wenn der betroffene Kollege einer der erfahrensten ist am BG. Auch wenn er die besten Dienstbeurteilungen hat.

Wie soll ich mich gegen diese Anschuldigungen wehren? Welche Chance hast du gegen einen, der solche Superlative in sich vereint und siebzig Gleichgesinnte hinter sich weiß, die ihm den Rücken stärken?

Ich kann nicht beweisen, dass ich seinen Hass auf mich lenkte, indem ich ihm einige unbedachte Sekunden lang über die Schulter sah.

So blöd ist ein Bell nicht, dass er die Spuren auf dem Computer nicht schon längst gelöscht hätte. Wenn, dann hätte ich die Sache sofort melden müssen. Jetzt gibt es nichts mehr zu melden. Und nichts mehr zu finden.

Vermutlich hat er selbst die Kratzer an seiner Kiste angebracht. Aber rein zufällig haben zwei Zeugen mich auf dem Lehrerparkplatz gesehen, kurz bevor Bell den *ungeheuren Vandalenakt* entdeckte. Folglich kommt niemand außer mir als Täterin in Frage. Der Schaden, heißt es, gehe in die Tausende Euro. Zwei Autotüren mussten erneuert werden, dazu noch die tiefe Delle am Dach.

In ihren Augen bin ich längst eine Diebin, eine Vandalin, eine Telefonterroristin. Welchen Sinn hätte es, bei diesem Schauprozess dabei zu sein? Von wegen Disziplinarkonferenz! Welche Disziplin wird hier gefordert, und von wem?

*

Bell war nicht unglücklich darüber, dass Joy am Tag X, einem Mittwoch Ende April, fehlte. Unentschuldigt fehlte, versteht sich. Es passte gut ins Bild.

Die Konferenz verlief erwartungsgemäß. Kratochwil die Krawatte hatte die Sache nicht wirklich im Griff, sein Hang, es allen recht machen zu wollen, kam wieder einmal unangenehm zum Tragen. Diese charakterliche Schwäche hatte er sich erhalten, obwohl ihm längst nicht mehr anzusehen war, dass er einmal zu den jungen Wilden an der Schule gezählt hatte. So ein Wandel des Status vom gewöhnlichen Lehrer zu dem eines Direktors ist ja in der Regel an einem deutlich kürzeren Haarschnitt und an der schleichenden Veränderung der Garderobe abzulesen. Zuerst hatte Kratochwil seine alte Strickweste mit den ledernen Ellbogenflecken gegen ein adrettes Schnürlsamtsakko eingetauscht, bald kam auch der Binder hinzu. War es anfangs noch so etwas wie ein Kokettieren mit dem glatten Tuch, fast als wolle er, der früher heftig gegen den Krawattenzwang bei der Matura polemisiert hatte, sich selbst ein wenig verspotten, so wurde mit der Zeit aus der Ironie eine Selbstverständlichkeit – die übliche Direktorenkluft eben. Wie locker ihm das Binden des schräggestreiften Schlipses mittlerweile von der Hand ging, wie geschickt! Ja ja, dachte Bell, gerade die Linken stoßen sich am schnellsten die Hörner ab, wenn der gesellschaftliche Aufstieg winkt ...

Zwei Stunden lang wurde erörtert und bedauert, einige Kollegen übten sich gar in Selbstkritik: Hätten wir nur die Zeichen richtig gedeutet, Joy Sriwongs Absturz wäre womöglich zu verhindern gewesen! Die Liberaleren im Lehrkörper forderten die Installierung eines eigenen Betreuungslehrers, die Hardliner drakonische Strafen und Schluss mit dem Sozialgeschwafel. Alles wie gehabt. Der kleinste gemeinsame Nenner, auf den man sich einigen konnte: Das Mädchen sei die längste Zeit eigentlich unauffällig und während der gesamten Unterstufe eine vorbildliche Schülerin gewesen. Eifrig, wissensbegierig, der Inbegriff einer gut Integrierten. Aber unter der Oberfläche brodelten wohl bereits die Probleme innerhalb der Multikultifamilie ... dazu Joys frühe körperliche Reife, hinter der die geistige allemal zurückbleiben muss ... und dann noch der Tod der Mutter. Wer sollte, gestresst, wie Lehrer nun einmal von Stunde zu Stunde, von Klasse zu Klasse hetzen, bemerken, dass eine Pubertierende mit deutschthailändischem Migrationshintergrund im Begriffe war, ihr seelisches Chaos *in unser Haus* hereinzutragen?

Abgesehen von seiner knappen Sachverhaltsdarstellung sagte Bell wenig. Es war Teil seiner Strategie, sich zurückzuhalten. Er hatte alle Fäden gezogen, die Schlüsse daraus sollten die anderen selbst ziehen. Je weniger er in Erscheinung trat, umso besser. Er wusste, es würden sich schon ein paar Scharfmacher finden, die den Plan in seinem Sinn zu Ende führten; in dieser Hinsicht war er tatsächlich einer der Erfahrensten an der Schule. Der Einzige, der ihm einen Strich durch die Rechnung hätte machen können, fehlte bei der Konferenz: Moritz Muhrer, der Querdenker vom Dienst. Er hatte sich krank gemeldet. Ebenso wie die, über deren Zukunft verhandelt wurde.

Langsam begannen sich die Argumente zu wiederholen. Wobei auffiel, dass die Scharfmacher mehr Durchhaltekraft hatten als jene, die dem Mädchen noch eine *letzte Chance* geben wollten.

„Lasst uns endlich zu einem Ende kommen!“, stöhnte Christian Beierl, der junge Physikprofessor, als die Zifferblätter der Schuluhr auf achtzehn Uhr sprangen.

Offenbar hatte er Sorge, er könnte die Übertragung des abendlichen Championsleaguespiels versäumen.

Keine zehn Minuten später fällt die Entscheidung.

Zaghaft, müde, energisch – es gibt viele Varianten, in denen Arme sich nach oben recken können. In Summe lautet das Ergebnis schuldig. Schuldig in allen Punkten. Der Antrag auf Ausschluss findet keine Gegenstimme. Nur zwei Kolleginnen enthalten sich der Stimme. Obwohl Enthaltungen bei solchen Abstimmungen eigentlich gar nicht vorgesehen sind.

Kratochwil ging großzügig über die kleine Unkorrektheit hinweg und schüttelte Bell beim Hinausgehen die Hand.

„Nun, Herr Kollege – zufrieden?“

Der hatte seine Hausaufgaben gründlich gemacht, auf eine solche Frage war er vorbereitet.

„Natürlich *nicht*! Welcher Lehrer wäre zufrieden, wenn eine Schülerin von der Schule verwiesen wird.“

„Tja.“ Der Kopf des Direktors wackelte nachdenklich hin und her. „Ich verstehe, was Sie meinen, und es ehrt Sie. Aber wir sind nun einmal nicht im alten China, wo der Schüler den Lehrer noch darum bitten musste, dass er ihm etwas beibringt.“

Bell seufzte, demonstrativ laut.

„Manchmal müssen wir einfach klare Grenzen aufzeigen“, murmelte Kratochwil. „Auch das gehört zu unserem Job. Leider. Und ich sage es voraus: Wenn die Gesamtschule kommt, wird es noch um einiges härter werden.“

Mit gerunzelter Stirn ging man auseinander.

Draußen erhellte sich Bells Miene schlagartig. Ein Problem, das sich aufgelöst hatte in nichts. Die absolute

Absolution. Und die Gesamtschule würde er ohnehin nicht mehr erleben, so viel stand fest.

Dafür hatte er bereits einen weiteren Plan in der Tasche.

Dezember 1974

Er fühlte eine nie gekannte Demut in sich und
hatte selbst den Wunsch, irgendwie klein zu sein.
Und eine Stimme kam: „Michelangelo, wer ist in dir?"
Und der Mann in der schmalen Kammer legte
die Stirn schwer in die Hände und sagte leise:
„Du, mein Gott, wer denn sonst."

Der Advent ist die Zeit, in der Fidelis sich am wohlsten fühlt.

Es kann ihm gar nicht kalt genug sein draußen im Park. Wenn abends die Kerzen angezündet werden auf dem riesigen Kranz, der von der Decke des Studiersaals hängt wie ein grüner Kronleuchter, wird einem jeden warm ums Herz. Der Kontrast von Warm und Kalt, von Dunkel und Hell – das ist doch das eigentliche Lebenselixier, nicht wahr?

Während dieser Tage bleiben die Buben auch übers Wochenende gerne im Konvikt. Sie spüren: Zuhause bei den Eltern könnte es nie so feierlich werden, wie wenn der Präfekt ihnen aus Reimmichls *Weihnachten in Tirol* vorliest, dem beliebtesten Werk des Pfarrers und Volksschriftstellers Sebastian Rieger. Von ihm stammt viel sittlich und religiös Aufbauendes, und Reimmichls Liebe zur Heimat ist ebenso wenig zu leugnen wie seine Vorbehalte gegenüber den Juden. Oder wenn es am Samstagabend den obligaten Ritterfilm gibt oder ein Mantel- und Degenstück. *Die drei Musketiere* kommen mit Abstand am besten an, der Film läuft jetzt schon zum vierten oder fünften Mal im großen Aufenthaltsraum, der sich durch das Herablassen der schwarzen Rouleaus und ein bisschen Umstuhlen schnell in einen Kinosaal verwandeln lässt. Sogar der Pater Rektor schaut sich den schwülstigen Schinken gerne an. Nicht wegen D'Artagnans Galanterie oder der wunderbaren Fechtkünste seiner Freunde Athos, Porthos und Aramis. Ihm hat es mehr der Kardinal Richelieu angetan, gespielt von Charlton Heston. Dabei hatte der mächtige Kardinal sicher nicht viel mit einem Franziskaner gemein.

Keinen stört es, dass der schwere, schwarze Apparat rattert, als würde er sich gleich in seine Bestandteile auflösen, und die Tonspur kratzt, dass die Dialoge kaum zu verstehen sind. Sie sitzen da mit offenem Mund und fassen sich unwillkürlich an den Händen, wenn der Degen des Helden zerbricht und ihm der Widersacher mit höhnischer Fratze die Klinge an den Hals setzt. Voller Anspannung und Konzentration sind die Buben, nichts vermag sie abzulenken. Nur wenn der Film einmal stecken bleibt und sich ein braun gerändertes Loch durch das unfreiwillige Standbild brennt, kann für Augenblicke Panik aufkommen. Aber Pater Klaus, der Filmvorführer, hat genügend Erfahrung. Er fädelt ein und fädelt aus, spult vor und zurück, schneidet und klebt; und sobald er sich dann lächelnd verbeugt und „Licht aus“ ruft und ihm alle applaudieren, ist die Glückseligkeit förmlich zu greifen.

So etwas darf man doch keinem Kind vorenthalten! Dass wegen jeder kleinen Verfehlung ein Filmverbot verhängt wird, findet Fidelis gar zu hart. *Einer für alle, alle für einen,* lautet das Motto der drei Musketiere. Fidelis beschließt, es zu seinem eigenen zu machen.

Für eine Generalamnestie der kleinen Missetäter, so viel ist klar, wäre Pater Rektor nie zu haben. Deshalb versucht Fidelis ihn zu überzeugen, dass jeder, auch der Schlimmste, eine Chance verdiene. Wie wäre es mit einer Schnitzeljagd draußen im Park, egal, ob es stürmt oder schneit? Die längste Zeit will der Rektor nichts davon wissen, doch in einer schwachen Minute nickt er, und die Schnitzeljagd wird womöglich zum Fegefeuer, das einem die Hölle ersparen kann. Die einfache Regel: Dem Ersten, der alle von Fidelis versteckten Hinweise findet und sie so zu ordnen weiß, dass er den Titel des nächsten Films nennen kann, ist die Strafe erlassen. Der ist wieder mit im Boot, mit leuchtenden Augen. Ach, wie schön Vergebung sein kann! Eine heile Welt.

Nein, keine heile Welt. Denn wie sich herausstellt, stürzen jene, denen nicht vergeben wird, in ein umso tieferes Loch.

Er konfrontiert den Rektor mit seinen Bedenken. Der schüttelt energisch den Kopf.

„Ich habe deinem Wunsch Rechnung getragen, trotz meiner Vorbehalte. Aber du musst verstehen, wie wichtig Regeln für unsere große Gemeinschaft sind. Und Regeln und Sanktionen gehören nun einmal zusammen. Wir können nicht bedingungslos verzeihen. Vergiss nie, Bruder, dass das Gute nur so lange Bestand hat, wie es sich vom Bösen abgrenzt."

Er nickt gehorsam. Aber in seinem Innersten protestiert etwas gegen diese Aufspaltung der Welt.

Subiaco.

Er flüstert es vor sich hin wie ein Mantra. Sein ganz persönliches Mantra.

*

Es war die letzte Station der großen Pilgerreise gewesen, die sie während der vergangenen Sommerferien zuerst nach Assisi und dann nach Rom geführt hatte. Die meisten Teilnehmer waren Novizen aus allen drei österreichischen Franziskanerprovinzen, nur ein paar wenige ältere Patres nahmen die Mühe der langen Busfahrt auf sich. In Rom stand zur Wahl, ob man auch noch die Wirkungsstätte des Heiligen Benedikt besuchen oder lieber länger in der Heiligen Stadt bleiben wollte. Fidelis entschied sich für die Weiterfahrt, und er sollte es nicht bereuen. Wo Benedikt einst unter einfachsten Verhältnissen gehaust hatte, in einer natürlichen Höhle oberhalb des Dorfes Subiaco im Anienetal, befand sich jetzt ein gewaltiges Kloster, rund um die Grotte des Heiligen in den Fels gehauen und gemauert – ein Adlerhorst des Glaubens. Über mehrere Geschoße verteilten sich die Räume der Kirche, deren Wände übersät waren von Fresken, Ornamenten und Schriftzügen. Und die leuchtenden Augen der hier Verewigten hatten zu ihm gesprochen: Solche Schönheit, Bruder, ist der Lohn für dich und alle Minderbrüder, die nichts Minderes erstreben, als in den Dienst Christi zu treten. Ohne Vorbehalt, ohne Einschränkung, amen. Sogar Gevatter Tod, der, auf einem Schimmel reitend, das Schwert in den reichen Edelmann senkt, hatte ihm freundlich zugelächelt, so vereint hatte er sich gefühlt mit dem gesamten Kosmos. Ober- und Unterkirche von Subiaco standen ihm in seiner frommen Glut als Symbol dafür, dass es alles anzunehmen galt – Oben und Unten, Leben und Tod. Nicht einmal in der Basilika des Heiligen Franziskus hatte er dies so tief, so innig empfunden wie hier, im geistigen Zentrum des ältesten westlichen Ordens. *Ora et labora et lege*. Das Motto Benedikts. Hier hat er es sich zu eigen gemacht.

Wann immer er Zweifel verspürt, ruft er sich Subiaco in Erinnerung. Diese grenzenlose *Communio*, für die keine Hostie vonnöten ist. Oder er betet mit seinen Brüdern:

Herr, gib mir die Kraft, die Dinge zu ändern, die ich ändern kann, die Gelassenheit, das Unabänderliche zu ertragen, und die Weisheit, zwischen diesen beiden Dingen die rechte Unterscheidung zu treffen.

Und natürlich gibt es da noch den großen, schweren Anker namens Rainer Maria. Der, der einen hält in stürmischer See.

„Du bist das, was du liest", hat ihm Pater Christoph, sein Noviziatsleiter, eingeschärft, „und deshalb verantwortlich für alles, was du liest. Das Lesegewissen – es will geschult und gebildet werden. Also wähle, aber wähle gut. Und frage dich immer: Führt mir der Odem Gottes jenes Buch zu, oder der Odem Luzifers."

Bei Rilke stellt sich diese Frage nicht. Dessen *Stimme eines jungen Bruders* ist längst zu Fidelis' Nachtgebet geworden:

Ich verrinne, ich verrinne
wie Sand, der durch Finger rinnt.
Ich habe auf einmal so viele Sinne,
die alle anders durstig sind.
Ich fühle mich an hundert Stellen
schwellen und schmerzen.
Aber am meisten mitten im Herzen.

Ich möchte sterben. Lass mich allein.
Ich glaube, es wird mir gelingen,
so bange zu sein,
dass mir die Pulse zerspringen.

*

Manchmal denkt er noch zurück an die Tage im Dorf. Vor allem dann, wenn einem Buben gewisse Ausdrücke auskommen. Sündhafte, bei Strafe verbotene, so wie *Hure* oder *geil.*

Im Refektorium – die alten Patres haben sich schon zurückgezogen – erzählt er Pater Klaus Wandlinger Anekdoten. *Meine Kirchengeschichte.* Er war Chorsänger damals, weniger aus Leidenschaft als aus Familientradition. Und wegen gewisser Vorteile. Mit zehn, elf Jahren genoss man das Privileg, dort sitzen zu dürfen, von wo aus man den besten Überblick hatte. Aber ausgerechnet droben auf dem Chor habe es sich abgespielt wie in Sodom und Gomorrah. Jedenfalls verbal.

„Die Sonntagsmesse war schließlich *das* soziale Ereignis damals, egal, ob man mit der Eucharistie etwas am Hut hatte oder nicht. Fünf Meter unter uns hockte, kniete oder stand in einem ständigen Wechsel von Auf und Ab das einfache Volk, links die Frauen, Mädchen und Kleinkinder, rechts die Männer und Burschen, die heroben keinen Platz fanden. Auf den Seitenchören thronten die Großgrundbesitzer und Dorfkaiser, deren rote Köpfe und pralle Bäuche einem flämischen Barockmaler als Vorlage hätten dienen können, und ein paar Schritte hinter uns tobte sich der Brandner aus, unser stets illuminierter, stets schimpfender Organist. Alles sehen und hören, alles in sich aufsaugen, um es später einmal, im fernen Erwachsenenleben, nach Bedarf anwenden zu können ... Das war, unbewusst, die Devise von uns Chorbuben. Die Dialektik der Gegensätze erkennen und verinnerlichen. Wie zum Beispiel die Gleichzeitigkeit von demütigen Fürbitten und deftigen Organistenflüchen. Wenn der Brandner vom Leder zog, war das für jedermann zu hören.

Komm schon, du alte Hur'!

Damit meinte der Brandner keine betagte Chorsängerin, sondern die schon leicht baufällige Kirchenorgel, mit der ihn eine Art Hassliebe verband; wie mit einem Ehepartner, von dem du dich nach fünfzig Jahren einfach nicht scheiden lässt, auch wenn dir sein bloßer Anblick schon Magengeschwüre verursacht. Der Anschlag des Instruments war miserabel, der löchrige Blasebalg funktionierte nur mit starker Verzögerung, Aussetzer standen an der Tagesordnung und manche Registerzüge hatten längst den Geist aufgegeben. Dennoch waren und blieben die *alte Hur'* und der alte Kantor unzertrennlich. Brandner behauptete von sich, er habe in seinen vierundvierzig Jahren als Organist nicht ein einziges Mal den Gottesdienst geschwänzt, und es gab niemanden, der das hätte bestreiten wollen. Krank zu werden erlaubte sich der starke Raucher, wenn überhaupt, nur an messefreien Tagen. Mit den Jahren passten sich sogar seine Hände dem Instrument an: Die Altersflecken auf seiner geräucherten Haut erinnerten an dessen Holzmaserung. Wer bloß nach ihm die Orgel schlagen solle, wurde er einmal gefragt. *Untersteht's euch*, tobte Brandner, *dass sich ja keiner an sie ranmacht!* Als er schließlich einem Lungenkarzinom erlag und feierlich in der Dorfkirche aufgebahrt wurde, spielte trotzdem noch einmal einer auf der *alten Hur'*: der Domkantor von St. Stephan in Wien höchstpersönlich. Brandners Ruf als glänzender Bachinterpret war bis in die Hauptstadt gedrungen, ohne dass wir davon etwas geahnt hätten."

Pater Klaus findet die Geschichte amüsant. „Dem Rex würde ich aber trotzdem nichts davon erzählen."

Das hat Fidelis auch nicht vor. Er weiß, dass der Rektor kein Organ für Ironie hat. Für ihn ist der Weg zum Himmel schmal und steil und nur mit ernster Miene zu erklimmen. Was schon ein bisschen schade ist.

Aber seine Vorgesetzten kann man sich nun einmal nicht aussuchen.

5. April 2010

Der Morgen beginnt mit einer Verweigerung: Ich lasse eine Bibelforscherin, die sich mit mir über die Bedeutung der Religion unterhalten möchte, nicht in die Wohnung.

„Nichts für ungut", sage ich so freundlich ich kann, denn der geflochtene Zopf der Frau erinnert mich an meine Oma, „aber wir wollen doch nicht riskieren, dass Ihre Glaubensgewissheit erschüttert wird. Wäre doch schade drum, oder?"

Sie lächelt mich an. „Glauben Sie wirklich, Sie könnten das schaffen?"

„Nein, wahrscheinlich eh nicht."

Ich schließe die Tür vor ihrer Nase. Immerhin darf ich mich brüsten, einer Zeugin Jehovas ein Lächeln entlockt zu haben.

*

Der Tod der beiden lässt mir keine Ruhe.

Bei allen Unterschieden hatten sie doch das gemein: sich beweisen zu müssen, wie gut sie waren. Wie fit. Der eine mit der Langhantel, der andere auf dem Ergometer. Zwei Fünfzigjährige, die nicht lockerlassen konnten.

Wie Johannes Reichert vom Rad fällt, sieht fast komisch aus; quasi in Zeitlupe kippt er vom Sattel auf den Boden. Auf dem Video ist zu erkennen, dass unsere Leute professionell reagieren. Gleich sind ein paar bei ihm und bringen ihn in stabile Seitenlage. Als sie merken, was mit ihm los ist, beginnen sie mit der Mund-zu-Mund-Beatmung und Herzmassage. Ich schau mir das Band jetzt schon zum dritten Mal an. Regina meint, ich solle es endlich gut sein lassen.

„Wozu quälst du dich? Dem kann niemand mehr helfen!"

Aber ich quäle mich doch nicht, ich will mich nur ... orientieren. Besonders jene Szene spiele ich vor und zurück, wo ich an der Bar stehe, neben mir der noch quicklebendige Johannes Reichert. Sein Lachen wirkt geisterhaft. Einerseits, weil kein Ton mitaufgezeichnet wurde, andererseits, weil es der letzte Blick auf sein Gesicht ist. Die Kamera, die sich direkt über der Theke befindet, hat seinen quergelegten Kopf unverhältnismäßig groß und perspektivisch verzerrt erfasst. Er grinst mich an, eine Hand verschwörerisch neben dem Mund. So, als wolle er vor anderen abschirmen, was er zu mir sagt. Worüber wir wohl gerade reden? *Vielleicht hast du gesagt, er solle es nur nicht übertreiben,* meinte Furat neulich, und dass ich Reichert auch früher schon ernsthaft ermahnt hätte. Aber danach sieht es ganz und gar nicht aus. Eher erzählt er mir etwas Lustiges von sich – oder macht er sich über jemand anderen lustig? Laut Furat hat Reichert immer einen dummen Blondinenwitz auf Lager gehabt. In seiner Rechten hält er ein volles Glas. Er nimmt Schluck um Schluck daraus, bis das Glas leer ist.

Ich spule zurück. Reichert greift in eine kleine ovale Dose neben sich, entnimmt ihr zwei Kapseln, steckt sie sich in den Mund, spült nach. Beim Schlucken wirft er den Kopf zurück wie ein Vogel. Ein seltsamer Vogel.

Nochmals drücke ich die Rücklauftaste. Furat steht hinten an der dampfenden Gaggia, Reichert unterhält sich mit einem Mädchen rechts von ihm. Dort, wo ich ein paar Minuten später stehen werde, befindet sich noch niemand. Nur die ovale Dose ist zu erkennen, sie liegt unmittelbar neben Reichert auf dem schmalen Tresen.

Ich stelle mir die Szene mit Ton vor: das Pfauchen und Zischen der Espressomaschine; die angeregte Unterhaltung Reicherts mit dem Mädchen; die Musikbeschallung im Studio, die rund um die Theke für gewöhnlich am intensivsten ist.

Von links kommt kurz eine Hand ins Bild. Greift nach der Dose und zieht sie an den äußersten Bildrand.

Wer ist das? Was geschieht da? Es hat den Anschein, als ob der Deckel der Dose geöffnet würde. Aber das Bild ist zu unscharf und der Ausschnitt zu klein, um das sicher beurteilen zu können. In dem Augenblick taucht *sie* auf. Reginas Rücken verdeckt die ganze linke Bildhälfte. Nur einige Sekunden lang, offenbar ruft sie Furat etwas zu. Als der Blick auf die Theke wieder frei ist, steht die Dose an ihrem ursprünglichen Platz. Und, ganz ohne Zweifel: mit geschlossenem Deckel. Dann die Szene, in der Reichert nach den zwei Kapseln greift, sie in den Mund steckt, schluckt. Und jetzt trete ich hinzu. Und jetzt sein breites Grinsen ...

„Was hältst du davon?", frage ich Regina.

Ihr Blick pendelt irgendwo zwischen verwundert und amüsiert. „Hast *du* mir nicht vorgeworfen, die Anschaffung der Videokameras sei hinausgeschmissenes Geld! Und jetzt schaust du dir das Video schon wieder an. Was gedenkt der große Detektiv denn herauszufinden?"

„Sieh mal, die Hand da! Du bist doch unmittelbar daneben gestanden. Hast du jemanden bemerkt, der sich an dem Döschen zu schaffen machte?"

„Ich bin nicht daneben gestanden", widerspricht sie. „Ich bin daran vorbeigelaufen."

„Wie auch immer. Hast du etwas gesehen?"

„Was hätte ich denn sehen sollen?"

„Dass jemand die Kapseln ausgetauscht hat, zum Beispiel."

Sie lacht. „Natürlich nicht! Das hätte ich ja wohl der Polizei gemeldet, oder?"

„Ja, natürlich."

„Die Kapseln ausgetauscht! Ich wusste gar nicht, dass du so eine blühende Phantasie hast, Edgar! Denk dran, wovor der Doktor dich gewarnt hat: Realität und Einbildung können bei so einer schweren Verletzung schon mal über Kreuz kommen. Nein, der Reichert ist schlicht und ergreifend kollabiert, kein Wunder bei einem gestressten Typen mit Herzkreislaufbeschwerden. Vielleicht hat er sich ja auch mit seiner hübschen jungen Freundin übernommen ..."

Sie packt den vollen Wäschekorb. An der Tür dreht sie sich noch einmal um.

„Außerdem: Er hatte nachweislich keine ungewöhnlichen Substanzen im Blut. Alles klar?"

Sie schließt die Tür hinter sich. Ich höre ihr heiseres Lachen auf dem Gang.

Nochmals spule ich das Band im Bildsuchlauf zurück: Reicherts verzerrte Visage ... seine ruckartigen Bewegungen ... das Glas, das sich immer mehr füllt ... Reginas Rücken ... die Dose auf dem Tresen ... die Hand, die sie entführt ...

Schade, dass sich das Videobild nicht vergrößern lässt wie ein Foto. Aber vermutlich würde das auch nicht viel helfen. In *Blow-Up*, dem Kultfilm von Antonioni, wurde es einem vor Augen geführt: Irgendwann löst das künstlich Aufgeblasene sich auf in unzusammenhängende Punkte, zersetzt die Körnigkeit des Films jede Kontur. Die einer Hand zum Beispiel; ob männlich oder weiblich, ist dann nicht mehr auszumachen. Und selbst mit modernster Videotechnik ließe sich Reginas Rücken nicht wegradieren; nicht ohne auch das zu löschen, was sich dahinter abspielt.

Was gedenkt denn der große Detektiv herauszufinden?

Ja, was bringt mich überhaupt dazu, Fragen zu stellen wie ein Kriminalbeamter? Mich in andere hineinzudenken, anstatt mich um mein eigenes ramponiertes Hirn zu kümmern? *Er hatte nachweislich keine ungewöhnlichen*

Substanzen im Blut. Aber muss man unbedingt eine ungewöhnliche Substanz im Blut finden, um Verdacht zu schöpfen? Braucht es wirklich Gift, um ermordet zu werden? So eine Kapsel lässt sich doch ohne weiteres öffnen und mit allem Möglichen füllen.

Was, wenn nicht etwas hinzugefügt, sondern weggelassen wurde?

Wenn das Präparat, das du schluckst, keinen Wirkstoff enthält und trotzdem hilft, spricht man vom Placebo-Effekt. Aber was, wenn dadurch Schaden entsteht? Weil das Blut nicht verdünnt, der erhöhte Blutdruck nicht gesenkt wird ...

Wirres Zeug! Wer in aller Welt sollte auf solch abstruse Art morden wollen? Wer hätte überhaupt die Möglichkeit, dem Opfer zur richtigen Zeit die falschen Kapseln unterzujubeln, das heißt genau dann, wenn der Patient am dringendsten auf die Wirkung der echten Medikamente angewiesen ist? Und das in aller Öffentlichkeit, an der Theke eines Fitnessstudios bei laufender Videoüberwachung? Wer nimmt ein solches Risiko in Kauf, wenn nicht einmal garantiert ist, dass es dadurch zum Exitus kommt? Außerdem müsste so ein Austausch öfters passiert sein. Du stirbst nicht, bloß weil du einmal keine Medizin bekommst ...

Andererseits: Jemand hat im Firmencomputer nach Betablockern gegoogelt, so viel steht fest. Und um den Wirkstoff zu ersetzen, bräuchte es null Fachkenntnisse: Dafür würde schon ein bisschen Staubzucker reichen.

Was es allerdings bräuchte, wenn all das überhaupt Sinn machen sollte: ein Motiv.

6. April 2010

Um die Kranzl hast du dich aber vor deinem Unfall sehr intensiv gekümmert …

Ich bin nicht sicher, was Furat mir damit sagen will. Er übertreibt ja ständig, doch dieses Mal klingt es eindeutig zweideutig.

Jedenfalls hat er mich auf eine Idee gebracht. Ich suche Iris Kranzls Nummer heraus und rufe sie an. Bitte sie um eine Unterredung, ich hätte da ein paar Fragen bezüglich ihres verstorbenen Freundes, die nur sie mir beantworten könne. Sie zögert kurz, dann willigt sie ein.

Wir treffen uns im Café Kornblume in Arndorf, wie sie es vorgeschlagen hat, fünfzehn Kilometer entfernt von Treibern.

„Grüß dich“, sage ich und beiße mir im selben Moment auf die Lippen. Schnelles Fraternisieren ist sonst nicht meine Art. „Schön, dass Sie kommen konnten!“

„Was jetzt – du oder Sie?“ Sie verzieht spöttisch den Mund. „Darf ich dich darauf aufmerksam machen, dass wir schon eine ganze Weile per du sind!“

Okay, soll mir auch recht sein. Mittlerweile bringen mich solche Fehlleistungen nicht mehr aus der Ruhe. Ihr Parfum schon eher. Welch ein Duft! Woher kenne ich ihn nur? Reginas Duftwässerchen haben allesamt eine herbere Note.

Die Kellnerin mustert mich wortlos. Ich bestelle Kaffee, Iris nimmt Tee mit Zitrone. Wir sind alleine in der Stube.

„Entschuldige, dass ich so darauf gedrängt habe“, sage ich. „Aber es ist … na ja, ich glaube, es könnte wichtig sein für mich.“

„Wichtig!“, wiederholt sie. Es hört sich schnippisch an. „Ich habe deinen Anruf viel früher erwartet. Wie geht’s dir jetzt eigentlich? Wieder auf dem Damm?“

„Es geht so, danke. Bis auf mein Gedächtnis, wie gesagt."

Ich komme mir reichlich blöd vor. *Bis auf mein Gedächtnis* ... Was rede ich daher! Ist das Gedächtnis nicht das Zentrale? Das, was einen erst zu etwas Unverwechselbarem macht, wovon wir so etwas wie Persönlichkeit ableiten? Aber vielleicht überschätzen wir ja auch die Bedeutung unseres Gehirns. Vielleicht ist unser übergroßer Neocortex, dreimal so groß wie der des Schimpansen, glorreicher Sitz unseres Bewusstseins, sogar das Hauptproblem. Führt nicht erst das Bewusstsein um unser Ich zur Trennung vom Rest der Natur?

„Was genau willst du von mir?", unterbricht sie meinen philosophischen Anfall. Ich bin überrascht, wie frostig sie klingt. Dabei habe ich ihr doch am Telefon erklärt, was ich mit dem Treffen bezwecken wolle.

„Ich wüsste einfach gerne mehr über Johannes, deinen verstorbenen Mann. Immerhin ist es in meinem Studio passiert. Keine zwei Wochen, nachdem ein anderer dort umgekommen ist. Ich würde gerne mehr darüber erfahren. Kannst du mir etwas über ihn erzählen?"

Sie legt den Kopf schief und sieht mich schräg von unten an. „Nichts, was ich dir nicht schon einmal gesagt hätte."

Resigniert hebe ich die Hände.

„Kannst du dich wirklich nicht mehr daran erinnern? An nichts?"

Ich schüttle den Kopf.

„Der letzte Tag, den ich noch klar vor mir habe, ist der siebte Jänner."

„Der Tag, an dem J. R. und ich erstmals in dein Studio kamen."

„Genau. Ich weiß noch, dass ich dich begrüßt habe. Danach ..." Ich zögere einen Augenblick. „Kompletter Filmriss. Volle drei Wochen. Die Ärzte finden das sehr ungewöhnlich. Üblicherweise handelt es sich bei so einem Ausfall nur um Minuten, maximal um Tage. Aber vielleicht kehrt die Erinnerung ja doch noch zurück. Oder wenigstens Bruchstücke."

„Sag mir nur das Eine: Warst du schon einmal hier, in diesem Lokal?"

„Nicht, dass ich wüsste. Wieso fragst du?"

„Ganz sicher nicht?"

„Nein!"

„Und du hast auch kein Handy unterm Tisch versteckt?"

„Wie bitte?"

Ich verstehe nur Bahnhof. Redet sie immer so unzusammenhängend?

Sie wirkt unschlüssig, als ob sie eine schwierige Entscheidung zu treffen hätte. Ich frage mich, was sich in ihrem hübschen Köpfchen wohl gerade abspielt.

„Was genau möchtest du wissen über Johannes?"

„Na ja, was er so getrieben hat – beruflich, privat. Ich weiß nur, dass Regina mir gesagt hat, dass ich nicht auf seinem Begräbnis war. Das ist doch eigenartig, oder?"

„Nein", sagt sie, „nein, das denke ich nicht."

Pause. Offenbar weiß sie nicht, womit sie beginnen soll.

„Magst du nicht einfach ganz von vorne anfangen?", schlage ich vor. „Ich meine, wie ihr euch kennengelernt habt, warum ihr hierher gezogen seid und so."

Sie stößt hörbar den Atem aus. „Komisch, genau das hast du mich schon einmal gefragt!"

Das *ist* allerdings eigenartig. Ich überlege, ob ich mich damals, wann und wo immer das war, aus demselben Grund nach ihrer Geschichte erkundigt haben könnte wie jetzt. Dieselbe Frage, aber womöglich ein anderes Motiv?

„Da hast du allerdings weniger ... aufdringlich geklungen", setzt sie fort, „nicht so nach Verhör."

„Tut mir leid. Aber du siehst doch, ich tappe im Dunkeln wie ein Grottenmolch."

Ihr Lachen klingt bitter.

„Grottenmolche tappen nicht. Höchstens Lustmolche. Du verstehst nicht viel von Biologie."

Ich verstehe von überhaupt nichts viel, denke ich, nicht zum ersten Mal. Das Einzige, wovon ich jemals etwas verstand, war, kleinen Buben vor dem Einschlafen Geschichten vom lieben Gott zu erzählen.

„Okay", sagt sie, als hätte sie gehört, was mir durch den Kopf ging. „Du willst etwas über J. R. und mich wissen – du sollst es erfahren. Unter einer Bedingung: dass du mir sagst, welche Gefühle du jetzt für mich empfindest. In diesem Augenblick."

„Gefühle? Wie meinst du das?"

„Herrgott, das ist doch nicht so schwer zu verstehen! Gefühle, das ist zum Beispiel das, was bisweilen zwischen Mann und Frau ..."

Mit einem Schlag komme ich mir unendlich alt vor. Ich zittere. Etwas an meiner Reaktion macht sie wütend.

„Weißt du, ich kann einfach nicht glauben, dass man komplett vergisst, mit wem man noch vor ein paar Wochen unbedingt ins Bett wollte."

Sie sieht mich unverwandt an. Unwillkürlich werfe ich einen Blick über die Schulter, ob uns jemand gehört hat. Aber wir sind immer noch allein im Lokal. Ich wünschte, die Kellnerin würde endlich unsere Getränke bringen.

„Willst du damit sagen ...?"

„Keine Angst, es ist nicht dazu gekommen. Aber sicher nicht deshalb, weil du dich so toll unter Kontrolle gehabt hast."

„Du behauptest also, wir hatten etwas miteinander?"

Sie zuckt mit der Achsel.

„*Etwas?* Keine Ahnung, wie man es nennt, wenn zwei sich küssen, die schon vergeben sind; die sich heimlich treffen, zum Beispiel in der Kornblume. Weil das Lokal schnell erreichbar ist und doch weit genug weg von Treibern, von J. R. und Regina. Von der du dich übrigens trennen wolltest, jedenfalls hast du davon geredet: Für dich, hast du beteuert, für dich tue ich alles ... Wie nennt man so etwas deiner Meinung nach?“

Ich starre auf die Tischplatte, eine billige Marmorimitation aus Resopal. Was soll ich sagen, was gäbe es zu sagen? Ich hocke auf dem Misthaufen wie ein Gockel, dem man die Schwanzfedern ausgerissen hat. Der vergessen hat, wie man kräht. Ein dummes Huhn.

Abrupt steht sie auf und langt nach ihrer Handtasche. Ich versuche halbherzig, ihre Hand zu ergreifen, sie zieht sie hastig zurück.

„Bleib“, bitte ich, „du hast mir noch kein einziges Wort von ihm erzählt!“

Sie legt ein wenig Kleingeld auf den Tisch.

„Das dürfte wohl reichen. Was meinst du?“

Ohne eine Antwort abzuwarten, stürzt sie auf den Ausgang zu. Die Kellnerin kann das beladene Tablett gerade noch vor ihr in Sicherheit bringen.

„Liebeskummer?“, fragt sie mitfühlend, als sie die dampfenden Tassen auf dem Tisch abstellt.

Ich drücke ihr wortlos einen Schein in die Hand und schleiche hinaus wie ein begossener Pudel.

Er hat es sich längst abgewöhnt einzugreifen, wenn er einen Fehler sieht. Bei ganz schlimmen Fehlhaltungen setzt er Furat oder Susanne darauf an, das ist es dann auch schon. Regina hätte gerne, dass er ein bisschen engagierter wäre; dass er selbst intervenieren, korrigieren würde. Er findet, dazu sind die Trainer da. Wozu zahlt man ihnen Hunderte Euros im Jahr für Weiterbildung? Und überhaupt: Wie käme er mit seinem Bauch dazu, irgendwelche jungen Fritzen an den Geräten zu belehren.

„Am Ende mault noch einer zurück: Halt die Klappe, Opa!"

Sie sieht das anders, grundsätzlicher.

„Der Ruf eines Fitnessstudios steht und fällt damit, wie präsent der Chef ist."

Das mit der mangelnden Präsenz reibt sie ihm oft unter die Nase. Dabei ist er ständig vor Ort. Kaum ein Tag, an dem er die Belegschaft nicht mit seiner Anwesenheit beglückt. Sein Aktionsradius beschränkt sich allerdings auf den Eingangsbereich, und auf die *Auslage*. So nennen sie den für die Chefität reservierten und durch eine Verglasung von der Trainingshalle abgetrennten Bereich, in dem Reginas und sein Schreibtisch einander gegenüberstehen. Gleich links vom Eingang, zwischen Schlüsselausgabe und Theke, befindet sich die Espressomaschine. In ihrem Bannkreis hält er sich am liebsten auf, zwecks Befriedigung seiner größten Sucht. Wo die Kunden sich ihre Eiweißbomben reinziehen, gönnt er sich gut und gerne sieben Espressi pro Tag. Die biblische Zahl sieben! Sie ist so ziemlich das Einzige, das er aus seinem früheren Leben herübergerettet hat in die profane Welt des Studios. Obwohl, als ausschließlich profan würde er diese Welt nicht bezeichnen.

Für viele seiner Kunden ist das New Life definitiv so etwas wie Religionsersatz, eine quasispirituelle Enklave im materialistischen Alltag, wo man sich eine Dosis Glückseligkeit aus eigener Kraft erstrampeln oder erstemmen kann.

Als er den Betrieb von Onkel Gerhard übernahm, stand noch *Fitnesscenter* über der Tür, Regina machte daraus ein *Fitnessstudio*. Die Neuerung sollte Exklusivität suggerieren, ein gehobenes Niveau. Regina wollte vor allem den Ruf loswerden, nur für eine gewisse Klientel da zu sein. Weg von den proletarischen Kids – hin zur breiten, gutbürgerlichen Schicht, so lautete ihre Devise. Mittlerweile ist das überhaupt kein Thema mehr. Längst gilt als unzeitgemäß, wer sich der ritualisierten Fitness verweigert. Ein Ort, ein Raum, ein All ... Wo Dunkelhäutige und Mandeläugige sich ebenso zuhause fühlen wie glupschäugige Weiße, Leute mit kriminalistischer Vergangenheit wie jene mit einer kriminellen. Aber was harrt deiner im Kern des Zentrums, im Auge des Taifuns?

Das Nichts. Gut getarnt unter einem dichten Kokon aus Geschäftigkeit.

Er weiß, dass Regina solche Ideen nicht goutieren würde. Weshalb er sie auch für sich behält.

Nur mit einem könnte er allenfalls darüber reden: mit Willi Gebeshuber, dem Fassl. Der Willi ist der Einzige unter seinen Bekannten, der noch nie den Fuß in das New Life gesetzt hat und es mit einer an Sicherheit grenzenden Wahrscheinlichkeit auch in Zukunft nicht tun wird. Ob es sich nun Studio nennt oder Center.

Der Willi ist ein Original, und ein gewichtiges obendrein. Seinen Spitznamen hat er nicht von ungefähr. Ständig behauptet er, abgenommen zu haben: *Stolze sieben Kilo in den letzten vier Wochen!* Schau, schau, sagen seine Freunde dann und wackeln anerkennend mit den Köpfen; aber keiner kann nachvollziehen, *wo* der Willi die sieben

Kilo abgebaut haben will. Seine Wampe scheint täglich an Umfang zuzunehmen, seit er wieder raucht (nach vierzehn Jahren Abstinenz raucht er jetzt wieder, das musst du dir einmal vorstellen!), und seine blauädrigen Backen und das Krötenkinn wirken schwammiger als je zuvor. Keine Rede von eingefallenen Raucherwangen und so. Der Willi, ja, das ist schon einer, heißt es höchstens. Was sie nicht sagen, sondern jeder nur für sich denkt: Wie lang wird es seine Pumpe noch machen? Bei *dem* Lebenswandel? Manchmal schaut er so drein, als hätte ihn eh schon ein Schlagerl gestreift. Alle denken sich das, aber niemand spricht es aus.

Vielleicht fürchten sie, das Reden darüber könnte schon zum I-Tüpferl für ihn werden. Und wer will schon das Fass zum Überlaufen bringen?

Andererseits: Gefruchtet haben dezente Hinweise bei ihm eh noch nie. *Ich überleb' euch alle zusammen, werdet's sehen.* Fitness als solche – und künstlich antrainierte im Speziellen – sei ihm verdächtig; das verkündet er gerne und ungefragt. Sie sei der Ausdruck einer kranken Weltanschauung, einer auf festgelegte Formate fixierten Ideologie, deren Vertreter sich mit künstlichen Präparaten und Vitaminzusatzstoffen vollstopfen, nur um dann so aufgepumpt auszusehen, wie sie nun einmal aussehen: *Künstlich gezüchtete Terminatoren, die nicht mehr normal gehen können, weil ihre Oberschenkel so wahnwitzig aneinanderreiben.*

Diese Beobachtung mag ja stimmen. Aber aus Willis Mund klingt sie schon ein bisschen komisch. Weil dem Willi seine Oberschenkel auch ganz ohne Pillen und Shakes ganz ordentlich aneinanderreiben.

*

Als sie den Raum betritt, geht ein Ruck durch ihn. Er sieht sie zunächst nur von hinten. Aber was heißt *nur*: Verrät die Rückseite nicht bereits alles, lässt sich an ihr nicht die Essenz einer Figur, insbesondere einer weiblichen, besser ablesen als an der Frontalansicht, wo einen Make-up und hervorquellende Drüsen ablenken? Mit einem Blick erfasst er die Wohlproportioniertheit ihrer Lenden, die Straffheit ihres Rückens. Er ist hingerissen.

„Wer ist das?" Er stupst Joy an, die gerade für das Ein- und Auschecken der Kunden zuständig ist.

Joy durchsucht die Kartei im Computer.

„Iris. Iris Kranzl. Sie und Herr Reichert sind gestern neu eingestiegen."

Kranzl, Reichert ... die Namen sagen ihm nichts. Aber was will das schon heißen? Nach eineinhalb Jahrzehnten in dieser Stadt kennt er – abgesehen von seiner Klientel – nur wenige echte Treiberner. Viel zu wenige, laut Regina. *Du musst mehr unter die Leute – als ein Geschäftsmann muss man alle kennen und mit allen können!* Aber er hört nicht auf sie. Treibern, das ist Wien dividiert durch Salzburg, der Rest multipliziert mit Bad Ischl. In Treibern kann man nicht abseitsstehen. Höchstens im Abseits, das dafür auf ewig. Weil man zum Beispiel wegen einer ein bisserl dunkleren Haut gleich als *Zigeuner* betrachtet wird. Oder wenn man einen IQ von über hundert hat. *Er is' sauber*, sagt man hier über jeden, dem der Zugang zum inneren Kreis gewährt wird; als hätte man ihn vorher nach einer versteckten Kanone abgetastet. Und *Intellektueller* – das gilt in Treibern als das schlimmste Schimpfwort überhaupt. Wer es aber als *Zuagraster* schafft, an einem der eichenen Stammtische in den Treiberner Wirtshäusern Platz nehmen zu dürfen, wer also geeicht und für würdig befunden worden bist, räsoniert bald wie jedermann darüber, was alles immer schlechter wird, immer grauslicher.

Nicht einmal der Speck schmeckt mehr nach Schwein! Plastiktrümmerl, nix wie in Plastikfolie eingeschweißte Plastiktrümmerl! Wer, bitte, soll das noch fressen außer den Touristen?

Sie jammern und lästern, raunzen und vernadern. Lassen nichts und niemanden gelten neben sich, dem Nabel der Welt, in dem die Kleinmütigkeit der Großkopferten sich zusammenballt zu einem unendlich verächtlichen, zersetzenden Gegrinse. Deshalb zieht er es vor, den Stammtischen fernzubleiben. Weil es als Affront betrachtet würde, der gönnerhaften Einladung, dich *zuwazusitzen*, nicht nachzukommen, vermeidet er es tunlichst, sich überhaupt in den Wirtshäusern sehen zu lassen.

Zu viel Nähe kann noch schlimmer sein, als wenn du abgestempelt bist als Zigeuner oder Intellektueller.

Er beobachtet, wie sie auf dem ersten Gerät Platz nimmt: Abduktion, Nr. 4. An der Haltung von Iris Kranzl ist nichts auszusetzen, auch nicht, als sie auf die Adduktionsmaschine wechselt. Keinerlei Veranlassung also zu intervenieren. Aber kann man nicht einfach einmal ein positives Feedback geben, ein wenig Präsenz zeigen bei der Neuen? Er schlendert zu ihr hinüber. Strafft die Schultern, zieht den Bauch ein. Nicht zu viel natürlich. Oft genug hat er bei älteren Klienten schon erlebt, wie peinlich das wirkt.

Sie registriert sein Näherkommen. Lächelt ihn an, ohne ihre Übung zu unterbrechen.

Er stellt sich vor. Nennt nur den Vornamen, sein voller Name ist ohnehin an der Trainingsjacke abzulesen. Und seine Funktion geht schon daraus hervor, dass nicht *Trainer* oder *Physiotherapeut* darunter steht.

„Und wie gefällt Ihnen unser Studio?“

Er wirft einen Blick auf die digitale Anzeige. Die dreißigste Wiederholung bei vierzig Kilo – nicht schlecht für den Anfang.

„Ausgezeichnet, auf den ersten Blick." Jetzt gerät sie doch etwas ins Schnaufen.

„Ich weiß, Sie haben ja grade erst begonnen bei uns. Aber so wie Sie rangehen, sind Sie nicht das erste Mal in einem Fitnessstudio."

Ein hübsches Kompliment. Sie bedankt sich mit einem artigen Lächeln.

„Wenn Sie etwas brauchen oder wissen möchten – ich bin für Sie da."

Er deutet auf den Glaskasten, um klarzustellen, wo er zu finden sei. Regina sitzt im Moment nicht an ihrem Schreibtisch. Vermutlich kümmert sie sich gerade um die Aufstellung der neuen Kabelzugwand.

Iris Kranzl. Ein Blumenkranz von einem Namen.

Als er weitergeht, spürt er ihren Blick im Rücken.

*

Wie hieß das gleich? *Sich verzehren vor Sehnsucht ...*

Ja, er verzehrt sich vor Sehnsucht nach ihr. Nach ihrer schmalen Stirn, ihren sinnlichen Lippen, den zarten Grübchen auf ihren Wangen. Er findet Grübchen wunderschön. Frauen, die keine haben, sollten sich chirurgisch welche machen lassen.

Aber ist es mit zweiundsechzig nicht ein bisschen spät für eine Romanze? Zeichen einer Midlifecrisis? Die typische Midlifecrisis bricht doch eher um die vierzig, fünfzig herum aus als mit zweiundsechzig. Wie haben sie ihn bei seinem letzten runden Geburtstag aufgezogen: Sechs null, null Sex ... Andererseits: Er hat Jahrzehnte seines Lebens tiefgekühlt verbracht, schongefrostet hinter Internats- und Klostermauern – da mag sich schon manches ein wenig verzögern.

Zigmal ruft er an bei ihr, sie nimmt nicht ab. Immer hinterlässt er dieselbe Nachricht in ihrer Sprachbox: Ruf an, bitte!

Sie ruft nicht zurück. Will sie ihn quälen?

Als sie sich endlich meldet, benimmt er sich wie ein dummer Schuljunge. Zittert am ganzen Körper, bringt kaum ein Wort heraus. Mit Flirten und Dates hat er so gut wie keine Erfahrung, woher auch? Als er und Regina sich kennenlernten, war keine Hitze im Spiel. Respekt, ja, und Wohlwollen, und Zuneigung. Mit der Zeit auch Vertrauen, gewiss. Aber keine heißen Träume, keine belegte Zunge, kein Turteln. Wenn man Pläne schmiedete, ging es um praktische Dinge. Sie waren beide klug genug, gleich von Anfang an ihr Terrain abzustecken. Den jeweiligen Claim. Gold hofften sie darauf nicht zu finden. Worin du so viel Zeit und Energie investierst, ist dir auch ohne Nuggets einiges wert. Wer wie er die längste Zeit seines Lebens partnerlos verbracht hat, weiß, was er durch eine Beziehung aufgibt. Ihr ging es nicht viel anders, auch wenn sie schon einmal mit einem Mann zusammengelebt hatte. Oder gerade deshalb? Jedenfalls hatte keiner von ihnen das Feuer vermisst. *Omnia tempus habent*. Alles hat seine Zeit.

Er trifft sich mit ihr in der Kornblume, einer ziemlich heruntergekommenen Bude in Arndorf, aber das spielt keine Rolle. Mit dem Auto ist das kleine, schmuddelige Café in einer Viertelstunde zu erreichen. Und die Wahrscheinlichkeit, dort auf einen Bekannten zu treffen, ist gering.

„Was würde dein Mann machen, wenn er von uns wüsste?

„Er erfährt es nicht."

Sie schürzt die Lippen. Ihre Augen funkeln ihn an dabei, ihre Grübchen: ein Versprechen.

„Erzähl mir etwas über ihn."

„Wozu? Ich dachte, du interessierst dich für *mich*?"

„Natürlich." Seine Hände legen sich um ihre. Ich möchte die Fassung sein für diesen Stein, denkt er. Aber er sagt: „Ich kann nicht verstehen, wieso du mit ihm zusammen bist."

„Du meinst, mit einem wie J. R."

Er nickt. Johannes Reichert, das Ekel in Person. Der aus heiterem Himmel im Studio auftauchte und ihn mit einem einzigen Satz völlig aus dem Gleichgewicht brachte: *Das gibt's doch nicht – mein alter Präfekt!* Nein, er konnte sich nicht an dieses Gesicht erinnern, wusste nicht, welcher ehemalige Zögling ihm da nach fünfunddreißig Jahren fett und arrogant gegenüberstand. Auch der Name sagte ihm nichts, viele hießen damals Johannes. Jetzt nennt er sich ja *Dsche-Ar*.

Du kannst J.R. zu mir sagen, alle meine Freunde nennen mich so.

Er ist auf seinen bescheuerten Spitznamen auch noch stolz!

Ein Spitzname ist dann gut, wenn sein Träger ihn selbst akzeptiert, wenn er sich dadurch geadelt fühlt, nicht gebrandmarkt. Also, ich höre den meinen gern. J.R. – da schwingt Texas mit, Öl und kesse Bienen. Nomen est omen, nicht wahr, Edgar? Ich hatte mit Latein ja nie viel am Hut. Aber ein paar Wahrheiten haben sie schon auf den Punkt gebracht, die alten Römer, keine Frage. Weißt du was: Du und der Otto und ich, wir gehen einfach mal aus und schwätzen über die alten Zeiten. Einverstanden?

Davor konnte er sich bisher drücken. J. R. ist Anlageberater, offenbar ein äußerst erfolgreicher. Fortwährend prahlt er mit seinem Reichtum.

„Sag's einfach, wenn ich dir unter die Arme greifen soll! Für meinen alten Präfekten lasse ich gerne ein paar Scheine springen."

Wenn er verschwitzt neben Edgar an der Bar lehnt und seinen Eiweißshake hinunterkippt, hält er gerne Monologe über das, was er angeblich im kleinen Finger hat: die Gesetze des Marktes.

Die Gesetze des Marktes haben ja nichts von ihrer Gültigkeit verloren, nur weil dieser Markt momentan eine Krise durchmacht. Im Gegenteil: In der Krise zeigt sich erst, wer einen langen Atem hat, hier trennt sich die Spreu vom Weizen.

Was für Beziehungskrisen natürlich genauso gelte. Auch im Privaten müsse man schon mal ein wenig nachhelfen, wenn der Motor ins Stottern gerät. Wenn die Gespielin das Interesse an einem zu verlieren droht. Üblicherweise wisse er sich ja durchaus alleine zu helfen: Ein goldenes Geschmeide hier, eine neue Wohnung da, und schon sei wieder alles im Lot. Die angebliche Unberechenbarkeit der Weiber: ein Mythos. Schmieren und geschmiert werden, so laute nun einmal die Weltformel, einfach und übersichtlich. Allerdings benehme sich Iris momentan ein bisschen zickig. Irrational. Da wäre es doch schön, wenn er, der alte Prediger und Geschichtenerzähler, ihr den Kopf wieder nach vorne richten könnte – seine bekannten rhetorischen Fertigkeiten habe er ja wohl nicht mit der Kutte abgegeben. Und selbstverständlich werde man sich für eine solche Intervention auch erkenntlich zeigen, es solle sein Schaden nicht sein ...

Welch eine Ironie des Schicksals, denkt er: J. R. selbst hat mich zu dir geschickt, und jetzt glühen deine Hände unter den meinen!

„Wieso bist du mit ihm zusammen?“, wiederholt er. Seine Stimme vibriert.

Iris zögert, scheint zu überlegen, wie viel sie preisgeben will.

„Ich weiß nicht, womit ich anfangen soll.“

„Warum fängst du nicht einfach damit an, wie ihr euch kennengelernt habt?“

*

Endlich erzählt sie von sich. Von sich und J.R.

Davon, wie sie ihn in Český Krumlov kennenlernte. An die Brüstung der Brücke gelehnt, die Sonne im Gesicht, Kanus und Schlauchboote unter ihr, hatte sie unglaubliche Lust verspürt. Auf nichts Bestimmtes, einfach nur: Lust. Lebenslust.

Sie wäre wahrscheinlich auch für den Blick eines anderen empfänglich gewesen, so offen, so aufgekratzt, wie sie in diesem Moment gewesen war. Aber es war nun einmal er, der sie von der Terrasse des U Bejka aus beobachtete. Sie steuerte auf das Lokal zu, um sich ihr Lieblingsbier zu gönnen. Sie wusste, hier würde sie das *řezané* – einen Verschnitt von halb dunkel, halb hell – in Idealtemperatur serviert bekommen. Sie hatte vor, ein bisschen Tschechisch zu lernen, ein paar Phrasen konnte sie schon. Was sie nicht wusste: dass er sie bereits eine Weile im Visier hatte. Ihre sinnlichen Hüften, ihren wogenden Gang.

Er drückte seine Lesebrille nach unten und beobachtete sie. Kein verstecktes Taxieren war das, sondern unverfrorenes Anstarren. Er genoss es offensichtlich, wie sie sich reflexartig die Haare zurückstrich, wie die meisten Frauen, wenn sie auf einen Männerblick positiv reagieren. Als müsste sie ihre Mähne bändigen, die ohnehin mit einer breiten Bernsteinspange am Hinterkopf befestigt war.

Sie hatten ihre Blicke nur für Sekunden ineinander getaucht.

Es genügte, um sich gegenseitig zu verhaken.

Ja, wir haben uns ineinander verheddert.

Sie schaute in die andere Richtung, mit zuckenden Lippen. Was tun? Sie konnte sich doch nicht einfach neben ihn hinsetzen und ein Bier bestellen! Also ließ sie das U Bejka rechts liegen und nahm die Treppe dahinter mit lockeren Sprüngen; lief die steile Důlní-Gasse hinauf, vorbei an den rostbraunen Ziegelmauern, die die ausgedehnten Gartenanlagen des Renaissanceschlosses schützen sollten – vor wem auch immer –, und erreichte nach einer knappen halben Stunde, ohne einem einzigen Menschen begegnet zu sein, ausgedehnte Wiesen und abgeerntete Felder, auf denen Hunderte von Strohballen in der Nachmittagssonne vor sich hin glänzten. Schön, verrückt schön! Während sie in den Nachrichten weiträumige Überschwemmungen im Grenzgebiet von Tschechien, Deutschland und Polen meldeten, stand über Český Krumlov eine unverschämt gut gelaunte Sonne, ebenso unverschämt wie der Mann vorhin. Sie beschloss, sich um keinen Weg mehr zu scheren, zog die Sandalen aus und durchquerte barfüßig die Wiesen. Um fünfzehn Uhr hatte sie ihren ersten Gipfelsieg errungen: Von einer sanften Anhöhe aus blickte sie hinab auf einen Weiler, der aus vier oder fünf rot gedeckten Gebäuden bestand, gruppiert um ein altes Gehöft, mit einem baufälligen Fabrikschornstein im Zentrum. Ob das einmal eine kleine Brauerei gewesen war? In jedem zweiten Dorf Südböhmens wurde schließlich früher Bier gebraut.

Wie es so schön heißt in den alten Geschichten: Das Herz, es schmerzte. Bei diesem Anblick!

Denk dir all die Touristen weg, und du bist im Himmel. Hannah hatte ihr das erste Mal von dem schnuckeligen Städtchen vorgeschwärmt, Hannah, die Einzige aus der Gilde ihrer Kolleginnen, die, warum auch immer, nicht mit ihr wetteiferte um Stipendien und Preise. Der sie vertraute, wie man einander nur vertrauen kann unter – Künstlerinnen. Das gemeinsame Geschlecht macht die Sache ja nicht unbedingt leichter. Aber auf ein paar wenige musst du dich verlassen können, was wäre das Leben ohne Komplizinnen; und sei es, indem du eine einfach zu einer solchen erklärst, ob sie es nun verdient oder nicht.

Hannah hatte jedenfalls recht gehabt: Die Touristen waren in der Hauptsache *boat people*. Gern gesehene, von der Polizei unbehelligte boat people allerdings – denn nicht halb verhungert und in Fetzen gehüllt, sondern in sportlichem Outfit und mit genügend Kronen in der Brieftasche paddelten sie die Moldau hinab. Einzelkämpfer, Pärchen, ganze Familien samt Golden Retriever – noch nicht zu saturiert, um sich in ein enges Boot zu zwängen, aber betucht genug, um sich das Vergnügen leisten zu können – suchen hier den kontrollierten Kick. Wo es doch bei jeder Wehr eine Schleuse zu passieren gilt, wo es hinuntergeht in die schäumende Gischt. Nichts wirklich Gefährliches, aber ein bisschen pusht es den Adrenalinspiegel doch nach oben. Die Moldau ähnelt hier einer zahmen Anakonda, die sich liebevoll um die Stadt schlängelt. Nur manchmal, das letzte Mal beim großen Hochwasser 2002, besinnt sich die Anakonda ihrer wahren Natur.

Sie hatte Stadt und Fluss längst aus dem Blickfeld verloren und steuerte geradewegs auf den sanften Hügel los, der aussah wie geschoren, mit Büschen als Haarkranz auf halber Höhe ...

„Wie eine Tonsur." Es ist das erste Mal, dass er ihren Erzählfluss unterbricht.

„Wie was?"

„Eine Tonsur", wiederholt er, „die Haarpracht der Mönche im Mittelalter. Besser gesagt, die fehlenden Haare – Glatze mit dünnem Haarkranz. Das Kahlscheren war schon immer ein Zeichen für Erniedrigung."

„Interessant“, lacht sie unschuldig. „Muss ich mir merken, das Wort.“

Eine Malerin, die Tonsur nicht kennt – gibt es das überhaupt? Aber sie ist ja keine akademische Malerin, hat nicht Kunstgeschichte studiert. Was das Wissen um Mönche anlangt, ist er ihr sicher um Meilen voraus.

In Gedanken ist sie schon wieder oben auf ihrem Hügel.

„Weißt du, ich war so was von glücklich an diesem Tag – richtig über drüber! Endlich hatte ich es geschafft: eine echte Ausstellung, nicht eine von denen, für die du selbst noch blechen musst, nein: Gerald Jablonek, du hast doch schon von Jablonek gehört, ruft mich an, von sich aus, und lädt mich ein, bei *Licht und Magie* mit dabei zu sein – bei *der* Ausstellung zeitgenössischer österreichischer Kunst! Drei Bilder Ihrer Wahl, sagt er. Meiner Wahl?, staune ich, aber wollen Sie die nicht bestimmen ...? Alle Ihre Bilder passen zu diesem Thema, sagt er, wählen Sie selbst. Was für ein Schmeichler! Aber: Es tat so gut, so unglaublich gut, verstehst du? Und ich musste dafür nicht einmal ins Bett mit ihm ...“

Sie feixt wie ein kleines Mädchen, nein, wie eine Fünfunddreißigjährige, die auf kleines Mädchen macht. Natürlich sagt er nicht, was ihm durch den Kopf geht. Wie oft sie wohl schon mit einem von diesen Kuratoren und Mäzenen geschlafen hat, hübsch genug dafür ist sie allemal und, soweit er sich ein Urteil über ihre Bilder anmaßen darf, vermutlich talentierter in den Federn als mit dem Pinsel. Wenn er auch verschossen ist in sie, ist er nicht so naiv zu glauben, er sei der Einzige, den sie zu bezirzen versteht.

„Darum hab ich mich ja auch mit diesem Kurzurlaub nach Krumau belohnt“, fährt sie fort. „Dort, dachte ich, würde mir meine Intuition sicher sagen, welche drei Bilder ich nehmen sollte.“ Sie ist so ins Schwärmen geraten, dass es ansteckend wirkt auf ihn und den Rest seiner Vernunft hinwegwischt. Und als sie davon erzählt, wie sie sich oben auf dem Hügel ihres Tops und der Jeans entledigt habe – „mitten auf der Tonsur“, lacht sie ein bisschen frivol und breitet die Arme aus, als wäre sie noch immer dort –, würde er ihr am liebsten auch das Top ausziehen und ihre Brüste küssen. Er beherrscht sich, und sie ist viel zu sehr mit ihrer Geschichte beschäftigt, als dass sie seine Erregung bemerken würde. Inmitten einiger kreisförmig aufgestellter Steine, ein Stonehenge im Bonsaiformat, habe sie sich in die Wiese gelegt, nur noch mit dem Höschen bekleidet, und Arto Lindsays rauchiger Stimme im Kopfhörer gelauscht: *Mar da Gavea, Erotic City* ...

Plötzlich sei ein Schatten auf sie gefallen.

Sie blinzelte und sah *ihn* über sich. Denselben, der sie vor dem U Bejka so angestarrt hatte.

„Ist da vielleicht noch ein Plätzchen frei?“, fragte er, als befänden sie sich in einer überfüllten Gaststätte.

„Bitte sehr“, deutete ihre Hand, entgegen jeglicher weiblicher Vorsicht. Die Kombination von Selbstbewusstsein und Witz habe sie immer schon entwaffnet.

Sie sonnte sich neben einem wildfremden Mann, ließ sich ohne Schamgefühle von seinen Blicken abtasten; das Seidentuch, das sie sich zuerst noch über die Brust gelegt hatte, rutschte bald zu Boden, es kümmerte sie nicht. Man sprach über Schiele, natürlich, wer spricht nicht über Schiele in Krumau, und über *Die Bafler*, Bohumil Hrabals Erzählungen von den schwadronierenden Brüdern und Schwestern des braven Soldaten Schwejk. Bafelte selbst drauflos in diesem böhmischen Stonehenge, bis die Sonne sich in den Baumwipfeln im Westen zu verlieren begann.

„Wir haben viel gelacht zusammen in diesen ersten Stunden.“ Sie schaut Edgar an, um zu sehen, wie er darauf reagiert. „Dann gingen wir gemeinsam zu Abend essen, natürlich ins U Bejka, was soviel heißt wie *Zum Stier*, und bestellten die Spezialität des Hauses: Tatarski." J. R., ein Kenner der Gastronomie aller Herren Länder, hatte dieses unansehnliche, aber höchst schmackhafte Tatarbeefsteak vorgeschlagen, und der Müller-Thurgau aus Mähren passte so hervorragend dazu, dass eine Flasche nicht langte. Eine lokale Band spielte keine drei Meter neben ihnen in der engen Stube und wurde im Verlauf des Abends lauter und lauter, sodass sich der Mund immer mehr dem Ohr des anderen nähern musste, wenn man sich etwas zu sagen hatte.

Und sie hatten sich viel zu sagen.

Gegen Mitternacht begleitete er sie hinüber zu ihrem Hotel in die Široka.

„Noch ein letztes Gläschen auf meinem Zimmer?", fragte sie, ein wenig heiser vom vielen Schreien. „Nach dir", sagte er und hielt ihr die Tür auf – ein Gentleman.

„Prosím zamykejte!", sagte sie, warf die Kleider auf den Boden und sich aufs Bett. „Prosím zhasínejte!"

Er verstand kein Wort, aber er tat das Richtige. Schloss ab von innen und löschte das Licht.

Sie erwartete ihn schon unter der Decke.

*

„Leider verflog meine Euphorie ebenso schnell, wie sie gekommen ist."

Sie tönt eine ganze Oktave tiefer, als sie auf die Zeit in Wien zu sprechen kommt.

„J. R. hat mich behandelt wie ... wie eine teure Puppe, eine Edelkurtisane, ja, das trifft es am ehesten. Er hat mich überhäuft mit Geschenken, mir sogar eine seiner Wohnungen gratis überlassen; mitten im siebten Bezirk, beste Lage, frisch renoviert. ‚Ich hab genug Appartements', hat er gesagt, ‚kannst drin bleiben, solang du willst.'"

„Was war in Wien denn so anders als in Krumau?“

Sie überlegt. „Nicht, dass er mich nicht mehr hofiert hätte. Er konnte immer noch charmant sein, und witzig. Nein, das war es nicht. Es lag wohl daran, wie das Berufliche herübergeschwappt ist in unsere Beziehung. Der Job geht ihm einfach über alles.“

Sie erzählt von Reicherts Karriere. Wie er es geschafft hat, als Anlageberater ein solches Vermögen anzuhäufen.

Ob J. R. womöglich krumme Dinge treibe?

„Ich denke, er treibt Geschäfte mit Leuten, die krumme Dinge treiben. Er hat ja nur eine sehr spärliche, aber überaus exklusive Klientel, über die ganze Welt verteilt. ‚Ich brauche maximal zwei Dutzend Klienten, manchmal sind es auch nur zwölf bis fünfzehn‘, erklärte er mir einmal. ‚Natürlich nur die Crème de la Crème.‘ ‚Was sind das für Leute?‘, habe ich gefragt. ‚Das willst du gar nicht so genau wissen‘, hat er gelacht. ‚Meine Kunden sitzen in der Schweiz, in Bahrain, auf den Kaimaninseln ... Okay, nicht ein jeder kann ein Ölprinz sein, manche machen ihren Schnitt schon mit etwas härteren Sachen.‘ ‚Was heißt härter?‘, hab ich nachgebohrt. ‚Na ja, härter eben, so wie Paks, Panzerabwehrkanonen, oder wie ein gewisser weißer Stoff, der dir einfährt ... Aber lassen wir das.‘ Er redet nicht gerne übers Geschäft. Diskretion ist in seinem Beruf alles, sagt er. Nur eines sei sicher: Neunzig Prozent seiner Arbeit bestehe darin, Kontakte zu knüpfen und zu pflegen. Darum legt er das Handy auch nie aus der Hand. Er muss Tag und Nacht erreichbar sein, wenn einer seiner wirklich wichtigen Klienten anruft – und, wie gesagt: Er hat ja nur wirklich wichtige! Die wissen wollen, in welchen Fonds gerade günstig zu investieren ist, wann Anteile umzuschichten oder abzustoßen sind. ‚Eine gute Nase ist das Um und Auf in meinem Job!‘ – das sagt er zigmal am Tag. Und weil diese Leute seine Nase offenbar schätzen, muss er eben ständig erreichbar sein. Leb du einmal mit einem zusammen, der das Handy selbst beim Beischlaf nicht auslässt ... Stell dir das vor!"

Nein, das will er sich gar nicht erst vorstellen. Das Wenige, das er von Reichert weiß, genügt völlig, um den Kerl aus vollem Herzen widerlich zu finden. Unerklärlich nur, wieso sie sich überhaupt je auf einen wie ihn einlassen konnte! Die Seele der Frauen, er wird sie nie ergründen.

„Als wir nach Treibern kamen, wurde er unausstehlich. Nicht nur im Studio macht er jede Tussi an. Irgendwann begann ich mich zu ekeln vor dem Handyman in meinem Bett."

Aber wieso kam sie überhaupt in die tiefste Provinz, nachdem sie in Wien endlich Erfolg gehabt hatte?

„Er hat mich mit dem Loft herumgekriegt. ‚Schau, Schatzi', hat er gesagt, es sind nur ein paar Monate, die wir dort sind, weil ich halt dieses Revitalisierungsprojekt für den Taylor, einen meiner besten Kunden überhaupt, checken muss. Vor Ort, verstehst? Weil der Taylor, der sitzt momentan in Neuseeland und kann sich selber nicht darum kümmern, also muss ich ... Ich weiß eh, das Treibern ist ein Kaff, mir taugt's ja auch nicht. Aber, pass auf, jetzt kommt die Belohnung für mein Schatziputzi: Du kannst derweil das ganze Loft in dem Areal als Atelier verwenden, das ist so riesig wie ein Flugzeughangar!"

Damit hatte er nicht zu viel versprochen. Aber selbst das luftigste Loft kann auf die Dauer eine kaputte Beziehung nicht retten. Jetzt, schwört sie, jetzt sei es endgültig vorbei.

Fein. Ausgezeichnet. Aber ... Er zögert, ob er sie das wirklich fragen soll. Sie möge ihn jetzt bitte nicht falsch verstehen, aber warum suche sie sich immer Männer, die um so viel älter sind als sie?

„Reifere!“, schmunzelt sie. „Keine Ahnung, vielleicht fühle ich mich bei ihnen geborgen? Aber wenn du willst, lege ich mich gerne bei Dr. Salchinger auf die Couch und finde heraus, was in meiner Kindheit alles schiefgelaufen ist.“

Nein, das will er durchaus nicht. Er will, dass sie sich auf *seine* Couch legt.

Und die Chancen dafür, schätzt er, stehen zurzeit gar nicht schlecht.

15. Dezember 2009

Die Handtasche, die das Mädchen über der rechten Schulter trug, hatte einen fernöstlichen Touch und wirkte irgendwie unproportional. Zu groß für so ein zartes Geschöpf, dachte Major Bleier. Er bat sie und die anderen Besucher in den Aufenthaltsraum, der noch nach frischer Farbe roch und für den heutigen Anlass leicht zweckentfremdet worden war.

Sie hatten drei Tische zusammengerückt und darauf ihr ganzes Arsenal deponiert; oder jedenfalls das, was man der interessierten Öffentlichkeit zeigen durfte: Helme, Schilde, digitale Funkgeräte, Türrammen, diverse Schusswaffen, Taser, Schutzanzüge. Aus Erfahrung wusste Bleier, dass sich die meisten für die Handfeuerwaffen interessierten. Manche Kids wollten sogar wissen, welches Kaliber die Glock 17 hatte oder wie viel Schuss pro Sekunde man mit dem StG 77 theoretisch abfeuern konnte. Die lieben Kleinen! Vielleicht waren sie wegen ihrer Computerspiele so technisch versiert? Einen Augenblick lang hing er privaten Gedanken nach, erinnerte sich an das Geplärr und Gezeter seines Fredi, letzte Woche im MediaMarkt. Alice hatte ihm die neue Spielkonsole, auf die der Bub scharf war, partout nicht kaufen wollen. Wahrscheinlich, weil darauf Sylvester Stallone in seiner üblichen martialischen Haltung als Werbeträger posierte. Alice hasste Sylvester Stallone. Sie hasste alles, was mit geölten Muskeln und geölten Kanonen zusammenhing. In dem Fall war der Schuss der Werbestrategen wohl nach hinten losgegangen. Er selbst hätte dem Buben die Konsole ohne weiteres gekauft, wo er doch in einer Woche den siebten Geburtstag feierte. Aber deiner Frau kannst du natürlich schon aus pädagogischen Gründen nicht in den Rücken fallen, da kann der Bub plärren, wie er will.

An der Wand klebten, weniger attraktiv, aber unvermeidlich an einem solchen Tag, Grafiken und Statistiken. Über die Anzahl der Einsätze in den letzten Jahren und wie oft von der Schusswaffe Gebrauch gemacht worden war (viermal insgesamt, einmal als Schreckschuss und dreimal, um bei Bränden Gasflaschen kontrolliert zur Explosion zu bringen); weiters, wie viele Cobra-Beamte im Einsatz verletzt oder getötet worden waren (im letzten Jahr zum Glück kein Einziger im ganzen Bundesgebiet). Ein anderes Plakat stellte den typischen Ausbildungsweg dar, der am Ende in die Aufnahme beim Spezialkommando münden konnte. Mit Betonung auf *konnte*. Denn selbst wenn alle physischen Kriterien erfüllt würden – ausschlaggebend sei der Charakter, die psychische Belastbarkeit und Ausgeglichenheit. *Wir haben keine Rambos in unserer Einheit, und wir brauchen und wollen auch keine.* Das sagte Bleier jetzt schon zum zweiten Mal. Aber man konnte es ja nicht oft genug sagen.

Es war dies bereits die dritte und letzte Führung durch die neu eröffnete Polizeidienststelle, dennoch war der Raum wieder knallvoll mit Leuten. Der Tag der offenen Tür kam wirklich sensationell an. Vielleicht lag es auch ein bisschen am Plakat. An seinem Plakat. Immerhin war es Bleiers Idee gewesen, *ToT* in riesigen roten Lettern darauf prangen zu lassen, ein dem Anlass würdiger Blickfang. Der die Gefährlichkeit ihres Berufs gebührend in den Mittelpunkt rückte, und werbemäßig ein Hammer. Dass man gratis Würstl und Getränke ausgab, schadete natürlich auch nicht. Wie auch immer, der Zulauf übertraf alle Erwartungen. Und das mitten im Advent, eigentlich nicht die ideale Zeit für polizeiliche Öffentlichkeitsarbeit. Er wusste jetzt schon, wie der Pressesprecher die Veranstaltung in der nächsten Ausgabe der Lokalzeitung vermarkten würde: *Der Andrang beim diesjährigen Tag der offenen Tür demonstrierte wieder einmal augenscheinlich, wie positiv die Rolle der Sicherheitskräfte trotz aller Unkenrufe von der Bevölkerung wahrgenommen wird. Was für ein Event im Advent ...*

Am Vormittag hatte man den Besuchern ein paar Highlights aus dem breit gefächerten Aufgabenbereich des EKO Cobra geboten: Abseilaktionen vom Hubschrauber, das blitzartige Erstürmen einer Wohnung, das Fixieren von Übeltätern mit und ohne Polizeihund. Er selbst hatte das Ganze moderiert und nicht vergessen, auf die harte Ausbildung, das tägliche Training und den einsatzintensiven Alltag seiner Mannschaft hinzuweisen. Und wozu all das? Natürlich um die Sicherheit unserer Bürgerinnen und Bürger zu gewährleisten. Offenbar war Oberstleutnant Kaiblinger, sein unmittelbarer Vorgesetzter, mit ihm zufrieden gewesen. „Brillant, Bleier", hatte er gesagt, und es hatte ehrlich geklungen, auch wenn die L-Laute in *brillant* und *Bleier* aus dem Mund des Wieners so breit tönten wie ein ausgewalzter Leberkäse. Bei der anstehenden Weihnachtsfeier werde man sich dafür erkenntlich zeigen, hatte der Oberstleutnant gesäuselt und ihn dabei freundschaftlich in die Rippen geboxt. Ein guter Tag, er hatte es schon beim Aufstehen gespürt.

„Sonst noch irgendwelche Fragen?"

Eine Frauenhand reckte sich zaghaft in die Höhe. Er konnte das Gesicht nicht erkennen, die Männer vor ihr waren allesamt einen Kopf größer als sie.

„Ja, bitte?"

„Könnten Sie ... wären Sie bitte so freundlich zu erklären, wie dieser ... äh ... Taser genau funktioniert?" Die Stimme klang jung und ziemlich unsicher.

Nichts lieber als das. Der Taser X-26 war dem Major ein besonderes, fast persönliches Anliegen. Womit sollte er beginnen? Am liebsten hätte er erst einmal ein paar technische Details erläutert: über die Nitrogen-Treibladung, welche die Kontaktpfeile auf 180 Kilometer pro Stunde beschleunigte, mit einer Reichweite von über fünf Metern; über die Stromspannung von satten 50.000 Volt oder über die Bedeutung der Abkürzung EMD. Da er aber befürchtete, bei der jungen Dame damit nicht punkten zu können, entschloss er sich, gleich mit dem Sicherheitsaspekt anzufangen. Der wurde ja von diesen Menschenrechtsheinis, die in ihren jährlichen Berichten versuchten, den Taser madig zu machen, viel zu wenig gewürdigt.

„Bei diesem Gerät handelt es sich um eine Elektroschockwaffe, die 2006 probeweise bei uns und der WEGA eingeführt wurde. Der Taser bietet einerseits höchstmögliche Sicherheit für das Opfer bzw. den im Einsatz befindlichen Exekutivbeamten; gleichzeitig konnte, wie die Statistik beweist ..." – der Major zeigte auf eine Tafel – „dank dieses differenzierten Instruments die Mortalitätsrate auf Seite der Aggressoren in den letzten drei Jahren drastisch gesenkt werden."

„Mit anderen Worten: Ihr bringt's in Zukunft hoffentlich weniger Leut' um bei euren Einsätzen?", bemerkte eine ältere, voluminöse Frau. Ihr grauer, langer Zopf hing an der Seite herab, und sie trug ein seltsam antiquiertes Kleid. Mit einem karierten Stofftaschentuch wischte sie sich den Schweiß von der Stirn. Trotz der Jahreszeit hatte es bestimmt dreißig Grad im Raum.

„Scheiß auf die Täter!", rief ein junger Mann. „Was macht's euch immer Sorgen um die. Kümmert's euch lieber um die Opfer!"

Major Bleier zog es vor, auf keinen der Kommentare einzugehen.

„Wir sprechen von einem differenzierten Instrument beim Taser, weil er sowohl als Kontakt- als auch als Distanzwaffe verwendbar ist. Indem man also den Kontakt dadurch herstellt, dass man den Angreifer mit der Waffe direkt berührt – wobei die Hochspannungsimpulse eine bis zu fünf Zentimeter dicke Kleidung überspringen können –, oder indem man paarweise angeordnete Kontaktpfeile auf den Angreifer abschießt. Selbst im zweiten Fall kann man mit dem Taser bedeutend zielgenauer operieren als etwa mit einem Pfefferspray. Wenn ich das mal demonstrieren darf ..."

Bleier nahm einen der drei Taser vom Tisch und hielt ihn in die Höhe, während er mit seiner Erläuterung fortsetzte.

„Die Waffe gibt also kurze elektrische Impulse mit hoher Spannung ab, wodurch es zu einer Irritation des Nervensystems kommt, die eine sofortige Bewegungsunfähigkeit des Gegenübers zur Folge hat. Im Prinzip ist der Taser gleich effektiv wie eine Schusswaffe, allerdings wesentlich weniger gefährlich. Zweifellos das gelindeste Mittel bei der Ausschaltung eines Aggressors."

Er war stolz auf seine Verwendung des Begriffs *gelinde*, machte er sich doch damit eine Vokabel der Gegenseite zunutze. Unter einem ein bisschen anderen Vorzeichen allerdings. Im letztjährigen Bericht des Menschenrechtsbeirats war die österreichische Exekutive wieder einmal gerügt worden, weil in etlichen Fällen angeblich *gelindere Mittel* als der Taser angebracht gewesen wären. Na ja, das kommt dabei heraus, wenn Laien oder Linke oder eine Kombination aus beiden solche Papiere verfassen dürfen!

„Natürlich gilt es im Distanzmodus darauf zu achten, dass man nicht gerade auf die Augen zielt", setzte er fort. „Nicht so sehr wegen der elektrischen Impulse, sondern wegen der Widerhaken, die hier ..." – er legte den Zeigefinger auf die Öffnung – „abgeschossen werden. Ansonsten: Anhaltende körperliche Schäden sind beim Angreifer kaum nachzuweisen."

„Weiße Folter", sagte die Dicke, „so ein Ding eignet sich vermutlich ausgezeichnet dafür. Keine Chance, einen Missbrauch später strafrechtlich zu verfolgen."

Bleier warf ihr einen bösen Blick zu. Ihm war die Lust vergangen, sich weiter zu diesem Thema zu äußern.

„Ich hoffe, ich habe Ihre Frage ausreichend behandelt?", sagte er in Richtung der Fragestellerin. Er bekam keine Antwort.

„Nur noch eins", wollte der junge Mann wissen, der empfohlen hatte, sich mehr um die Opfer und weniger um die Täter zu kümmern. „Was würde mich so ein Ding kosten?"

„Ist wohl nicht ganz billig. Je nachdem, welche Version Sie sich zulegen möchten, ob mit oder ohne Laser-Zieleinrichtung. Für ein professionelles Gerät müssten Sie im Handel schon an die tausend Euro hinblättern, würde ich meinen. Aber dieses Modell" – ein letztes Mal zeigte er allen den X-26, seinen ganzen Stolz, – „wäre für Zivile ohnehin nicht zu haben. Das ist den Kräften des Innenministeriums vorbehalten."

Danach schlägt er einen Standortwechsel vor. Die Gruppe marschiert hinunter in die kriminaltechnische Abteilung. Bleier demonstriert die neuesten erkennungsdienstlichen Errungenschaften. Nimmt spaßeshalber einigen Freiwilligen Fingerabdrücke ab und referiert über die faszinierenden Möglichkeiten, die moderne gentechnische Analysen heute und für die Zukunft eröffnen. Es kommt zu keinen weiteren Störmanövern aus dem Publikum.

Als sie eine Stunde später den Tag der offenen Tür für beendet erklärten und sich ans Aufräumen machten, kam die schlechte Nachricht: Abteilungsinspektor Kainz musste seinem Vorgesetzten, Major Bleier, melden, dass trotz genauester Suche nur zwei der drei Taser aufzufinden waren.

Bleier tobte, aber nur kurz. Er hätte keinen Eid darauf ablegen mögen, ob er nach der letzten Führung tatsächlich den Ausstellungsraum abgesperrt hatte. Man werde die Sache nicht aufbauschen, versicherte er Kainz und klopfte ihm tröstend auf die Schulter.

Dennoch stellte sich die Frage, ob man das Verschwinden der Waffe publik machen solle. Warum eigentlich nicht? Vermutlich handelte es sich bei den Dieben um irgendwelche pubertären Burschen aus dem Ort, die über kurz oder lang mit ihrer Tat prahlen würden. Ein Hinweis im *Treiberner Anzeiger* konnte Eltern oder Freunde schon hellhörig machen. Vielleicht würde die Waffe sogar bald wieder vor dem Eingang der Polizeidienststelle liegen, heimlich zurückgebracht von einem reumütigen Jugendlichen, dem jemand ordentlich den Kopf gewaschen hatte. Und hilft's nichts, so schadet's nichts, sagte sich Bleier.

Insgesamt war der Tag jedenfalls ein voller Erfolg gewesen.

0015.amr

Seltsam, wie sie reagierte, als ich sie darauf ansprach. Ihr Lächeln versteinerte. Die Tempelwächterinnen von Angkor Wat grinsen ähnlich penetrant. Nun, irgendwie ist ja auch das New Life ein neuzeitlicher Tempel.

Aber es hilft doch nichts, die Sache zu verdrängen. Und niemand macht ihr Vorwürfe deswegen, dass sie nicht im Raum war, als es passierte. Weil sie gerade im Wellnessbereich nachgeschaut hat, ob eh niemand mehr drin ist. Sie hat sich absolut richtig verhalten, das habe ich auch zu den Kripoleuten gesagt. Bevor dichtgemacht wird, muss immer jemand die Sauna und das Solarium checken. Ich meine, wenn, dann ist es genau da, wo etwas passieren könnte. Nicht, dass wirklich schon mal wer in der Sauna eingesperrt oder in einem defekten Hochdruckbräuner zu Tode gebrutzelt wurde. So etwas gibt es nur im Kino. Aber es genügt ja, wenn du auf dem nassen Boden ausrutschst und auf dem Hinterkopf landest. Da können wir hundertmal warnen, dass der Bereich nur mit Badeschlapfen betreten werden darf – was hilft's, wenn manche sich partout nicht daran halten?

Woher hättest du wissen sollen, dass der Bell auf so eine blöde Idee kommt?, hab ich sie getröstet. Dass einer sich mit einer Langhantel umbringt, weil er sich überschätzt. Das war alles, was ich sagte. Nur, um sie zu entlasten. Aber sie hat mich angeschaut, als ob ich sie ganz fürchterlich kritisiert hätte.

Ob die Kripo noch einmal kommen werde? Wozu?, sagte ich, ist doch alles geklärt. Aber weil sie von sich aus die Polizei erwähnte, wollte ich wissen, wie ihr denn der *ToT* gefallen hatte. Welcher Tod?, fragte sie. Ich musste lachen. Der Tag der offenen Tür, sagte ich, den die Treiberner Polizei vor Weihnachten veranstaltet hat. Was macht eine junge Dame wie du bei so einer Veranstaltung? Nein, meinte sie, das könne nicht sie gewesen sein, ich müsse mich irren. Komisch, sagte ich, ich habe doch mit eigenen Augen gesehen ... Ich war nicht dort!, wiederholte sie in einem Ton, als hätte ich ihr schon wieder einen Vorwurf gemacht. Vielleicht habe ich mich ja auch getäuscht, beruhigte ich sie. Das haben Sie sicher, sagte sie.

Doch ich habe mich nicht getäuscht. Es war Joy, hundertprozentig. Ich weiß noch, dass ich mich gewundert habe, wozu ein so zartes Mädchen eine so große Handtasche braucht. Aber was geht es mich an? Schließlich kann sie in ihrer Freizeit tun und lassen, was sie will.

Nur dass im *Treiberner Anzeiger* stand, beim Tag der offenen Tür sei bedauerlicherweise ein Taser entwendet worden, hat mich schon stutzig gemacht.

8. April 2010

Ich bin gerade auf dem Nachhauseweg, als das Handy klingelt.

„Hallo Edgar."

Diese Stimme! Kaum zu glauben. Doch ein Blick aufs Display bestätigt mir: Es ist *ihre* Nummer. Die, die ich erst vor kurzem aus der Kundenkartei herausgesucht habe.

„Iris! Das ist aber eine Überraschung ... eine schöne Überraschung!"

Sie klingt nicht mehr ganz so schroff wie beim letzten Mal.

„Ich hab darüber nachgedacht. Über das, was du mich vorgestern alles gefragt hast. Und was nicht. Dabei ist mir etwas aufgefallen."

„Was denn?"

„Dass du dich weit mehr für J. R. interessiert hast als für mich."

„Ich hab dir doch erklärt, warum."

„Weil er in deinem Studio gestorben ist. Und weil du dich nicht mehr an die Umstände erinnern kannst. So hast du jedenfalls argumentiert."

„Es ist die Wahrheit!"

„Aber wozu willst du dann alles Mögliche über sein früheres Leben erfahren? Ich meine, wenn du unsere Beziehung dabei gar nicht im Hinterkopf hast."

Ich schweige. *Der* Gedanke ist mir noch nicht gekommen. Dafür kracht es plötzlich, wie wenn eine Walnuss geknackt wird. Etwas zwängt sich, gelenkt von unsichtbarer Hand, ins Innere meines Hirns. Mir wird übel. Hat mein Sturz noch schlimmere Folgen als jene, die Dr. Sellner diagnostizierte?

„Die Amnesie", stammle ich, „ich kapiere momentan so vieles nicht. Ist es da nicht naheliegend, ich meine, dass man versucht, Informationen zu sammeln, um ... um sich wieder ein bisschen zurechtzufinden?"

Sie scheint nachzudenken. Im Hintergrund höre ich Fahrgeräusche. Ist sie im Auto unterwegs? Der Gedanke beunruhigt mich zusätzlich. Ich habe erlebt, wie emotional sie reagieren kann.

Aber als sie sich wieder meldet, klingt sie ganz entspannt.

„Du hast mich einmal gefragt, warum ich auf ältere Männer stehe."

Okay, denke ich, wenn du das behauptest.

„Ich war damals nicht ganz ehrlich. Habe gesagt, was du hören wolltest. Dass ich mich bei ihnen sicherer fühle, aufgehoben. Aber das war schon bei J. R. nicht der wahre Grund. Und erst recht nicht bei dir. Vielleicht hätte ich es dir ja eines Tages erklärt. Wenn du ... wenn du mich nicht so abgrundtief beleidigt hättest."

„Beleidigt?"

Ich versuche, den elenden Kahlschlag in meinem Schädel aufzuforsten in einem Kraftakt sondergleichen, mit schnell wachsenden Pappeln und Fichten, fünf Meter pro Sekunde und mehr. Ich schlage mir mit den Knöcheln an die Stirn, dass es schmerzt, doch das Verlorengegangene lässt sich nicht rekonstruieren. Mag sein, es ist eh besser so. Nach all dem, was sie mir im Café Kornblume über mich erzählt hat.

Angeblich gibt es ja die Gnade der späten Geburt. Vielleicht gibt es auch die Gnade des rechtzeitigen Vergessens?

„Ich denke, es ist nur fair, dir zu sagen, warum ich mich wieder so schnell von dir abgewandt habe, Edgar. Selbst wenn du nicht mehr zu wissen scheinst, dass wir etwas miteinander hatten."

Ich ziehe es vor zu schweigen.

„Vielleicht möchtest du ja raten?"

Nein, das möchte ich nicht. Aber sie zwingt mich dazu, indem sie nun ihrerseits nichts mehr sagt.

„Ist es wegen J. R. gewesen? Wolltest du zu ihm zurück?"

Ich höre ihr ungläubiges Japsen.

„Nein, o nein! Damit hatte *er* nichts zu tun, absolut nicht. Und es war auch nicht wegen seines Todes. Ich hatte schon einige Tage zuvor mit dir Schluss gemacht."

„Weil ich dich so beleidigt habe."

„Ja."

Ich versuche mir vorzustellen, wodurch ein zweiundsechzigjähriger Mann seine fünfunddreißig Jahre alte Geliebte beleidigt haben könnte. Hat er sie mit einer anderen betrogen? Oder hat er sie eine Hure genannt, aus dem Gefühl der Ohnmacht heraus, sie nicht befriedigen zu können? Aber sie hat doch gesagt, dass es *dazu* gar nicht gekommen ist? Und wie hätte ich neben Regina auch noch Iris betrügen sollen in der kurzen Zeit?

Ihr Atem geht schwer.

„Dein verdammtes Handy! Als ich schließlich bemerkte, dass du damit unser Gespräch aufzeichnest, hätte ich dich am liebsten angespuckt. Und du hast es auch noch abgestritten! Wie kann man das Offensichtliche bestreiten! Hast behauptet, du hättest den Aufnahmeknopf unabsichtlich gedrückt. Weißt du, wie ich mir vorgekommen bin? Wie eine, der der Geheimdienst im Genick sitzt: abgehört, ausspioniert. Du fühlst dich hilflos und missbraucht, und dazu noch unendlich dumm! Ich hätte mich ohrfeigen können für meine Naivität!"

Einen Moment hält sie inne. Die Sammlung aller Kräfte vor dem entscheidenden Sturmangriff.

„Ich wüsste gerne, ob du das auch schon vorher gemacht hast. Hast du ein Archiv angelegt, um mich im Fall des

Falles damit erpressen zu können? Aber selbst, wenn es das erste und einzige Mal gewesen sein sollte: Dieses eine Mal war schon zu viel, viel zu viel.“

Ich vermeine ein Schluchzen zu hören.

„Was hast du dir nur dabei gedacht, Edgar? Was?“

Ja, was habe ich mir nur gedacht dabei? Was treibt einen dazu, zärtliches Liebesgeflüster heimlich mitzuschneiden?

Geht es um das Konservieren des nicht Konservierbaren?

Um den alten, beschissenen Ewigkeitsanspruch?

Das kann nicht *ich* gewesen sein, schreit es in mir. Aber gleichzeitig sagt mir der Rest meines Verstandes, dass es genau so abgelaufen ist. Dass auch ich ein widerlicher Handyman war, wie Johannes Reichert. Ich trage die Verantwortung für etwas, von dem mein Hirn nichts weiß. Das ist so schwer zu akzeptieren wie die Geschichte mit der Erbsünde: Was können wir dafür, was Adam und Eva angestellt haben? Und trotzdem büßen wir für ihr Vergehen, wenn es überhaupt eines war. Es ist ein bitteres, ein ungerechtes Erbe, das keiner zurückweisen kann.

Du kannst höchstens lernen, damit zu leben.

0016.amr

„Ich pack's nicht: Dass wir drei uns noch einmal über den Weg laufen – irr!"

„Und vor allem wo! In einem Fitnesscenter. Und wem gehört's? Unserem alten Präfekten Fidelis, ausgerechnet! Wenn mir das einer prophezeit hätt' vor fünfunddreißig Jahren …"

„Von wegen alt! Er war doch dazumal der jüngste von allen Patres! Unser Fidelis."

„Ich hab schon einmal gesagt, dass ich nicht so genannt werden möchte!"

„'tschuldige, Edgar, kommt nicht mehr vor. Wie auch immer: Nach so langer Zeit noch so im Saft – Respekt! Kannst dir ein Beispiel an ihm nehmen, Otto. Du bist gut zehn Jahre jünger und schon ein Frühpensionist mit Wampe."

„Ist wahrscheinlich immer zu Fuß unterwegs, der Edgar, genau wie der Heilige Franzl. Da bleibst natürlich fit."

Gelächter.

„Das gibt's doch nicht, hab ich zum Otto gesagt. Erst wir zwei, und dann noch er! Was für ein Wiedersehn! Das nenn ich Kismet."

„Fügung."

„Hä?"

„Fügung, so heißt das bei uns. Kismet sagen die Tschuschen und Türken."

„Einigen wir uns auf Schicksal, okay? Was meinst du, Edgar? Bist ja ein Fachmann für solche Fragen. Zumindest gewesen."

Stille.

„Redest nimmer viel, was? Früher warst nicht so ein Braunschweiger. Weißt eh: Braune Kutte und nix reden –

gibt in Summe einen Braunschweiger, haha. Der alte Pater Xaver war so einer, von dem hast nie was gehört. Das wandelnde Schweigegelübde. Dass sich ausgerechnet der was antut, wo er eh schon halb hinüber war … Na ja, stille Wasser sind tief. Man hat es natürlich verheimlichen wollen vor uns, aber so etwas kannst nicht vertuschen. Aufg'hängt soll er sich haben, mit seiner eigenen Kuttenkordel. Stimmt's, Edgar?"

„Ja. Mit dem Zingulum."

„Genau, mit dem Dingsbums. Und gleich einmal nach seinem Begräbnis warst du auch verschwunden. Ein doppelter Verlust, hat der Pater Rektor gesagt. Na ja, da waren's nur noch vier. Vier Patres auf fast hundertfünfzig Buben – klar, dass es da Disziplin braucht! Wenn wir im Konvikt was gelernt haben, dann Disziplin und Härte, stimmt's, Otto? Im Vergleich dazu war die Grundausbildung beim Bundesheer ein Spaziergang. Selbst das Essen beim Militär: die reinste Nouvelle Cuisine gegenüber dem Fraß, den wir vom Konvikt her gewöhnt waren."

„Wie hat jetzt schnell der Große geheißen, der Athletische? Weißt eh, wen ich mein': der immer Faustball gespielt hat mit uns."

„Phh. Ist schon viel zu lange her."

„Wart' einmal: Kurt … oder Karl? Nein, Klaus! Pater Klaus. Hab ich recht, Edgar?"

„Mhm."

„Ein super Aufschläger. Weißt noch, Otto?"

„Ja eh. Ein super Aufschläger. Nicht nur auf dem Sportplatz."

„Wie meinst du das?"

„Jetzt sagst aber nicht, dass du davon nix gewusst hast, Edgar!"

„Wovon?"

„Na geh, jetzt simma aber schon ein bisserl scheinheilig, gelt! Ich sag's ja: Es gibt nirgendwo mehr Scheinheilige als wie bei den Katholen. Da verblassen die vielen Heiligen direkt daneben."

„Ich bin schon lange nicht mehr bei dem Verein. Wie oft soll ich euch das noch sagen!"

„Einmal ein Pfaff', immer ein Pfaff'."

„Lass ihn in Frieden, J. R.! Was kann er dafür …"

„Hast eh recht. Nix für ungut, Edgar. Kommt's, stoßen wir an auf die alten Zeiten."

Gläserklang.

„Ich mein', der Pater Klaus hat ja sooo eine Pranke gehabt! Ideal für Faustball."

„Ja eh. Altes deutsches Spiel."

„Wenn es den Sport nicht schon gegeben hätte, man hätt' ihn erfinden müssen für ihn."

„Ich sag dir das Eine: Wenn der voll 'troffen hat, hast nicht probieren müssen, den Ball direkt anzunehmen, meiner Seel'! Ein jeder hat sich darum gerissen, in seiner Mannschaft spielen zu dürfen. Eh klar: Damit du nicht abgeschossen worden bist, abgeschlachtet! Dabei, das muss man fairerweise sagen: Als Schiedsrichter war er immer unparteiisch. Sogar, wenn er selbst mitgespielt hat."

„Absolut!"

„Ein Ausbund an Gerechtigkeit! Für ihn hat es keinen Unterschied gemacht, wen er verprügelt. Ich meine, ob du vorher grad noch in seiner Mannschaft gespielt hast oder nicht. Wenn ihn der heilige Zorn überkommen ist, dann war Schluss mit lustig. Erinnerst du dich noch an das Cut, das er dem Rudi verpasst hat? Rudi Scheucher. Hat sogar ins Krankenhaus müssen zum Nähen. Ein Sportunfall, offiziell. Und weißt was: Der Rudi sitzt heut' bei der CA im Aufsichtsrat. Hat es auch zu was gebracht. Wir haben es alle zu etwas gebracht. Weil, weißt eh: Was dich nicht umbringt …"

„War das die Geschichte mit dem Schlüsselbund?"

„Genau die. Siehst, der Otto kann sich noch dran erinnern! Und du, Edgar? Hast das womöglich auch nicht mitgekriegt?"

„Ich bin mir nicht sicher."

„Interessiert's dich überhaupt? Ich mein', wir können auch gern von was anderem reden."

„Doch, doch, es interessiert mich. Erzähl!"

„Alsdann: Ihr Präfekten habt's doch immer so einen schweren Schlüsselbund mit euch herumgeschleppt. Riesentrümmer waren das, so ein Bund hat gut und gern ein halbes Kilo gewogen, oder?"

„Ja, gut und gern."

„Na ja, der Pater Klaus hat im Studiersaal halt herumgeschossen damit, sobald einer geschwätzt hat. Weil: Silentium ist Silentium, hat er immer gesagt; das war ihm auch heilig, so wie der Zorn. Alle haben gewusst: Mit dem Silentium darfst dich beim Klaus nicht spielen, selber schuld, wer die Klappe nicht gehalten hat. In der Wirtschaft würde man sagen: kalkuliertes Risiko. Und das mit dem Rudi war einfach Pech. Der Klaus hat sicher nicht wollen, dass er dem Buben das Nasenbein zerdeppert. Was meinst, Otto?"

„Na, sicher net! Reinrassiges Pech, wie gesagt."

„Jetzt versteh ich. Der Pater Rektor hat uns einmal ermahnt, dass mit dem Schlüsselbund nicht mehr geworfen werden darf, es könnte was passieren. Ist mir schon komisch vorgekommen, dieser Hinweis. Aber dass einer ins Spital müssen hat deswegen ..."

„Davon hat er wieder nichts mitgekriegt, unser Edgar. Wurscht, vergiss es. Er hat danach jedenfalls nix mehr herumgeschmissen, der gute Pater Klaus. Hat sich lieber wieder auf den Direktkontakt verlegt. Ohrfeigen waren ohnehin seine Spezialität!"

„Das waren keine Ohrfeigen – Faustwatschen waren das! Ich hab auch einmal eine eingefangen. Mir brummt heut' noch der Schädel davon."

„Sein Hammer hat dem härtesten Hund das Wasser aus den Augen getrieben – horizontal! Aber, und das muss man ihm zugutehalten: Er war nie unberechenbar. Hart, aber ehrlich. Man hat genau gewusst, wann es so weit ist. Weil er dir vorher immer ganz zärtlich die flache Hand auf die eine Wange gelegt hat. Aber das war natürlich nur zwecks der Sicherheit. Sonst hätte dir sein Hieb ja glatt das Unterkiefer weggerissen."

Derbes Gelächter.

„Ja ja, ein echter Faustballer. Letztendlich haben wir es ihm zu verdanken, dass wir es in dem Sport so weit gebracht haben. Nach dem Internat ist es erst richtig losgegangen. Die frühen Achtzigerjahre, unsere Blütezeit! Weißt noch, wie wir in die Staatsliga aufgestiegen sind, Otto? Und als Krönung: das Jahr im Nationalteam. Damals haben wir gespielt, wo andere nur mit dem Finger auf der Landkarte waren: in Dresden, Prag ... Und schlecht haben wir es uns auch nicht gehen lassen da drüben, was, Otto?"

„Ja, eh. Fesch waren wir, jung waren wir. Nicht einmal der eiserne Vorhang hat uns aufhalten können."

„Ich hab dann ja bald meine Liebe zu den Tschechen entdeckt. Zu den Tschechinnen, genau genommen. Seither fahr ich immer wieder gerne rüber."

„Die Liebe ist ein seltsames Spiel, sie kommt und geht von einem zum andern ..."

„Connie Francis, stimmt's? Mit dem Liedl ist sie berühmt geworden."

„Genau. Und wir haben es auch oft gesungen, wenn wir auf Aufriss gegangen sind. Weil in der Heimat vom

Karel Gott hat man was übrig dafür. Kannst dich noch an die Olga erinnern?"

„Meinst die Olga Czerny aus Budweis? Wer könnt' die vergessen! Das doppelte Freundschaftsspiel. Erst Hannesiaten gegen Faustballclub Budějovice, dann Hannesiaten gegen Olga. Alles sehr, sehr freundschaftlich, ja wirklich. Aber am Ende ist aus dem Spiel doch noch Ernst geworden."

Prusten.

„Was ist so lustig daran, wenn aus einem Spiel Ernst wird?"

„Ein klassischer Insider, Edgar. Du musst wissen: Hannesiaten, so hat sich unsere Mannschaft damals genannt. Grade einmal fünf Faustballer, und vier davon mit demselben Vornamen – das findest so schnell nicht noch einmal! Der Hannes Lugmaier, der Schöberl Johannes, der Binder Johnny und meine Wenigkeit. Und der Otto natürlich, als Draufgabe. Ein kleiner Bonustrack für die liebe Olga Czerny. Es lebe die internationale Solidarität!"

Neuerliches Prusten.

„Meiner Seel', dieses Freundschaftsspiel hat es vielleicht in sich gehabt, die ganze Nacht haben wir durchgemacht! War direkt anstrengend, na ja, vor allem für die Olga. Pudern in Budweis – das wurde zum geflügelten Wort. Ein knappes Jahr später kommt dann dieser Brief an den Faustballverband. Zuhanden von Hannes, steht auf dem Kuvert, und darunter: Faustballnationalmannschaft, Österreich. Kein Familienname. Und in dem Brief steht sinngemäß, dass es jetzt in Budweis einen Gschrapp gibt, einen kleinen Hannes, für den die Olga gerne ein bisserl eine Unterstützung hätte vom leiblichen Vater."

„Vom leiblichen Vater! Woher hätten wir wissen sollen, wer's gewesen ist!"

„Eben! Du warst ja fein aus dem Schneider, Otto, weil sie sich deinen Namen nicht gemerkt hat, die Olga. Aber für uns, die Hannesiaten, war die Sache schon blöder. Vor allem für die anderen drei: Der Schöberl und der Lugmaier waren frisch verheiratet, und der Binder so gut wie. Denen hätte die Olga ordentlich lästig tun können."

„Also?"

„Also haben wir beschlossen, dass ich, der einzige Ledige, die Krot schlucken soll. Das heißt gezahlt haben wir alle zusammen, ich hab nur das Geld überwiesen auf ihr Konto. Die Summe war eh ein Klacks, überhaupt und erst recht dividiert durch vier; aber irgendwann, nach zwei Jahren oder so, ist es uns doch zu blöd geworden, und wir haben ihr die Parte geschickt."

„Eine Parte?"

„Genau, den Partezettel von meinem Begräbnis. Samt Konterfei und allem. Der alte Knoll vom Bestattungshaus Knoll & Söhne hat ihn uns gedruckt, hat ausgesehen wie echt. Und wie, bitte, hätte sie's auch überprüfen sollen? Siehst, das war jetzt das Gute am Eisernen Vorhang. Vielleicht hat sie sogar eine Träne zerdrückt für den tragisch verunglückten Vater von ihrem Hannesburli, die Olga. Jedenfalls hatten wir danach unsere Ruhe."

„Bestellt mir noch eine Halbe! Ich muss auf's Klo."

„Schon wieder? Brauchst eine neue Blase?"

„Ja eh."

1975

„Es gab eine Zeit, wo die Menschen Gott im Himmel begruben, das ist wahr."
„Ist das anders geworden?"
fragte er seltsam traurig.

Am Sonntag nach Ostern gibt es den traditionellen *Studentenabend* im Konvikt zum Heiligen Rosenkranz. Er heißt so, weil nur die angehenden Maturanten, also achte Klasse Gymnasium bzw. fünfte Klasse Handelsakademie oder HTL, daran teilnehmen dürfen. Heuer gibt es gerade mal fünf Konviktler, die zu diesem erlauchten Kreis zählen. Die meisten ziehen es vor, in ihren letzten beiden Schuljahren das Internat zu verlassen, um sich in der Stadt eine private Bleibe zu suchen oder zu Fahrschülern zu werden. Sehr zum Missfallen der Internatsleitung, versteht sich.

Nach seiner kurzen Ansprache, in der er vor allem die laxe Handhabung der Ausgehzeiten seitens der *Studenten* kritisch aufs Korn nimmt, lädt Pater Rektor die kleine Gruppe ein, Fragen zu stellen. Das Gespräch will nicht so recht in Gang kommen. Das Gefühl, einer Pflichtveranstaltung beizuwohnen, überwiegt bei Schülern wie Patres. Pater Xaver gähnt fast schon demonstrativ, Pater Klaus nuckelt an seinem Pfefferminztee und der Rektor selbst hüstelt, als wolle er klarstellen, dass er gesundheitlich angeschlagen sei und bald ins Bett müsse. Wogegen keiner der Anwesenden etwas einzuwenden hätte. Schließlich pflegt der Studentenabend seit 1972, also seitdem ein großer Schwarzweißfernseher angeschafft wurde, in einen gemeinsamen Hock von Maturanten und Patres vor der Kiste zu münden.

Doch als alle schon damit rechnen, dass sich der müde Rex gleich zurückziehen werde und man es sich im Fernsehzimmer gemütlich machen könne, zeigt Alois Baumgarten auf. Fidelis macht den Rektor auf das Handzeichen des schüchternen Jungen aufmerksam.

„Ja, Alois?"

Der Alois stammt aus gutem Hause, schon sein älterer Bruder hat das Konvikt besucht, und die Familie Baumgarten, die vor dem Ersten Weltkrieg noch *von* Baumgarten hieß, zählt erklärtermaßen zu den finanziellen Förderern des Ordens. Wie es sich gehört, steht der Junge auf und zieht die Hosenbeine lang.

„Pater Rektor, also ... ähm ... ich hätte da eine Frage ..."

„Nur zu. Heraus damit!"

„Aber ich bin mir nicht ganz sicher, ob ... ich meine, ob Sie mir nicht böse sind, wenn ich ..."

Der Rektor macht eine unbestimmte Geste mit seiner offenen Rechten. Mit ein bisschen gutem Willen kann man sie als Einladung interpretieren, nicht lange herumzureden und endlich loszulegen. Baumgarten räuspert sich.

„Also, es geht um den Mercedes. Das heißt, eigentlich ist es wegen dem zweiten ..." Wieder bricht er ab, senkt den Blick.

Der Kopf des Rektors wackelt ungehalten hin und her. „Die Klarheit der Gedanken, junger Mann, ist ein untrüglicher Gradmesser für den Reifegrad eines Menschen." Er wendet sich an Fidelis. „Du bist doch sein Präfekt, nicht wahr? Sollte ein angehender Maturant nicht in der Lage sein, sich deutlich zu artikulieren?"

Ehe Fidelis Stellung beziehen kann, hat Baumgarten sich gefangen. „Ich würde halt gerne wissen, wozu das Internat eigentlich zwei Autos benötigt", sagt er, ohne zu stottern. „Noch dazu zwei Mercedes."

„Eine seltsame Frage! Worauf will er hinaus?" Hilfesuchend schaut sich der Rektor nach seinen Mitbrüdern um.

Fidelis weiß genau, worauf Alois Baumgarten hinauswill. Der Junge hat ihn bereits früher einmal deswegen angesprochen. Ob der Heilige Franziskus nicht einen Bettelorden begründet habe, und wie man das Armutsgelübde mit zwei Luxuskarossen in der Garage vereinbaren könne. Fidelis hatte scherzhaft gemeint, Baumgarten möge doch bei Gelegenheit den Rektor selbst befragen; er, Fidelis, habe noch keines der Autos je benutzt und gedenke das auch in Zukunft nicht zu tun. Nun hat der Alois also Ernst gemacht und lässt sich auch durch die tiefen Furchen auf der Stirn des Pater Rektors nicht einbremsen. Mit roter Birne, aber fester Stimme hakt er nach.

„Mit Verlaub, der schwarze Zweihundertdreißiger ist doch noch bestens in Schuss, oder? Wieso braucht es dann zusätzlich einen neuen Zweihundertneunundachtziger?"

Pater Rektor schnappt nach Luft und tuschelt erregt mit Pater Xaver, der sich nun anstelle seines Chefs an den Jungen wendet.

„Du hast sicher von den Kreislaufproblemen unseres lieben Pater Rektor gehört, oder?"

„Ja, aber ..."

„Du erinnerst dich sicher noch daran, wie er letzten Herbst zusammengebrochen ist und für eine Woche ins Spital musste. Nun, du musst wissen, in einem kleinen Auto wird ihm immer leicht schwindlig, und so ein Schwindelanfall könnte leicht ... Du verstehst? Tja, und genau deshalb braucht es einen großen Wagen, der ruhig läuft. Einen Mercedes eben. Ich denke, damit ist alles geklärt, nicht wahr?"

Pater Xaver blickt jedem Einzelnen der Jungs eindringlich in die Augen. Eine unangenehme Stille macht sich breit. Alle Blicke sind auf den Alois geheftet; verstohlen bettelnd die seiner Kollegen, mahnend jene der drei Patres: Setz dich, Mensch, begreif endlich, wie ungeheuerlich es ist, solche Fragen zu stellen! Ein Studentenabend ist nicht dazu da, um Kritik am Rex zu äußern.

Aber Alois, der schüchterne, hagere, rotköpfige Alois Baumgarten, gedenkt nicht, sich hinzusetzen.

„Okay", sagt er, ohne Rücksicht darauf zu nehmen, dass dieses Wort alleine schon ein rotes Tuch ist für den Rektor, der seit jeher gegen die Verwendung englischer Wörter wettert. „*Ein* Mercedes, okay. Aber wozu brauchen wir noch eine zweite solche Kiste?"

Dass Alois gerade den Plural verwendet hat, ist ihm wahrscheinlich gar nicht bewusst gewesen. Aber Pater Fidelis weiß, dass der Junge damit zusätzlichen Zorn bei Pater Rektor auslösen wird. Einen gewaltigen, einen heiligen Zorn! Vergeblich versucht er abzuwiegeln.

„Ich schlage vor, jetzt langsam zum gemütlichen Teil überzugehen ..."

Doch es ist schon zu spät. Die Eigendynamik von Revolutionen ist unaufhaltsam.

„Vielleicht", ätzt der kleine Bernd Aigner, „vielleicht braucht man ja den zweiten Mercedes für den Fall, dass der erste vorübergehend in die Werkstatt muss?"

Jetzt prusten alle los. Alle außer Pater Rektor und Pater Xaver natürlich. Ihnen wäre eine solche Begründung im Ernst zuzutrauen gewesen. Fidelis bemüht sich nach Kräften, sich das Lachen zu verbeißen, aber es ist einfach zu ansteckend.

Die zusammengepressten Lippen des hinausstürmenden Rektors verheißen nichts Gutes.

*

Überraschenderweise hat die Mercedesgeschichte für Baumgarten und Aigner keine Konsequenzen, sie wird einfach totgeschwiegen. Das Internat kann es sich nun einmal nicht leisten, auch noch seine letzten Vorzeigematuranten zu verlieren. Und das übliche *o tempora, o mores* aus dem Munde des Rektors ist schon zu abgenutzt, als dass sich deswegen jemand ernsthaft Sorgen machen müsste. Nur Pater Xaver, dessen Autorität als graue Eminenz seit jenem Abend ein wenig untergraben ist, wirkt jetzt müde und angeschlagen.

„Zeit, meine Agenden abzugeben", verkündet er eines Tages beim gemeinsamen Abendessen.

Der Rektor will wissen, was das heißen soll.

„Also um Bibliothek und Archiv muss sich fortan wer anderer kümmern, mir langt es. Ich möchte Fidelis dafür vorschlagen."

Der ist damit einverstanden, und nachdem sich niemand sonst um die Arbeit reißt, übergibt Pater Xaver am Neujahrstag die Schlüssel an den um fünfzig Jahre Jüngeren. Die Schüler sind noch in den Weihnachtsferien, draußen ist es windig und matschig. Genügend Gelegenheit also für Fidelis, sich in sein neues Tätigkeitsfeld einzuarbeiten. Schnell stellt er fest, dass der Bücherbestand, insbesondere jener der theologischen Abteilung, in weiten Bereichen hoffnungslos veraltet ist. Er bittet Pater Rektor, die Bibliothek ein wenig modernisieren zu dürfen.

„Sagen wir, du wirst ausmisten und alles auf Vordermann bringen."

Der Rektor kann dem Wort *modern* nichts Positives abgewinnen; mehr Übersicht und Ordnung aber soll ihm nur recht sein. Pater Xaver wird ausdrücklich gebeten, Fidelis bei der Umstrukturierung fachmännisch zur Hand zu gehen. So sieht man die beiden in den ersten Jännertagen viel zusammensitzen und diskutieren. Das Ausmisten erweist sich für den neuen Bibliothekar als Kraftakt. Pater Xaver klammert sich an jedes staubige Heftchen mit zäher Beharrlichkeit, um nicht zu sagen Sturheit. Was nach langem Hin und Her doch aussortiert werden darf, wandert in wurmstichige Holzkisten, die Schwester Romana zu entsorgen hat. Sie, die Küchenchefin, wird versuchen, die Bücher auf dem Flohmarkt loszuwerden und mit dem Erlös ihren Haushaltsetat ein wenig aufzubessern. Der Realität verpflichtet weiß sie: Es gibt keinen noch so zerfledderten Schmöker, für den nicht irgendein spinniger Hofrat aus schierer Nostalgie bereit wäre, ein paar Schilling auszugeben.

Als Schwester Romana geräuschvoll die dritte Kiste voller vergilbter Lexika und vorkonziliarer Katechismen abschleppt, umspielt ein ungewohntes Schmunzeln Pater Xavers Lippen. Fidelis möchte den Grund dafür wissen.

„Weil sie halt immer so schnauft, die Romana, wie ein Asthmatiker. Aber sie ist nicht umzubringen. Weißt, wir zwei kennen uns schon eine Ewigkeit. Seit anno fünfunddreißig, als wir gleichzeitig ins Konvikt kamen. Sie hat sich schon als blutjunge Schwester hervorgetan mit ihrem Sinn fürs Praktische. Hat es selbst in den härtesten Zeiten verstanden, frisches Gemüse oder ein Stück Geselchtes für uns zu organisieren. Im Jahre achtunddreißig, als die SS das Konvikt nach Waffen durchsuchte, hat sie eine Pistole, die irgendein Hahnenschwanzler dagelassen hat, im Schmalzfassl versteckt. In Grammelschmalz eingelegt hat die Waffe das ganze Tausendjährige Reich überdauert. Kein einziger Schuss wurde aus ihr abgefeuert, niemand ist zu Schaden gekommen. Als die Amis einmarschiert sind, hat Romana die Pistole wieder hervorgeholt und auf dem Schwarzmarkt verhökert. Gut geschmiert wie sie war, sind sicher ein paar Eier herausgesprungen dabei. Ja, eine wie die Schwester Romana kann der Menschheit schon einiges an Leid ersparen ...“

Als Fidelis mit der Fachbibliothek und der kleinen belletristischen Abteilung durch ist, macht er sich daran, das umfangreiche Archiv des Konvikts aufzuarbeiten. Jetzt könnte ihm Pater Xaver tatsächlich eine Hilfe sein, denn beim Sichten der Bestände wird man laufend vor grundlegende Entscheidungen gestellt: Soll dieses Dokument weiterhin aufbewahrt oder jenes ins Stammhaus der Franziskaner nach Hall übermittelt werden? Gehört das in den Reißwolf oder eher in die fachkundigen Hände eines Historikers? Doch der alte Pater laboriert seit Wochen an einer hartnäckigen Verkühlung und erscheint nur mehr sporadisch im Refektorium, die Teilnahme am Frühgottesdienst hat er gänzlich gestrichen. So muss Fidelis alleine weitermachen, wann immer er sich neben der Betreuung der Buben ein Stündchen abzwacken kann. Ende März stößt er auf einen dicken Packen handschriftlicher Aufzeichnungen, der Wasserflecken und Schimmel aufweist und so muffelt, dass er ihn am liebsten gleich entsorgen möchte. Die Jahreszahlen auf den braunen Kartonumschlägen verraten, dass es sich um eine Chronik aus den Zwanziger- bzw. Dreißigerjahren handelt. Pater Xavers Anekdote über Schwester Romana fällt ihm wieder ein. War sie nicht in ebendieser Zeit angesiedelt? Fidelis legt die Mappen auf dem Boden auf und bringt sie in eine chronologische Reihenfolge. Die letzte trägt die Zahl 1938. Er nimmt das Konvolut mit aufs Zimmer. Nach dem Abendgebet schnürt er es auf und beginnt darin zu blättern.

Ihm bietet sich ein fremdartiges Abbild des Internatslebens vor siebenunddreißig Jahren. Zumeist bürokratisch-distanziert im Ton werden von einem anonymen Verfasser die Auswirkungen der großen Politik auf den Alltag im Konvikt protokolliert. Auch wenn Fidelis nicht jede einzelne Eintragung liest, scheint festzustehen: Die Sorgen des Chronisten werden von Tag zu Tag größer. Und zweifelsfrei stammen sämtliche Notizen aus derselben Feder, von derselben Hand.

12. März
Es ist so weit: Der Umsturz ist da! Der Einmarsch der deutschen Truppen geht offenbar reibungslos vonstatten. Im Radio hört man den frenetischen Jubel Tausender in Linz. Die Ordensleitung telegraphiert, wir mögen auf der Hut sein und mit allem rechnen.

13. März
Im Konvikt herrscht Aufregung. Die Sturmschärler unter unseren Zöglingen machen sich große Sorgen, denn ganze Rudel einstiger Illegaler ziehen durch die Straßen und brüllen Parolen gegen die Vaterländische Front. Überall Hakenkreuzfahnen. Heute ist Sonntag, aber keiner besucht den Gottesdienst. Der Tag des Herrn erstickt in Sieg-Heil-Gegröle.

14. März
Unsere Buben berichten, daß einige ihrer Mitschüler nicht zum Unterricht erschienen sind. Vor dem Eingang des Gymnasiums stünden Uniformierte und kontrollierten jeden, der hineinwolle. Der Pater Rektor meint, das Konvikt habe derzeit wohl nichts zu befürchten. Mit Ausnahme von Peter Klein, Sohn des jüdischen Inhabers des Konfektionshauses Klein & Rosmansky, stammen unsere Zöglinge durchwegs aus unbescholtenen katholischen Familien deutschösterreichischer Herkunft. Trotzdem sei es nicht unwahrscheinlich, daß die Schülerkartei beschlagnahmt werde. Eine Vernichtung besagter Kartei, wie von Pater Willibald vorgeschlagen, lehnt der Rektor ab.

15./16. März
Mitten in der Nacht werden wir überraschend in die Kanzlei des Rektors gerufen. Am Schreibtisch sitzt aber nicht Pater Rektor, sondern ein Unbekannter in schwarzem Ledermantel. Er zückt einen Zettel mit fünf Namen darauf und verlangt, wir sollten die Zöglinge auf der Stelle zu ihm bringen. Als ich zu bedenken gebe, die Burschen würden schon schlafen, werde ich angeschnauzt und aufs Ungeheuerlichste beschimpft. Angeblich hätten sich einige Angehörige der Hitlerjugend von unseren Sturmschärlern bedroht gefühlt, dem werde jetzt nachgegangen. Und wenn wir nicht stante pede kooperierten, seien wir ebenso schnell Vergangenheit wie die feige „Schuschniggpartie". Ich wecke die fünf und führe sie in die Kanzlei, die Ärmsten haben nur ihre Nachthemden am Leib und zittern wie Espenlaub. Jeder wird einzeln verhört, während die anderen auf dem Gang zu warten haben. Erst weit nach Mitternacht findet die Vernehmung ein Ende, danach werden nochmals alle Brüder hineinzitiert. Hämisch erklärt man uns, das Schloß und sämtliche Nebengebäude würden demnächst für die Wehrmacht requiriert, wir sollten schon einmal unsere Sachen packen. Dann ergreift der mit dem Ledermantel das Dollfuß-Bild, das auf dem Schreibtisch steht, und legt es mit der Bildseite nach unten hin. „Den brauchen wir jetzt nicht mehr", sagt er und grinst. Die Buben sind ganz verstört, als sie endlich ins Bett dürfen. Ich bete noch bis zum Morgengrauen in der Kapelle.

21. März
Unsere Gymnasiasten berichten, auf der Schulbank von Peter Klein sei heute ein Plakat gehängt, worauf **Hier sitzt ein Jud** *zu lesen war. Peter habe daraufhin wortlos die Klasse verlassen, ohne daß ihn jemand zurückgehalten hätte. Dabei zählte Peter immer zu den Beliebtesten, schon deshalb, weil*

er jeden die Hausübung abschreiben ließ. Die Heimleitung wird sich jedenfalls ehebaldigst mit der Angelegenheit befassen müssen, so oder so. Als sein Präfekt habe ich den Buben vorläufig vom Unterrichtsbesuch entbunden.

2. April
Pater Rektor hat zum dritten Mal mit einem Verantwortlichen der Wehrmacht verhandelt. Er bringt gute Nachricht mit nach Hause: Die Requirierung des Schloßes und der Nebengebäude dürfte abgewendet sein.

4. April
Frühmorgens erscheinen mehrere Uniformierte und nehmen Peter Klein mit, ohne jede Begründung. Ich tröste den Buben, so gut ich kann, und packe ihm ein belegtes Brot in den Ranzen. Zu Mittag heißt es, wir würden nun doch in ein anderes Gebäude übersiedeln, nach Gamprechtshausen vermutlich. Der alte Kindergarten dort ließe sich schnell als Schülerheim adaptieren, sodaß die Buben weiterhin die Schule in der Stadt besuchen könnten, auch wenn dadurch ein deutlich längerer Schulweg in Kauf zu nehmen wäre. Aber Pater Rektor meint, das letzte Wort sei in der Causa noch nicht gesprochen.

6. April
Wie zu vernehmen ist, wurde der Konfektionsladen der Familie Klein gestern geschlossen. Keine Nachricht von Peter.

7. April
Großes Aufatmen: Nach einem neuerlichen Gespräch mit dem Wehrmachtskommando teilt die Konviktleitung allen Eltern mit, daß die drohende Ausquartierung nunmehr vom Tisch ist. Eine Verschlechterung unserer Raumsituation wie auch ein längerer Schulweg konnten somit in letzter Sekunde

verhindert werden – dem Verhandlungsgeschick unseres Rektors sei Dank!

Hier endet die Chronik. Aufgewühlt legt Fidelis den Stapel Blätter auf das Nachtkästchen. Nie hat er einen der betagten Patres von der NS-Zeit erzählen gehört. Kein Wort davon, dass das Schloss auf dem Rosenhügel den Franziskanern damals beinahe weggenommen worden wäre. Und: Irgendetwas stößt ihm sauer auf bei dieser Geschichte. Er kommt nicht darauf, was genau der Grund dafür ist, aber seine innere Ruhe ist wie weggeblasen. Er schlüpft in die Hausschuhe und wirft sich einen Mantel über. In die Manteltasche packt er ein Fläschchen mit dunklem Saft. Mit der Mappe unterm Arm tritt er auf den dunklen Gang hinaus.

Der dünne Lichtstreifen, der aus Pater Xavers Kammer dringt, zeigt ihm, dass der Bruder noch wach ist. Er legt das Ohr an die weiß gestrichene Tür – nichts ist zu hören. Einen Augenblick zögert er. Könnte sein Klopfen nicht die Buben im angrenzenden Schlafsaal aufwecken? Da wird die Tür geöffnet. Als hätte Xaver schon auf seinen Besuch gewartet.

„Kannst auch nicht schlafen? Es liegt wohl am Vollmond."

Fidelis lächelt und zieht das Fläschchen aus der Tasche.

„Ich hab dir etwas Gesundes mitgebracht."

Xaver nimmt das Substrat aus Kandiszucker und Rettichsaft, Schwester Romanas bewährtes Hausmittel gegen Husten, dankend entgegen und schlurft zurück zu seinem Bett.

„Du entschuldigst, aber ich muss mich wieder hinlegen. Bin noch nicht ganz auf dem Damm." Seine müde Hand deutet auf einen Stuhl.

Fidelis verzichtet darauf, Platz zu nehmen. Es ist spät, und er gedenkt sich nicht lange mit Floskeln aufzuhalten.

„Ich komme, weil ich gerne wissen würde, ob du diese Handschrift kennst, Bruder."

Er öffnet den Bindfaden am Umschlag und verteilt die Blätter auf dem Bett, als würde er eine übergroße Patience legen.

Pater Xaver tastet nach der Brille.

„Was ... woher hast du das?" Seine Stimme klingt heiserer noch als sonst.

„Aus dem Archiv natürlich. Aus *deinem* Archiv." Fidelis legt eine Pause ein, ehe er fortsetzt. „Mir war, als hätte ich diese Schrift schon einmal wo gesehen. Was meinst du?"

Der Alte blickt starr an die Decke. Er scheint weit fort zu sein, in einer anderen Wirklichkeit.

Endlich wendet er das Gesicht wieder Fidelis zu. Nein, es sind nur die Augäpfel, die zur Seite rollen, der Kopf bleibt unverrückt in seiner Position. Als hätte ihn jemand auf dem Polster festgezurrt mit unsichtbaren Bändern.

„Das ist alles viel zu lange her ..."

„Aber du erkennst die Handschrift – richtig?"

Pater Xaver nickt kaum merklich.

„Möchtest darüber reden?"

Kopfschütteln.

„Warum nicht, Bruder? Was ist so schwer daran?"

Schweigen.

„Hat es mit dem zu tun, was im März und April achtunddreißig in diesem Haus passiert ist?"

Die Unterlippe Pater Xavers beginnt zu zucken.

„Heißt das ja?"

Wieder keine Antwort. Stattdessen ein leises Quietschen von hinten.

Fidelis dreht sich um die eigene Achse: Ein Schatten steht in der offenen Tür. Der Rektor.

„Wie ich sehe, erkundigt man sich nach dem Befinden unseres Patienten. Ein schöner Zug von dir, Bruder Fidelis."

Fidelis nickt wortlos und versucht, mit der Kutte die Zettel zu verdecken. Xaver richtet sich mühsam auf und versichert, er sei bereits auf dem Weg der Besserung.

„Ich brauche nur ein bisschen Ruhe, dann wird's schon wieder."

„Na, dann wollen wir ihm die doch gönnen, nicht wahr!", lächelt der Rektor. „Ich wünsche einen erholsamen Schlaf." Leise zieht er die Tür hinter sich zu.

Es ist still in der Kammer. Pater Xaver hat die Augen geschlossen. Auf seiner hohen weißen Stirn glänzen ein paar Schweißperlen.

„Gute Nacht." Beinahe tonlos kommen die Worte über die dünnen Lippen, aber Fidelis versteht die Botschaft.

„Ja dann, gute Nacht."

Er packt die Blätter wieder in die Mappe und schlägt ein Kreuz über dem Kranken. Morgen ist auch noch ein Tag.

Ohne Licht anzumachen, kehrt er in seine Kammer zurück. Es liegt nicht am Vollmond, dass er keinen Schlaf findet. Ob der Rektor die Blätter auf Xavers Leintuch gesehen hat? Und falls ja: Was hat er sich wohl dabei gedacht?

*

Der April bringt immer die größten Strapazen während des Schuljahrs, nicht nur für die Buben. Schularbeiten und Tests wollen vorbereitet, Vokabeln gepaukt werden, und Fidelis ist für jedermann der wichtigste Ansprechpartner, wenn es um Unterstützung beim Lernen geht. Geduldig kontrolliert er die Hausaufgaben, hilft, wo nötig, gibt gute Tipps und spendet Lob, nicht nur den Klügsten. Bisweilen muss er auch noch bei den Gruppen der anderen Präfekten aushelfen, die, allen voran Pater Klaus, lieber auf Strafaufgaben setzen, anstatt den Stoff verständlich zu erklären. Oder jene Lehrer, die es als unter ihrer Würde betrachten, etwas in einfachen Worten auszudrücken. Was die Herren Professoren vormittags versäumen, versucht Fidelis am Nachmittag und Abend auszubügeln. So bleibt wenig Zeit für Lektüre und Bibliotheksdienst, und die Arbeit im Archiv muss zur Gänze ruhen.

Anfang Mai kommt es zu einem Zwischenfall, den sich kein Erzieher wünscht. Bei einer unangemeldeten Visite im Schlafsaal der Viertklässler überrascht Fidelis zwei Buben am helllichten Tag beim gemeinsamen Onanieren. Die beiden waren wohl der Annahme, alle Patres würden draußen beim Fußballturnier der Oberstufler zusehen. Fidelis hat auf solch leisen Sohlen den Raum betreten, dass sie nicht einmal dazu kommen, rechtzeitig ihre Hosen hochzuziehen. Halbnackt und verschwitzt krabbeln sie aus dem Bett und versuchen krampfhaft, ihre Blößen zu bedecken. Mit hängenden Köpfen stehen sie vor ihm. Er möchte die Sache nicht hochspielen, es bei einer einfachen Ermahnung belassen. Andererseits klingt ihm die Anweisung des Rektors im Ohr: *Fornicatio maxima gravitate castiganda est!* Jede Form von Unzucht sei mit voller Härte zu bestrafen. Aber ab wann wird aus pubertärer Neugier Unzucht? Handelt es sich beim Vergehen dieser Vierzehnjährigen nicht eher um *masturbationem* als um *fornicationem*?

Fidelis hält es für das Klügste, erst einmal Zeit zu gewinnen.

„Zieht euch an. Und am Samstag um Punkt fünfzehn Uhr auf meinem Zimmer! Dann werde ich euch sagen, wie's weitergeht."

Es ist unnatürlich warm geworden. Die Natur scheint sich nicht lange mit dem Frühling herumschlagen zu wollen, mitten im Mai herrschen Temperaturen wie sonst im Hochsommer. Alle Freizeitaktivitäten spielen sich im Park ab. Auch Pater Xaver dreht nun wieder seine Runden auf den Kieswegen, nach eigenen Worten fühlt er sich so gut, wie man sich als Achtzigjähriger nur fühlen kann. Fidelis begegnet ihm auf der Höhe des alten Schwimmbeckens, von dessen Wänden die Farbe fast vollständig abgeblättert ist. Nur im Winter wird das Becken noch zum Eishockeyspielen genutzt.

Eine Weile gehen sie schweigend nebeneinander her. Fidelis überlegt, ob er den Bruder um Rat bitten soll, was die Sache mit den beiden Buben angeht, die morgen zum Rapport erscheinen werden. Aber er lässt die Idee schnell wieder fahren. Allzu absehbar, wofür der alte Mann sich aussprechen würde.

„Und? Geht die Arbeit im Archiv voran?"

Sie haben seit jener Märznacht in Xavers Kammer nicht mehr davon gesprochen. Umso überraschter ist Fidelis, dass der andere von sich aus das Thema aufs Tapet bringt.

„Danke der Nachfrage", sagt er. „Ich denke, jetzt, wo die jungen Pferdchen jeden Tag hinaus auf die Koppel dürfen und es auch in der Schule gemütlicher hergeht, werde ich langsam wieder mehr Zeit dafür aufbringen können."

„Schön", murmelt der Greis. „Ausgezeichnet. Du musst wissen, das Archiv ist mir sehr ans Herz gewachsen. Ist immer mein Lieblingskind gewesen."

„Ja", nickt Fidelis. „Das kann ich gut nachvollziehen. Das Unzusammenhängende, Zerspragelte in eine gewisse Ordnung bringen – das brauchen wir doch alle, nicht wahr?"

Er merkt, wie der andere einen prüfenden Blick auf ihn wirft. Die Rotkehlchen zwitschern in den Büschen, dass es eine helle Freude ist, und an der Kiefer neben dem Faustballplatz tobt sich ein Specht aus.

„Was willst du damit sagen?"
„Was sollte ich denn damit sagen wollen?"
Der andere antwortet nicht, und Fidelis verzichtet darauf nachzubohren. Darin sind wir Experten, denkt er. Schweigen und verschweigen. Keiner beherrscht das besser als wir.
Pater Xaver klappt demonstrativ sein Gebetsbuch auf.
„Nun denn. Falls du Hilfe benötigst beim Inventarisieren, weißt du ja, wo du mich findest."
„Danke."
Ihre Wege trennen sich. Vertieft in sein Brevier entfernt sich der Alte.
Fidelis blickt ihm nach, bis er hinter der nächsten Biegung verschwunden ist. Ich darf ihn nicht drängen, sagt er sich, jedem sein eigener Rhythmus. Die Wahrheit lässt sich so und so nicht erzwingen.

*

Um Viertel vor drei klopft es an seiner Tür. Hat er nicht Punkt fünfzehn Uhr gesagt? Und er hat sich noch immer nicht entschieden. Soll er ihnen ordentlich den Kopf waschen oder doch besser Verständnis zeigen für die Nöte Pubertierender? Am besten, er macht es einfach von ihrem Auftreten abhängig. Sie hatten ja wohl genügend Zeit, sich das Ganze durch den Kopf gehen zu lassen ...
„Herein!"
Aber es sind gar nicht die beiden Viertklässler, die er zu sich bestellt hat. Die kreisrunde Glatze Pater Rektors schimmert im Gegenlicht, als er über die Schwelle tritt.
„Du erlaubst?"
Fidelis springt von seinem Stuhl auf. „Welch eine Überraschung!", ruft er. „Darf ich Ihnen einen Tee machen?"
Die Mundwinkel des Rektors wandern leicht nach oben.

„Lass nur, Bruder, ich will nicht lange stören. Da draußen“ – er deutet mit dem Daumen in Richtung Gang – „warten ja schon die nächsten Besucher.“

„Nicht so wichtig“, winkt Fidelis ab.

„Doch, doch, Bruder. Ich weiß, wie ernst du deine seelsorgerischen Pflichten nimmst. Was haben denn die zwei Lausbuben angestellt? Nein, ich will es gar nicht wissen. Du bist ihr Präfekt. Aber dass du mir nur nicht wieder zu milde bist!“ Mahnend hebt er den Zeigefinger. Dessen Verlängerung zielt direkt auf den Schmerzensmann am Kruzifix.

Fidelis nötigt sich ein Lächeln ab. Und während sich der Rektor ächzend auf dem eilig hingerückten Stuhl niederlässt, fragt sich Fidelis, was dieser Besuch bedeutet. Denn so viel steht fest: Spontan erfolgte der nie und nimmer.

Aber der Ältere denkt gar nicht daran, die Katze so schnell aus dem Sack zu lassen.

„Interessant?“, fragt er und deutet mit seinem Doppelkinn auf das Buch, das aufgeschlagen vor Fidelis liegt.

„Sehr.“

„Hm.“ Aus dem Tonfall des Rektors ist keine Wertung herauszuhören.

„Sie ... lesen auch Karl Rahner, Pater Rektor?“

„Freilich. Man muss sich doch mit den Geistesgrößen seiner Tage auseinandersetzen. Was nicht heißt, dass man mit ihnen in jedem Punkt übereinstimmt, nicht wahr?“

„Natürlich nicht.“

„Insbesondere bei den Jesuiten gilt es immer ein bisschen auf der Hut zu sein. Die haben einen gewissen Hang zur ... wie soll ich sagen ...“

„Zur Spekulation?“

„In der Tat. Ich hätte es nicht schöner ausdrücken können.“ Er strahlt übers ganze Gesicht. „Gerade diese Neuscholastiker ... Waren mir schon immer ein bisschen zu anthropologisch, um nicht zu sagen anthropozentrisch.

Wobei man ihren Einfluss auf Rom nicht unterschätzen sollte. Darf ich?“

Noch ehe Fidelis antworten kann, greift der Rektor nach dem Buch.

„*Strukturwandel der Kirche als Aufgabe und Chance.* Aha, Rahners neuestes Opus, wie es scheint. *Als Aufgabe und Chance.* Wieder so ein typischer Jesuitentitel.“

Während er den Klappentext überfliegt, stellt er jene Frage, vor der sich Fidelis schon gefürchtet hat.

„Und, wie findest du es?“

„Schwer zu sagen, ich bin erst bei Seite fünfzig. Und Sie, haben Sie es bereits gelesen?“

„Nicht dieses, nein. Aber wenn du einen Rahner kennst, kennst du alle. Stimmt's oder habe ich recht?“

Fidelis lächelt pflichtbewusst.

„Da kann ich schwerlich mitreden. Für mich ist es mein erster.“

Pater Rektor kratzt sich nachdenklich am faltigen Hals. Wie er sich so zurücklehnt dabei, erinnert er Fidelis an einen Truthahn.

„Wenn ich ganz offen sein soll: Mir ist in seiner Theologie zu viel vom Menschen und zu wenig von unserem Herrn die Rede. Gnade, Gnade, auf jeder Seite nichts als Gnade! Und er stellt viel zu viele Fragen. Ist das die Aufgabe der Theologie? Ich sage entschieden: nein. Wer gar zu viel hinterfragt, glaubt am Ende nichts mehr, auch nicht an die Offenbarung. Weisheit, Fidelis, die gute alte Sophia, sollte man nicht mit Sophismus verwechseln! Schuster, bleib bei deinem Leisten. Überlassen wir doch das Spekulieren den Philosophen und konzentrieren wir uns lieber darauf, wofür wir recht eigentlich zuständig sind.“

„Und das wäre?“

„Eine seltsame Frage, lieber Bruder! Das versteht sich doch von selbst: Die Schafe im Sinne des Guten Hirten zu hüten, sie sicher zu geleiten, auf dass keines sich verirren möge in dunkler Nacht. Und sei dir bewusst: Die Zeiten werden immer finsterer. Die Orientierungslosigkeit wächst. Da müssen zumindest *wir* klare Wegweiser sein. Gerade die Jugend verlangt danach, wer das nicht wahrhaben will, lügt sich in die eigene Tasche. Nichts ist wichtiger als ein Reibebaum, an dem man sich die Krallen schärfen kann für den Lebenskampf. Was ist anzufangen mit Schulen wie Summerhill, dieses englische Internat, wo die Jungen tun und lassen können, was sie wollen? Von wegen antiautoritäre Erziehung! Die Menschen sehnen sich doch nach Autorität! Wie soll der Charakter geformt werden, wenn wir keinen festen Model dafür verwenden? Rahners verwaschenes Geschwätz von der unumstößlichen Gnade Gottes, durch die sich der Herr angeblich erst dem Menschen mitteile – ich halte es nicht nur für theologisch zweifelhaft, sondern für nachgerade gefährlich! Wir müssen neue Dämme errichten, nicht mithelfen beim Niederreißen der alten. Anthropologische Wende, Strukturwandel in der Kirche – wenn ich das schon höre!“

Still, Fidelis, ganz still! Obwohl es einiges zu sagen gäbe über die Unterschiede zwischen hart und klar, zwischen Autorität und Unterdrückung, zwischen einem Damm gegen Hochwasser und jenem wider den freien Geist. Wenn der Rektor sich einmal hineingesteigert hat in seinen heiligen Zorn, sind die trefflichsten Argumente umsonst. Da empfiehlt es sich, einfach den Mund zu halten und abzuwarten. Ohne Widerstand ist der stärkste Schwall schnell verebbt.

Und tatsächlich: Als Pater Rektor aufsteht, hat er sich schon wieder beruhigt. Nur sein roter Kopf zeugt noch von der Heftigkeit der Suada, mit der er den jungen Ordensbruder eben überschüttet hat.

An der Tür hält er noch einmal inne.

„Weswegen ich eigentlich vorbeischauen wollte ...“
„Ja?“
„Ach, nicht so wichtig, vielleicht ein andermal. Wir sehen uns beim Abendgebet.“
Sie nicken einander zu. Die Tür schließt sich leise hinter dem Rektor.
Das Lesezeichen mit dem Tausymbol liegt auf dem Bettvorleger. Fidelis bückt sich seufzend danach. Auf Seite zweihundertzwei legt er es wieder in Rahners *Strukturwandel* ein.

*

Was bringt dieses ganze Archivieren überhaupt?, fragt er sich, wenn er in der Unmenge verstaubter Bücher und Handschriften zu versinken droht. Sammeln um des Sammelns willen war nie seine Sache; aber je tiefer er gräbt, umso schwerer fällt es ihm, etwas wegzuwerfen. Es liegen so viele Körnchen Wahrheit vor uns, wer soll da den Überblick behalten? Vielleicht sollte man das Archiv als Scheune betrachten, wo all diese Körnchen eingelagert werden, bis einmal die Zeit reif ist für sie.
Bis wir sie verdauen können.
Er hat die Hoffnung aufgegeben, Pater Xaver würde von sich aus auf *die Geschichte* zu sprechen kommen. Als er ihm das nächste Mal alleine im Park begegnet, packt er die Gelegenheit beim Schopf.
„Kannst du mir erklären, Bruder, wieso deine Chronik im April 1938 endet? Hat dich jemand davon abgehalten, sie weiterzuführen?“
Der Greis schüttelt energisch sein Haupt. „Niemand hat mich davon abgehalten. Es herrschte das reine Chaos damals, Umsturz in jeder Hinsicht. Und es wurde ja auch bei uns alles auf den Kopf gestellt, wer findet da noch Zeit

fürs Schreiben. Aber lassen wir das, *requiescat in pace*. Was bringt es, alles wieder aufzuwühlen? Höchstens schlimme Erinnerungen."

Pater Xavers Augen sind flehentlich auf ihn gerichtet, aber Fidelis lässt nicht locker.

„Inwiefern auf den Kopf gestellt? Ihr durftet doch weiterhin im Schloss bleiben. Was hat sich für euch verändert?"

„Was?", stöhnt der andere. „*Alles* hat sich verändert. Wir wurden enteignet. Erst Mitte dreiundvierzig, nach Stalingrad, hat man das Schloss wieder dem Orden zurückgegeben."

„Aber in deinen letzten Notizen vom April achtunddreißig schreibst du doch, dass die Verhandlungen des damaligen Rektors von Erfolg gekrönt waren?"

„Danach sah es zunächst auch aus. Aber die Nazis spielten Katz und Maus mit uns. Wochenlang. Einen Tag hieß es, wir dürften das Heim behalten, am nächsten war wieder alles ganz anders. Schließlich mussten wir mit zweiundneunzig Zöglingen nach Gamprechtshausen übersiedeln, nicht einmal die Sommerferien haben sie abgewartet. Dabei hat Pater Rektor wirklich nichts unversucht gelassen ..."

Abrupt wendet er sich zum Gehen.

„Warte, Bruder!", ruft Fidelis. „Es gab doch da einen gewissen Peter Klein, nicht wahr?"

Xaver bleibt wie angenagelt stehen.

„Ja?"

„Den die Gestapo abgeholt hat."

„Was ist mit ihm?"

„Nun, ich verstehe nicht, wie ein Zögling mosaischen Glaubens überhaupt ins Konvikt kommen konnte. Und das zu dieser Zeit!"

„Von wegen mosaischer Glaube. Die Kleins waren Konvertiten, wie viele jüdische Familien aus dem Großbürgertum. Vielleicht hatten sie sich mehr Sicherheit davon erwartet, dass sie sich taufen ließen und ihr Kind sogar in ein katholisches Heim steckten."

„Keine Frage des Glaubens also, eher ein Zeichen von Assimilation?"

Xaver nickt Zustimmung.

„Und was ist mit dem Buben passiert? Hast du ihn je wiedergesehen?"

Fidelis spürt, wie es in dem anderen arbeitet.

„Keiner hat ihn mehr gesehen. Wieso hätten ausgerechnet *wir* ihn wiedersehen sollen?"

„Immerhin war er ein Konviktler. Einer eurer Schutzbefohlenen. Ihr habt euch doch sicher erkundigt, was aus ihm geworden ist?"

Für einen Augenblick treffen sich ihre Blicke. Die Augäpfel des Alten stehen hervor, als würde ihn einer würgen.

„Uns erkundigt? Bei wem, bitte? Und was, glaubst du, hätte das gebracht?"

„Na ja, ich könnte mir vorstellen, dass es einem Verhafteten schon geholfen hätte, wenn sich ein Priester nach seinem Schicksal erkundigt ..."

„Phh! Woher willst du wissen, was damals geholfen hat und was nicht!"

„Aber hat es euch nicht einmal interessiert?"

Der andere schlägt die Augen nieder und schweigt. Fidelis erwartet schon keine Antwort mehr, als es aus Xaver herausbricht.

„Wir brauchten nicht nachfragen. Ein Judas weiß, was denjenigen erwartet, den er verrät."

„Du sprichst in Rätseln, Bruder!"

„Das Schloss und der Park waren unsere Silberlinge, große, glänzende Silberlinge. Oder hätten es zumindest werden sollen. Denn das Opfer war umsonst, alles umsonst ... Mit Mördern und Dieben sollte man sich eben auf keinen Tauschhandel einlassen."

Welcher Tauschhandel? Aber ehe Fidelis noch danach fragen kann, wendet Xaver ihm wieder das Gesicht zu. Etwas Verstörtes schwimmt in den wässrigen Augen.

„Wir haben dem Teufel ein Opfer zugeschanzt, verstehst du! Ausgerechnet wir, die wir geschworen hatten, niemandem zu dienen außer Gott unserem Herrn!"

„Wer ist *wir*?"

„Bruder Reinhard, der damalige Rektor, und ich, der Präfekt von Peter. Man hat uns unter Druck gesetzt, wir steckten in einem fürchterlichen Dilemma: Entweder ihr sagt, wer von euren Zöglingen nicht arischer Herkunft ist, oder wir finden das mit unserer Methode heraus. Darunter hätten alle zu leiden gehabt. Wir haben es uns gewiss nicht leicht gemacht, haben nächtelang beraten. Am Ende kamen wir zum Schluss: Früher oder später werden sie ihn doch holen. Lass uns versuchen, etwas für die große Mehrheit zu tun und das Konvikt zu retten, sagte der Rektor. Es war keine Frage von richtig oder falsch, sondern welches Übel man eher in Kauf nehmen wollte. Aber das kann heute wohl keiner verstehen."

„Und so habt ihr den Buben ausgeliefert."

Keine Frage – eine Feststellung. Sie starren einander an wie zwei Irre. Irregeworden an sich und an der Welt. An ihrer Tragfähigkeit. Die Erbsünde, sie hat ein Gesicht bekommen.

„Ich werde jetzt gehen", hört Fidelis den Alten sagen. Es klingt dumpf, als käme die Stimme aus einem diffusen Nirgendwo. „Man möchte meinen, der Glaube würde einem eine Stütze sein in der neunten Stunde, wenn die Finsternis kommt übers Land. Aber ich war wohl nie wirklich gläubig. Hab immer nur gehofft darauf, es einmal zu werden. Wenn du sie nur lange genug hochhältst, diese Hoffnung, ist sie am Ende fast so gut wie der Glaube selbst. Ein Placebo des Glaubens, gewissermaßen."

Placebo Domino in regione vivorum. Ich werde dem Herrn gefallen im Lande der Lebenden. Der gute alte Psalm 116, im Mittelalter die Nummer eins bei Begräbnissen. Aber was würde der Herr sagen zu so einem Diener?

Pater Xaver quält sich die Marmorstufen zum Haupteingang hinauf. Ein Ungläubiger nach eigenem Bekunden. Ein schwacher Greis. Und dennoch.

„Buße!", ruft Fidelis ihm nach. „Wo bleibt die Buße?"

Der andere zuckt zusammen, aber er dreht sich nicht um.

*

Sie finden ihn erst nach dem Mittagessen. Dass er weder bei der Frühmesse noch beim Frühstück erschien, ist niemandem aufgefallen, zu oft hat er beides in letzter Zeit ausgelassen. Da er nicht mehr als Präfekt eingesetzt wird, sondern nur noch fallweise den Schwestern in der Küche zur Hand geht, vermisst ihn den ganzen Vormittag über keiner. Als er auch zu Mittag nicht im Refektorium erscheint, bittet der Rektor Pater Klaus, nach dem Rechten zu sehen. Nach fünf Minuten kommt er zurück, aschgrau im Gesicht.

„Betet für unseren Bruder Xaver, Brüder! Er hat sich das Leben genommen."

Aufgehängt am Zingulum, dem weißen Strick mit den drei Knoten darin: Gehorsam, Armut, Ehelosigkeit. Fidelis leidet entsetzlich. Ich habe ihn der Sünde bezichtigt, jetzt habe ich mich selbst an ihm versündigt. Erst entlocke ich ihm das traurige Geständnis, dann lasse ich ihn alleine in seiner großen Not. Die alte Wechselbeziehung zwischen Schuld und Beschuldigung – sie hat ihn eingeholt! Ihm ist, als hinge er am selben Strick wie der Tote.

Und so, wie Pater Rektor ihn bei der Predigt am nächsten Sonntag mit dem Blick fixiert, steht für Fidelis fest: Auch er erkennt die Zusammenhänge.

„Schon der Heilige Augustus hat gewusst, welch eine gefährliche Krankheit die Neugier ist. Er hat uns davor gewarnt, der Natur alle Geheimnisse entreißen zu wollen. Manche versuchen dasselbe in Bezug auf die Vergangenheit. Aber es ist eitle Vermessenheit, alles verstehen zu wollen! Alleine dem Herrn in seiner Allwissenheit steht es zu, zu richten über die Lebenden und die Toten ..."

Eine knappe Woche später wird der Rektor die Lügen zweier Vierzehnjähriger dazu benutzen, um sehr wohl zu richten.

Doch davon ahnt Fidelis noch nichts. Er kniet auf der harten Bank und betet darum, dass Pater Xavers Seele den ewigen Frieden finden möge. Obwohl Selbstmord nach kirchlicher Lehre ewige Verdammnis nach sich zieht. Er erinnert sich gut an das theologische Seminar, in dem dargelegt wurde, weshalb der Suizid so verwerflich sei: weil er die Reue verunmögliche, und damit die Vergebung der Sünden. Aber was, wenn der Suizid selbst Ausdruck der Reue ist? Hat sich nicht schon der alttestamentarische König Saul ins eigene Schwert gestürzt, um weiterer Schande zu entgehen? Und wurde dessen Waffenmeister Achitofel, der ihm freiwillig in den Tod folgte, nicht ehrenhaft im Grab seines Vaters beigesetzt? Die Bibel verurteilt die Selbstmörder nicht, überhaupt verurteilt sie weniger häufig als Rom.

Jedenfalls kann keiner ihm verbieten, für den zu beten, der am Ende Buße tat.

0017.amr

„Mein Gott, das Konvikt! War nicht immer lustig, vor allem auf die Frühmesse hätt' man gerne verzichtet. Aber sonst ... Es gab Schlimmeres unter der Sonne."

„Ja eh. Die meisten Patres waren schon in Ordnung."

„Ein katholisches Internat, in dem man nicht sexuell missbraucht wurde – das hat doch was."

„Zumindest Seltenheitswert."

Gelächter.

„Trotzdem ... nix für ungut ... ich kann die Pfaffen bis heut' nicht ausstehen. Weißt warum? Weil sie an nix anderes denken können als wie an den Tod. Genau wie die Kriminalschriftsteller. Die einen leben davon, dass sie über den Tod schreiben, und die anderen, dass sie darüber predigen. Immerhin: Wenn so ein Schreiberling genug Geld verdient hat, hört er vielleicht auf damit. Ein Pfaffe nicht, niemals, der ist total fixiert auf den Exitus. Eh kein Wunder: Schließlich leitet er ja seine Existenzberechtigung ab vom Glauben an das, was danach kommt. In der Hinsicht ist ein Pfaffe sogar schlimmer als ein Mörder. Der murkst dich ab, aber dann gibt er Ruh."

„Wer weiß ... Vielleicht denkt so ein Mörder auch an nix anderes? Gerade wegen seiner Tat, verstehst? Ob's ihn noch bei Lebzeiten erwischt oder erst beim Jüngsten Gericht."

„Aber er redet wenigstens nicht die ganze Zeit davon! Hab ich recht, Edgar? Na ja, du warst ja eine wohltuende Ausnahme unter all den Pfaffen, die einzige weit und breit. Prost!"

„Prost!"

Gläserklingen.

„War immer ein guter Kerl, unser Edgar. Was, Otto?"

„Ja eh. Vielleicht ein bisserl ein zu guter."

Lachen.

„Ob's das gibt? Dass einer zu gut ist, mein' ich."

„Sicher! Weil dem dauernd auf den Kopf g'schissen wird. So wie dir, damals."

„Wie meinst das jetzt?"

„Weißt noch, wie du uns einmal erwischt hast beim Wichsen?"

„Ich kann mich erinnern, ja. Ist euch aber nicht groß was passiert deswegen, oder?"

„Na, eh net. Und weißt warum? Weil wir gewusst haben, wie wir uns wehren können."

„Nämlich wie?"

„Indem wir die Pfaffen mit ihren eigenen Waffen schlagen."

„Mit ihren eigenen Waffen? Ich versteh kein Wort."

„Ach, vergiss es. Was spielt es für eine Rolle, nach fünfunddreißig Jahren. 'Tschuldigung, aber ich muss jetzt meine Medizin einnehmen. Das Herzerl, weißt eh ..."

„Du leidest unter Herzbeschwerden und gehst ins Fitnesscenter? Ist das nicht gefährlich?"

„Nicht, wenn du das Zeug regelmäßig schluckst. Betablocker für das Alphatier, haha. Dreimal täglich zwei von denen, und man ist wieder so gut wie neu. Na ja, fast so gut wie ..."

„Aber der viele Alk dazu ... Ob das gesund ist!"

„Jetzt verkopf' dich nicht! Ich nehm' das Zeug schon lange genug. Hat mich noch nie von was abgehalten, nicht einmal vom Schnackseln. Und selbst wenn – was gibt's Schöneres, als dabei ex zu gehn? Bei der schönsten Sache der Welt ... Was, Otto?"

„Ja eh."

„Wirt, komm her! Mach ein Foto von uns drei. So jung kommen wir nimmer zusammen."

Kameraklicken.

„Super! Aber du schaust so streng drein, Edgar, viel zu streng. Lach halt einmal, bist ja nicht mehr bei den Betbrüdern. Komm, eins geht noch! Ich lad' dich ein."

„Nein, danke, mir reicht's. Sag mir lieber: Was hast du gemeint mit den Waffen, mit denen ihr uns geschlagen habt?"

„Der Edgar! Will, dass wir alles beichten, das letzte Geheimnis! Na ja, einmal ein Pfaff', immer ein Pfaff' ..."

„Jetzt sag's ihm halt, J. R.! Sag ihm, was wir dem Pater Rektor erzählt haben unter sechs Augen."

„Ja, warum eigentlich nicht? Wenn wir schon so lustig beieinander sind. Also, pass auf: Der gute Pater Rektor hat uns doch damals ordentlich ins Gebet genommen. Wollte unbedingt wissen, warum du uns zu dir aufs Zimmer bestellt hast. Na, die Wahrheit konnten wir natürlich nicht sagen. Da haben wir uns halt eine lustige Geschichte ausgedacht. Und der alte Depp hat sie prompt gefressen ..."

30. April 2010

Es geht stetig bergauf, aber Regina summt unverdrossen vor sich hin, irgendeinen Schlager aus den Sechziger- oder Siebzigerjahren. Ihr Musikgeschmack ist gewöhnungsbedürftig, ständig hat sie so eine Schnulze auf den Lippen: *How Deep Is Your Love*, *Wir wollen niemals auseinandergeh'n* ... Was mich daran stört? Vermutlich sind es die Ewigkeitsansprüche, die darin laut werden, das maßlose Aufplustern. Ob es nun auf ewige Liebe macht oder auf ewige Verdammnis.

Bei der frisch restaurierten Gnadenkapelle legen wir eine Rast ein. Meine Kondition ist erbärmlich, vielleicht sollte ich mich doch wieder einmal an unseren Kraftmaschinen versuchen. An der Seitenwand der Kapelle hat einer in krakeliger Schrift seine Botschaft hinterlassen: *Fürchtet euch!* Kein unpassender Kommentar an diesem Ort des Glaubens, auch wenn der unbekannte Sprayer es vermutlich anders gemeint hat als ich. Die Gottesfürchtigen wissen: Ihre Furcht vor Ihm, der obersten Obrigkeit, ist angebracht. Umgekehrt fürchten die von Gottes Gnaden Regierenden nichts so sehr wie seine Leugnung, raubt sie doch auch ihnen die Legitimation.

Das erste Mal seit meinem Unfall, dass ich wieder unterwegs bin zum Grünen Baum. Ich freu mich schon auf das Bratl und die Knödel. Der Habringer macht die besten Reiberknödel auf der Welt, jedenfalls, seitdem Oma nicht mehr ist. Sie hat immer gewusst, wo sie möglichst mehlige Erdäpfel herkriegt – roh gerieben und versetzt mit der aus dem Presswasser gewonnenen Kartoffelstärke, ergaben sie jene wunderbare Konsistenz der Reiberknödel, flaumig und kompakt zugleich. Nie wäre sie auf die Idee gekommen, die Knödel nach Kochbuch zu machen, und natürlich brauchte sie keine Waage dazu.

Es gibt Dinge auf der Welt, die kann man nicht messen. Die muss man begreifen, Edgar, be-greifen!

Als Bub habe ich *Räuberknödel* verstanden, das allein machte sie mir schon sympathisch. Damit die Knödel infolge der Oxidation nicht grau wurden, hat Oma sie geschwefelt. Was heute, im Zeitalter der industriell hergestellten Kartoffelstärke, nicht mehr nötig ist: Die Knödel bleiben auch ohne Schwefel blitzweiß, das Gräuliche kommt nicht mehr zum Vorschein.

Mir rinnt das Wasser im Mund zusammen. Der Appetit hat mir neue Kraft verliehen, und auf der nächsten Steigung schaffe ich es sogar, Regina ein ganzes Stück abzuhängen. Oben heißt es erst einmal verschnaufen. Ich grätsche die Beine, beuge mich vornüber, lasse die Arme baumeln. Als ich mich wieder aufrichte, dämmert mir auf einmal, wo ich mich befinde: dort drüben die Föhre mit der Blitzspur, dahinter die Sautränke, ein kleiner, kreisrunder Weiher, und direkt vor mir ein Trumm Fels. Das muss der Findling sein, wo man mich gefunden hat, mit einem ordentlichen Loch im Schädel. Ich umkreise den Granitblock und hefte den Blick auf den Boden. Womöglich liegt ja auch mein verlorenes Handy noch irgendwo herum.

Was genau hat sich am achtundzwanzigsten Jänner hier abgespielt?

Der Platz rund um die Sautränke sieht aus wie ein Schlachtfeld, ein Schlachtfeld der Natur: schräg aufragende, ineinander verkeilte Stämme, die sich gegenseitig am Fallen hindern; nach drei Sturmjahren in Folge kommen die Forstarbeiter nicht mehr nach mit dem Aufräumen. Der Boden übersät von Ästen jeder Größe und Länge – welcher davon hat mich wohl getroffen? Ich hebe einen dicken Prügel auf, darunter wimmelt es von kleinen, weißen Maden. Nein, der nicht. Oder vielleicht der da? Wenn ich Blut darauf fände, wüsste ich Bescheid. Aber eigentlich bräuchte ich nur Regina fragen.

Das modrige Holz – es riecht nach Onkel Gerhard. Bevor es mit ihm zu Ende ging, wollte er noch einen Urlaub mit mir verbringen.

„Ich bezahle alles. Dafür bestimme ich das Ziel."

Ich hatte nichts dagegen.

„Wir fahren dorthin, wo der Boden am weichsten ist."

„Und wo ist der Boden am weichsten?"

„Im Grenzland zwischen Schweden und Norwegen, auf der Höhe von Östersund."

Er setzte seinen Kopf durch. Wir verbrachten fast zwei Tage im Zug, weil er Fliegen nicht ausstehen konnte. „Das geht mir viel zu schnell", pflegte er zu sagen, „da kommt die Seele nicht mit." Im Zug hatte er dann genügend Zeit, von unserem Ziel zu schwärmen.

„Wenn du diese Landschaft erwanderst, trittst du immer weich auf. Sinkst ein bei jedem Schritt und schwebst doch über dem Boden, der ganze Körper leicht und beschwingt. Bis du kapierst, dass das ganze Schwingen einer einzigen Kraft zu verdanken ist: der Wirkkraft des Todes. Denn du wanderst dahin auf den Überbleibseln von Tausenden von Leichen, ob's einmal turmhohe Fichten waren oder knorrige Zwergbirken, die hier zerfallen zu Moor und Moos."

Mein poetischer Onkel Gerhard. Es war das letzte Mal, dass er ohne Rollstuhl unterwegs gewesen war. Längst ist er selbst schon zerfallen ...

Ich versetze dem dürren Ast vor mir einen Tritt, im Flug noch bricht er auseinander. Nein, der kann es auch nicht gewesen sein. Alles, was hier herumliegt, ist morsch und in Auflösung begriffen. Und das soll mich mit Wucht gegen den Felsen geschleudert haben? Deswegen das Schädel-Hirn-Trauma?

Hinten taucht Regina auf, winkt mit einem Büschel Maiglöckchen. Diese Frau! Sie hält es nicht aus, einmal nichts zu tun. Nicht einmal beim Wandern.

Zwischen den Wurzeln eines Baumstumpfs glänzt etwas im Moos, ich bücke mich danach. Nein, es ist nicht das Handy. Es ist eine silberne Halskette mit einem kleinen, schmutzigen Anhänger. Ich brauche ihn nicht abzuwischen, um zu wissen, was er darstellt: ein Schutzengerl. Onkel Gerhards Medaillon, das er mir am Tag vor seinem Ende in die Hand gedrückt hat. Das ich an Regina weitergab, kaum dass er unter der Erde war. Natürlich gehört es sich nicht, ein Geschenk weiterzuschenken. Aber was hätte einer wie ich mit einem Schutzengerl anfangen sollen? Hinten steht *Gott schütze dich* drauf, in Großbuchstaben und mit Rufzeichen. Regina hat es immer gern getragen, Tag und Nacht. Als sie sich bei ihrem ersten Besuch im Krankenhaus über mich beugte und mir zur Begrüßung einen Kuss auf die Wange drückte, ist mir aufgefallen, dass etwas fehlte. Dass nichts mehr über ihrem Ausschnitt pendelte. Wo ist das Ketterl?, hab ich gefragt. Verloren, sagte sie, muss irgendwo verloren gegangen sein ...

Schnell stecke ich es in die Hosentasche. Ich glaube nicht, dass sie es bemerkt hat.

„Schau“, sagt sie und hält mir den dünnen Strauß entgegen. „Sind sie nicht schön?“

„Ist es da passiert?“, frage ich.

Sie nickt.

„Bei diesem Felsen?“

„Mhm.“ Es klingt ein wenig zögerlich. „Soviel ich weiß.“

Komisch, denke ich. Seit wann bist du dir auf einmal unsicher?

„Komm, gehen wir weiter!“ Sie zieht mich am Ärmel. Ich rühre mich nicht von der Stelle.

„Erzähl mir noch einmal, wie das Ganze abgelaufen ist."

Sie lacht laut auf. „Aber ich hab dir doch schon alles erzählt ..."

Ja, das hast du wohl. Und langsam gewöhne ich mich an den Hinweis. Das letzte Mal kam er von einer, um die ich mich vor dem Unfall sehr intensiv gekümmert haben soll. Aber davon wirst du nie etwas erfahren.

„Du hast gesagt, dass du die Rettung benachrichtigt hast, nachdem ich mich bei dir gemeldet habe. Richtig?"

„Richtig."

„Ich habe dich also gerade noch daheim anrufen können, dann bin ich weggedämmert."

„Ja, offenbar. Als sie dich gefunden haben, warst du schon längst bewusstlos."

„Ist das nicht eigenartig? Ich meine, du weißt doch, dass ich das Handy kaum einmal eingeschaltet habe. Und bis die Verbindung steht, dauert das auch seine Zeit. Das alles soll ich hingekriegt haben, bevor ich ins Koma fiel?"

„Du hast eben großes Glück gehabt. *Wir* haben Glück gehabt." Ihr Handrücken streichelt über meine Wange. „Und jetzt komm, die Blumen brauchen Wasser."

Bis zum Grünen Baum sind es noch mindestens zwei Kilometer, aber es bleibt still zwischen uns. Keine einzige Schnulze kommt ihr über die Lippen, kein nostalgisches Summen, kein *Love, love me do*. Angestrengt schaut sie geradeaus, marschiert stramm vor mir her mit hoch erhobenem Kopf.

Die Maiglöckchen baumeln müde in ihrer Linken.

*

„Servas."

Der Habringer ist immer derselbe: Ohne einen Funken Freundlichkeit in den Augen. Ein ganz ein Hantiger, aber mit einem weichen Kern. Bilde ich mir jedenfalls ein.

„Warst schon lang nicht mehr da." Aus seinem Mund klingt die Feststellung wie der reinste Vorwurf. „Zwei Hirter?"

„Ja eh", sage ich.

„Ha!", macht der Habringer. „Jetzt fängst auch schon damit an."

„Bitte?"

„Ja eh, ja eh ... So hat doch der immer g'redet, mit dem du das letzte Mal da warst. Aber was soll's: Über die Toten nix Schlechtes net. Hab sein Bild in der Zeitung g'sehn, Abteilung *Abgestorben Amen*. Ein Lehrer, der die Frühpension nicht packt: Wenn das kein Pech ist!"

„Der Bell? Ich war mit dem Bell da?"

„Ja, so hat er geheißen. Und mit noch einem. Wirst dich wohl noch erinnern können?"

Ich schüttle den Kopf und erkläre, was mein Problem ist in letzter Zeit.

„Schön blöd." Der Habringer schiebt das Kinn nach oben. Er mustert erst mich, dann Regina. „Wie hältst es nur aus mit einem, der nicht einmal mehr weiß, mit wem er sich z'sammensauft?"

Sie antwortet nicht, verzieht nur leicht den Mund.

„Jetzt bring uns halt endlich das Bier", sage ich. „Außerdem hätten wir gern zwei Bratl."

„*Ein* Bratl", sagt Regina. „Ich hab' keinen Hunger."

Wir sind die einzigen Gäste in der finsteren Stube. Abwechselnd schauen wir zum Fenster hinaus. Die Maiglöckchen erholen sich in einem Römer, in dem bauchigen Glas wirken sie ziemlich verloren. Als der Wirt unsere zwei Hirter bringt, stoßen wir an. Es klirrt, hart an der Bruchgrenze.

„Hast ein Glück.“ Der Habringer zückt einen kleinen Fotoapparat. „Dass ich euch noch nicht gelöscht hab.“ Er hält mir das Display vor die Nase. „Davor und danach“, grinst er. „Weißt eh: mein Hobby.“

Ja, ich weiß. Obwohl das Hobby mehr eine Marotte ist. Von jedem neuen Gast schießt der Habringer genau zwei Fotos: eins vor dem ersten und eins nach dem letzten Glas. Die digitale Dokumentation seiner saufenden Klientel.

„Darf ich?“

Der Wirt überlässt mir das Gerät, ich drücke die Zoomtaste. Das erste Bild ist unscharf und unterbelichtet, beim zweiten gibt es keinen Zweifel: Der in der Mitte bin ich, links und rechts von mir die angeheiterten Visagen von Johannes Reichert und Otto Bell. Ihre Arme ranken sich um meine Schultern, als müssten sie mich festhalten.

Zwei Tote, die sich an mich klammern.

Ich war nicht auf ihrem Begräbnis, aber mit ihnen im Grünen Baum. Jetzt ist auch mir der Appetit vergangen.

Ich schaue Regina an, sie schaut mich an. Keiner sagt etwas. Meine Hände rutschen tief in die Hosentaschen.

In der linken pikst mich das Flügerl des Schutzengels in den Finger.

*

Auf dem Rückweg reden wir nur über Geschäftliches. Ob wir unsere Fremdwährungskredite nicht besser umschulden sollten, jetzt, wo der Schweizer Franken so hoch steht, und uns das Wasser bis zum Hals. Dass das Leck im Nasszellenbereich immer noch nicht gefunden wurde und sich die Feuchtigkeit unkontrolliert durch das ganze Gebäude verbreitet, macht Regina noch größeres Kopfzerbrechen.

„Am Ende dürfen wir dem Türken unter uns noch die Bude sanieren!“

Ich sage, dass sie nicht übertreiben soll, der Mehmet ist ein feiner Kerl, der würde sich nie auf unsere Kosten bereichern.

„Du bist so was von naiv!“, ruft sie. „Wer redet denn von bereichern! Ich meine, wenn bei uns das Wasser durch den Plafond käme, würde ich mich auch an dem oben schadlos halten.“

Ich weise sie darauf hin, dass dieser Satz wieder ganz typisch ist für sie: „Wenn bei *uns* was passiert, würde *ich* ... Das heißt, der liebe Edgar kommt nicht einmal mehr theoretisch vor in deinen Planungen!“

Sie ist schon drauf und dran, zu einer Retourkutsche anzusetzen, ihre Hände fuchteln in der Luft herum, typische Vorboten eines Reginaschen Donnerwetters; doch plötzlich erstarrt sie, bricht in Tränen aus. Aus heiterem Himmel! Ich kann es nicht glauben. Habe ich sie überhaupt schon jemals weinen gesehen? Nicht einmal, als wir ihre Mutter begraben haben, sind ihr die Augen feucht geworden. Und jetzt plärrt sie Rotz und Wasser, wegen nichts und wieder nichts.

„Entschuldige“, sage ich. Ich will ihr die Hand auf die Schulter legen, aber sie dreht sich heftig ab.

„Lass mich in Frieden!“

Okay, dann lass ich dich in Frieden. Hab mich gern.

Wir trennen uns ohne Abschied. Ich stapfe in Richtung Wohnung, sie in Richtung New Life. Als ich mich noch einmal umdrehe, wirft sie gerade die Maiglöckchen in einen Müllkübel.

*

Ich steige die Wendeltreppe hoch zum Schlafzimmer. Das Medaillon in meiner Hand schlägt ans schmiedeeiserne Geländer. Ein Klingeln. Als ob es warnen möchte vor etwas.

Ich weiß nicht, was mich hinauftreibt, was mich die Laden ihres Schranks herausziehen lässt, eine nach der anderen, als wäre ich ein Einbrecher oder ein Fetischist. Höschen, Strümpfe, Strumpfhosen quellen mir entgegen, und ein durchsichtiges Negligé, das ich noch nie gesehen habe. Das Schutzengerl schaut mir vom Nachtkästchen aus beim Ausräumen zu. Nachdenklich hat es das Kinn in die linke Hand geschmiegt, nur ein Flügel ist zu sehen. Armes Engerl: Wie willst du damit wen beschützen?

Suchet, so werdet ihr finden; klopfet an, so wird euch aufgetan.

Aber ich habe nicht angeklopft, und ich weiß nicht, wonach ich suche. Ich weiß nur, dass irgendetwas nicht zusammenpasst. Die Hand auf dem Video. Das Ketterl im Wald. Das morsche Holz. Mein Anruf in letzter Sekunde. Die Löcher in meinem Hirn.

Ich hocke auf dem Boden, die Unterwäsche um mich herum aufgeworfen zu einem halbkreisförmigen Deich. Was, wenn er bricht? Werde ich dann zum Schimmelreiter, zum Gespenst, das in alle Ewigkeit seine Kontrollrunden zieht?

Mit einem Mal verspüre ich Ekel. Nein, ich gebe nicht mehr so viel auf das Hirn und seine Leistungen. Auf die wirklich wichtigen Dinge vergesse ich ohnedies. Nur dem Nebensächlichen gilt meine Treue; permanente Ablenkung, so heißt mein Geschäft. Aller Laster Anfang. Und kein Ende in Sicht.

Unwirsch trete ich den Wäscheberg auseinander. Aus einem Strumpf fällt etwas Rechteckiges heraus. Wie wenn der Nikolaus kommt, der steckt seine Gaben doch auch immer in einen Strumpf. Dann erkenne ich es wieder.

Mein altes Handy, das beim Unfall verloren ging. Angeblich.

Wie kommt es unter ihre Wäsche?

Der Akku ist geladen. Ich tippe viermal die Eins ein, meine wenig einfallsreiche PIN. Der Willkommensjingle ertönt, dazu der Schriftzug *Servus Edgar*. Ich scrolle durch die Anrufliste. Das letzte abgehende Gespräch stammt vom achtundzwanzigsten Jänner. Die Nummer ist mir unbekannt.

Mein Daumen macht sich selbstständig. Unter *Eigene Dateien/Sprachmemos* stoße ich auf achtzehn gespeicherte Tonaufnahmen. Nach den Dateigrößen zu urteilen, handelt es sich um Aufnahmen recht unterschiedlicher Länge. Ich beginne mit der letzten: 0018.amr.

Was ich höre, klingt vertraut. Vertraut und doch fremd, wie jede Aufzeichnung der eigenen Stimme. Aber ich habe nicht gewusst, dass sie so beben kann. Beben vor Wut.

Der Inhalt ist mir völlig unbekannt.

0018.amr

Im Suff haben sie sich verraten. *Da haben wir uns halt eine lustige Geschichte ausgedacht …* Lustig für wen?!

Nicht einmal heute kennen sie ein schlechtes Gewissen, prahlen sogar noch mit ihrer verlogenen Beichte! Typen wie sie rasieren sich nicht nur die Schamhaare ab, sondern das Schamgefühl gleich dazu. Was gibt es Bodenloseres, Unergründlicheres als schiere Gemeinheit? Wie praktisch, wenn du kein Gewissen hast: So brauchst du nie zu zweifeln an dir.

Sie haben gelogen ohne Rücksicht auf die Folgen. Ich hätte sie unsittlich berührt, ich! Was mit mir, ihrem Präfekten, passieren würde, war ihnen egal. Was wollten sie sich mit ihrer Lüge ersparen? Eine Ausgangssperre? Ein Filmverbot? Ich habe sie zappeln lassen, ja, habe vorgegeben, mir die Entscheidung noch überlegen zu müssen. Dabei hatte ich gar nicht vor, die beiden zu bestrafen.

Dass der Rektor ihre Anschuldigungen als Vorwand benutzte, um mich, den kritischen Fragesteller, loszuwerden, steht auf einem anderen Blatt. Da werden – falls man nicht überhaupt wegschaut – wirkliche Kinderschänder von einem Internat ins andere verschoben, um dort weitermachen zu können wie bisher, aber mir wird von höchster Stelle untersagt, jemals wieder als Erzieher arbeiten zu dürfen! Welch ein Hohn!

Rück-sichts-los … Das heißt doch, nie mehr zurückblicken zu müssen.

Ob ich schon so weit bin? Ob ich nach Gott auch den Teufel nicht mehr fürchte? Anders als die Judasse, die SS und Gestapo die Drecksarbeit erledigen lassen. Die sich den Anblick ersparen. Den Anblick zerschlagener Glieder und gebrochener Augen.

Die sich umbringen, wenn einer sie zur Rede stellt. Wie billig!

Bin ich nicht stärker als die?

Die alte Haut endgültig abzustreifen … sich abzuwenden von der eigenen Vergangenheit … Wäre das nicht die wahre, die wirkliche Wende?

Schonungslos. Gnadenlos.

Wenn der liebe Gott tot ist, gibt es keine Gnade.

28. Jänner 2010

Okay, wir sind nie das verliebte Pärchen von nebenan gewesen, das händchenhaltend durch die Gassen läuft und sich in aller Öffentlichkeit abschmust. Wir haben auch keine Swingerclubs besucht oder auf Saturday Night Fever gemacht, mit fünfzig plus braucht man ja nicht mehr jeden Blödsinn mitmachen, dessen waren wir uns beide bewusst. Aber einander Halt, Wärme, Geborgenheit zu geben, das ist ja nicht nichts. Ich für meinen Teil habe mich bei dir jedenfalls wohlgefühlt, aufgehoben. Habe geglaubt, wir seien ein Paar, das seinen Weg geht. Das sicher einen Schritt vor den anderen setzt, auch wenn es mal finster ist.

Zwölf Jahre Sicherheit. Und das alles willst du jetzt wegwerfen, Edgar? Wofür?

Du weißt nicht, dass ich es weiß. Seit fünf Tagen, den schlimmsten fünf Tagen meines Lebens. Ich habe es aus deinem eigenen Mund gehört, obwohl du eisern schweigst.

Feigling, elender Feigling!

Nimmst dein Liebesgeflüster mit ihr auch noch auf! Damit du dir die Aufnahme so oft anhören kannst, *bis es keine Zweifel mehr gibt*. Woran genau zweifelst du, Mann? Ob du dir eine Geliebte leisten kannst, ob es sich finanziell ausgeht? Oder ist es nur eine Frage des Zeitpunkts, wann du mir sagen wirst, dass die alte Regina auf den Müllhaufen geschmissen werde, entsorgt wie ein alter Fetzen?

Soll ich versuchen, mit der Lüge zu leben? Weil man ohnehin nicht auskommt ohne sie? Weil die Lüge nützlicher ist fürs Überleben als die Wahrheit? Soll ich dein Fremdgehen akzeptieren und alles hineinfressen in mich – die ewige Notlüge der Frauen? Weil sie halt so sind, die Männer; weil das ihre Natur ist …

Oder soll ich kämpfen; um unsere Liebe kämpfen, weil man einander nach einem Dutzend Jahren nicht einfach so fallen lässt, Trauschein hin oder her?

Auf unseren Ausflügen von der Katholischen Jungschar aus hat der Pfarrer zu uns Mädchen gerne im Spaß gesagt: *Menscha, fürchtet euch nicht: Jedes Reindl kriegt seinen Deckel.* Ich musste lange warten, bis ich meinen Deckel gekriegt habe. Und jetzt – alles umsonst?

Ich habe gehofft, du würdest von dir aus kommen, um zu reden, wenn ich dir nur etwas Zeit gebe. Ich habe mich richtig darauf vorbereitet. Nein, ich würde nicht an deine Vernunft appellieren. Ich würde dich auch nicht unter Druck setzen mit dem, was ich alles für dich und das Geschäft getan habe. Ach ja, das Geschäft ... Vielleicht würde ich sogar eingestehen, dass ich mich in letzter Zeit zu sehr um das Studio gekümmert habe und zu wenig um unsere Beziehung. Das ist mein Anteil, ich gebe es zu, aber das lässt sich ändern, Edgar, für ein bisschen Mehr an Zuwendung ist es nie zu spät! Wir könnten wieder mal einen Tanzkurs besuchen, oder was sonst dir Spaß macht. Uns einfach kümmern um einander. Ich hab mir sogar ein Negligé gekauft, erstmals seit ewigen Zeiten, meine Brüste können sich immer noch sehen lassen, auch wenn die *ihren* straffer sein mögen, und die Haut glatter.

Aber du kommst nicht, sagst nichts. Schaust mich nicht an. Schweigst.

Und ich weiß nicht, wie ich dich zum Reden bringe ...

Keine Woche ist es her, dass ich auf diese Aufnahmen gestoßen bin, aus reinem Zufall. Nie würde ich in deinen Sachen herumstöbern. Hab nur schnell dein Handy verwenden wollen, um nach meinem zu suchen, das ich wieder einmal verlegt hatte. Dabei muss ich ausgerechnet in den Ordner *Sprachmemos* geraten! Wo es doch so viele Ordner und Menüs gibt auf diesem verdammten Handy.

Das ich dir eingeredet habe, wegen der tollen Funktionen. Wer hätte gedacht, du würdest sie gegen mich verwenden?

Früher hast du mich immer Gina genannt, das hat gutgetan. Niemand hatte mich zuvor so gerufen. Es war wie ein Kosen, ein Streicheln. Wann bist du zu *Regina* gewechselt? Seitdem du mich satthast?

Ihr Name kommt nicht vor auf deinen Aufnahmen; aber als ich zusehen musste, wie du diese Iris Kranzl im Studio hofierst, war mir alles klar. Und dann fällt ihr herzkranker Freund auch noch tot vom Ergometer. Sehr praktisch, nicht? Oder hast du gar ein bisschen nachgeholfen? Warst du es, der sich im Firmencomputer über Betablocker, Herzkreislauferkrankungen und Hypertonie informiert hat? Wie auch immer: Reichert war nicht mehr im Weg, freie Bahn für die junge Liebe ...

Oh Edgar, was bist du doch für ein Idiot!

*

Jetzt sind wir schon eine halbe Stunde unterwegs, und du schwafelst, wie gut der Spaziergang dir tue, und dass wir das öfters machen sollten miteinander. Meinst du zusammen mit der Kranzl? Eine Ménage-à-trois, oder was?

Ein Sturm ist aufgekommen, und mir ist kalt, schau, wie ich friere! Aber du drehst dich nicht um, zupfst nur die Schuppen von einem fauligen Zapfen. Wie einer, der etwas auszuzählen hat: Ich liebe sie, ich liebe sie nicht ... Schön, dann soll es so sein. Hier und jetzt, jetzt oder nie – ich will die Entscheidung!

„Bleib stehen, Edgar. Ich ... wir müssen reden miteinander."

„Reden? Wir tun nichts anderes die ganze Zeit."

„Über uns will ich mit dir reden. Und über dich und Iris."

„Welche Iris?"

„Du brauchst nicht lügen. Ich habe gesehen, wie du die Kranzl anschaust. Und ich weiß, wie du über sie denkst, wie du mit ihr redest. Wo trefft ihr euch eigentlich? Bei ihr im Loft, oder in einer Liebesgrotte draußen auf dem Land?"

„Wer hat dir bloß so einen Blödsinn erzählt?"

„Du, du selbst."

„Du spinnst!"

„Ach ja? Weißt du, dass du ärger bist als ... als der ungläubige Thomas? Der musste seine Finger in die Wunden Jesu legen, damit er's kapiert. Dir muss man deine eigenen Aufnahmen zeigen, bevor du etwas zugibst. Gib her dein Handy, und ich spiele sie dir vor!"

„Nimm deine Finger weg! Fass mich nicht an!"

„Dann zeig, dass du ein Mann bist ... mein Mann! Lass es uns gemeinsam anhören und darüber reden, es ist noch nicht zu spät. Jeder kann einmal einen Blödsinn machen. Das heißt doch nicht, dass deswegen gleich alles aus sein muss."

„Alles aus, alles aus! Okay, ich bin mit der Kranzl auf ein oder zwei Kaffee gegangen. Ist das ein Verbrechen? Wieso steigerst du dich so hinein! Solltest wirklich weniger Krimis lesen."

„*Ich* steigere mich hinein? Wer faselt denn da von der Blume auf dem Misthaufen, von ihrem unwiderstehlichen Duft?"

„Wie kommst du eigentlich dazu, mein Handy abzuhören! In meinen Sachen herumzuschnüffeln – soll ich das als Liebesbeweis werten, oder was? Möchte nicht wissen, seit wann das schon so geht."

„Ausgerechnet du musst dich übers Abhören und Herumschnüffeln beschweren! Du, der du sogar dein Turteln mit ihr aufgenommen hast. *Damit mir der Klang ihrer Stimme hilft bei meiner Entscheidung* ... Wie romantisch!"

„Gelt, das kannst du dir nicht vorstellen! Dass es auch noch etwas anderes gibt als Investieren, Kalkulieren ...

Weißt du was: Du hast gerade meine letzten Zweifel beseitigt. Wenn du es unbedingt hören willst: Ja, ich liebe Iris."

„Brems dich ein, Edgar, bitte jetzt keine Trotzreaktion! Denk nach, was wir immer aneinander hatten."

„Du sagst es: hatten."

„Und wenn das Ganze ein Irrtum ist, eine Sackgasse? Morgen schon kannst du die Dinge wieder anders sehen. Komm, lass uns die Sache nüchtern betrachten, vernünftig. Die Frau ist über zwanzig Jahre jünger als du!"

„Ich war lange genug nüchtern und vernünftig. Habe mich damit abgefunden, dass alles in gewohnten, geordneten Bahnen läuft bis Absterbens Amen. Und dass ich niemals ein Kind haben würde ..."

„Also bitte! *Du* hast doch immer gesagt, dass du kein Kind willst! Dass ich mir deswegen keine Sorgen machen müsse, das Kapitel sei erledigt. Die Buben im Internat sind meine Kinder gewesen, hast du gesagt. Willst du das abstreiten?"

„Man redet viel, wenn der Tag lang ist. Der Mensch ändert sich, Regina. Du hast dich auch verändert, oder? Warst nicht immer das Arbeitstier, das du heute bist."

„Jetzt wirst du gemein!"

„Und du zur Klette. Wer hat je davon geredet, dass wir zwei auf ewig zusammen sein würden?"

„Sei still! Hör auf!"

„Bitte, gerne! Hören wir auf. Hören wir endlich auf, uns etwas vorzumachen."

*

Du hast mich provoziert, Edgar, du bist schuld!

Was musst du mich auch angreifen, mir die Hand auf die Schulter legen, als könntest du mich beruhigen damit, ruhigstellen wie eine dumme Göre. Ein einziger zorniger Stoß, und schon taumelst du, rücklings, so leicht gerätst du aus dem Gleichgewicht, großer starker Mann, und deine Hände rudern durch die Luft, reißen mir das Kettchen vom Hals. Vorsicht, pass auf! Aber die Warnung bleibt mir in der Kehle stecken, was würde sie auch bringen, bist du doch längst im freien Fall, hat dein sturer Schädel längst den einzigen Felsen gefunden weit und breit, den Findling, den der Teufel hierher geschleudert hat in seiner Wut, in meiner Wut – *wer hat je davon geredet, dass du und ich auf ewig zusammen sind,* du und die Klette, die grad gut genug ist, Geschäft und Haushalt zu schmeißen, aber schlecht für deine Zukunft, die rosige, die sich rot färbt mit einem Schlag.

Schädel Stein Papier.

Dieser Punkt geht eindeutig an den Stein, sagen deine verdrehten Augen, während dein Körper nach unten rutscht, in Zeitlupe den Felsblock poliert, steif und schlaff zugleich, wenn es diese Gleichzeitigkeit denn gibt, und eine schmierige Spur deutet auf deinen Hinterkopf wie ein langer, blutiger Pfeil. Jetzt endlich bist du dort angelangt, wo es nicht mehr tiefer, nicht mehr weiter geht. Wo die Erde den Gestrauchelten empfängt.

Der Boden der Realität.

Ich wälze dich in Seitenlage, stabile Seitenlage, heißt es nicht so? Aber nichts ist stabil, alles ist aus dem Lot. Dazu der Sturm, um uns herum schlagen die Äste ein wie Granaten. Und wie du aus dem Mund stinkst, Edgar, Liebster, ich will dich küssen, wachküssen, komm, sei kein Frosch, Edgar, so komm doch zurück!

Atme, verdammt noch einmal, atme!

*

Du musst jetzt vernünftig sein, Regina.

Dich erst einmal beruhigen, nachdenken.

Du weißt: Es war keine Absicht, nicht eine Sekunde lang. Ein unglücklicher Sturz, Unfall oder Pech oder Schicksal, nenn es, wie du willst. Jedenfalls: Du kannst nichts dafür. Niemand kann etwas dafür. Es gibt Dinge zwischen Himmel und Erde, die passieren einfach.

Und keiner kann sie ungeschehen machen.

Du darfst den Kopf nicht verlieren. Wem ist geholfen, wenn du der Polizei meldest, was geschehen ist. Davon wird *er* nicht wieder lebendig. Und *du*? Landest vor Gericht. Totschlag, mindestens! Und selbst wenn sie deiner Version glauben: Es ist alles beim Teufel. Der gute Ruf, die gesamte Existenz. Die Schulden wachsen dir jetzt schon über den Kopf, die Rechtsanwaltskosten werden dir den Rest geben. Und was, wenn er das Testament schon umgeschrieben hat, zu ihren Gunsten?

Am Ende schmeißt mich die Kranzl aus meiner eigenen Wohnung!

Ich muss jemanden anrufen. Aber wen? Wen kannst du anrufen, wenn es um Leben und Tod geht? Um *mein* Leben, und um *seinen* Tod.

Nummer eins-vier-vier.

Der Notruf.

Die Rettung.

Bitte, ich möchte einen Unfall melden! ... Mein Mann hat gerade angerufen ... Etwas muss ihn getroffen haben am Kopf, er hat ganz schrecklich gestöhnt ... Auf dem Föhrenbühel in der Nähe der Sauttränke, ja, das hat er noch sagen können, dann ist die Verbindung abgerissen ... Nein, das weiß ich nicht, aber Sie müssen ihm helfen! Der Sturm wird immer schlimmer ...

Ja ... nein ... ja ... ja ...

Und Sie fahren wirklich gleich?

Ganz sicher?

Danke!

1. Mai 2010

Im Nachhinein bildet man sich ein, alles besser zu verstehen. Sieht Zusammenhänge, wo keine sind und nie welche waren.

Umgekehrt fällt es schwer, eins und eins zusammenzuzählen, solange die Zeit nicht reif ist ...

Nicht reif!

Meine Reifeprüfung hat an keiner Schule stattgefunden, sie wurde mir von der Wirklichkeit abgenommen. Und es dauerte, sieben lange Jahre dauerte es, bis ich zu dem fähig war, was sie mir angedichtet hatten.

Sie haben alle seine Lügen geschluckt. Weil er, trotz allem, einer der ihren war. Ein rechtes Schlitzohr, aber allemal glaubwürdiger als asiatische Schlitzaugen. Was hat man mir nicht alles zugetraut: Diebstahl, Stalking, Beschädigung von Lehrereigentum ... Doch keiner hat Schlitzauge zugetraut, dass es gerissener sein könnte als Schlitzohr. *Joys Terroranrufe* – die Lüge, die zur Prophezeiung wird. Wie genervt er in den Hörer bellte: *Ich weiß genau, wer Sie sind!* Natürlich hatte er keine Ahnung. Seine ehemalige Schülerin hätte er nie per Sie angesprochen.

Schade, dass ich sein Gesicht nicht sehen konnte, als die Todesanzeige in der Zeitung erschien: *Otto Bell, AHS-Professor in Frühpension ... völlig überraschend von uns gegangen ... Es trauern seine Gattin Adele, sein Bruder Josef ...*

Sogar ein Foto von ihm hatte ich aufgetrieben, und einen passenden Spruch: *Der Tod ist das Tor zum Licht am Ende eines mühsam gewordenen Weges.* Die hundertachtzig Euro habe ich gerne ausgelegt, natürlich in bar, eine Kreditkartennummer hätte man zurückverfolgen können. Der Name, mit dem ich mich in der Annoncenabteilung vorstellte, war ebenso falsch wie mein Haar. Selbst wenn er sich bei der Zeitung erkundigt haben sollte, wer diese Anzeige in Auftrag gab – niemand hätte mich identifiziert.

So wie er mich nicht erkannt hat, als er ins Studio kam. Als wir uns das erste Mal Auge in Auge gegenüberstanden, zitterte ich ein wenig. Aber meine Angst war unnötig. Phantastisch, was die kosmetische Chirurgie vollbringt heutzutage! Wahre Wunder.

Die einzigen, die es noch gibt ...

Die Operation hat mich verändert, äußerlich und innerlich. Nach dem Sprung vom Balkon war von meinem Gesicht nur mehr eine blutige Masse übrig gewesen. Als ich aus der Narkose erwachte, hatte ich statt einer thailändischen Stupsnase eine lange schmale. Auch Kinn und Wangen waren nicht wiederzuerkennen. Im Spiegel schaute mich eine Fremde an. Eine, die sich in ihrer Verzweiflung vom Balkon gestürzt hatte und als Neugeborene zurückkam.

Eine Reinkarnation im selben Leben.

Bevor ich im New Life anfing, ließ ich mir die Haare kurz schneiden und blau färben. Meine blaue Periode. Mit Picassos Friedenstaube als Tattoo auf meinem rechten Oberarm.

Dann, endlich, der ultimative Befreiungsschlag.

Geduld, Joy, Geduld, hatte ich mich ermahnt. Irgendeinmal bietet sich die Gelegenheit. Irgendeinmal wirst du allein sein mit ihm. Und ich wurde belohnt für mein Ausharren. Ein elektrischer Schlag mit dem Taser ist sauber, sauber wie der Strom aus der Dose. Keine Spuren. Weder an Bells Leiche, noch was das Motiv betrifft.

Ich bereue nichts. Rache ist immer auch ein Kahlschlag, ein Kahlschlag in der Seele des Rächers, heißt es. Mag sein. Aber jeder Kahlschlag bringt auch mehr Raum, freiere Sicht. Auf das, was dahintersteckt.

Verglichen mit dem, was die meisten Menschen um sich herum aufziehen, sind die Wände unserer Siedlung Muster an Ehrlichkeit. Seitdem sie meine geliebte Rotbuche gefällt haben, schönt nichts mehr diese schwarzgefleckten Mauern. Friede den Hütten, wie Onkel Charlie immer zu sagen pflegt. Können ja nichts dafür, dass irgendwelche Arschlöcher sie so entworfen haben. Hingeklotzt innerhalb eines feuchten Winters.

Papas Bruder war Stadtbaumeister, bis er ihnen zu kritisch wurde. Er weiß, wovon er redet, wenn er über die neuen Wohnblöcke herzieht, die überall in den Himmel schießen.

Diese Hasenställe sind schon verschimmelt, bevor sie bezogen werden ...

Früher mochte ich Charlie nicht, fand ihn zynisch. Jetzt verstehe ich ihn gut. Freiere, klarere Sicht, wie gesagt; auf miese Hasenställe und auch auf dich, Schwester Mond. Meine bleiche Schwester – so habe ich dich genannt, wenn ich auf unserem Balkon Zwiesprache hielt mit dir. Als dein Antlitz noch gesprenkelt war vom Blattwerk und Geäst eines Baums, der im Weg war. Der nicht ins Bild passte. Dessen Wert nur die erkennen, die eine hoffnungslos altmodische Einstellung haben zur Welt.

Das ist die nackte, beschissene Wahrheit.

Heute habe ich Bells Alte wiedergesehen. Sie hat mir in die Augen geschaut, selbstsicher wie eine Adelige. Früher wirkte sie ausgemergelt, mitgenommen. Das perfekte Opfer. Eine von denen, die sich ständig damit quälen, was sie alles falsch gemacht haben. Und genau das bringt mich zur Weißglut: dass wir immer die Schuld bei uns suchen! Dafür, dass irgendein Bell uns anbellt, schlägt, missbraucht.

Es ist gut zu wissen, dass Otto Bell das nie wieder machen wird. Dass zumindest Otto Bells Mops nicht mehr hopst ...

Adele Bell hat sich auf die Theke gestützt und einen Energydrink bestellt. *Einen ganz großen*, hat sie gesagt und gelächelt. *Man gönnt sich ja sonst nichts.*

Ich habe ihr zugenickt wie einer alten Freundin. Dabei bin ich gut und gern dreißig Jahre jünger als sie.

Und sie hat zurückgenickt. Als wüsste sie, wie viel wir beide gemeinsam haben. Beziehungsweise gemeinsam losgeworden sind.

Der Einzige, der etwas ahnen könnte, ist Edgar, mein Chef. Was der mir unter die Nase gerieben hat in letzter Zeit ...

Man habe schon von manch komischen Unfällen in Fitnessstudios gehört; von Leuten, die in der Sauna zusammenbrechen, die Tür nicht mehr aufkriegen und einen Kreislaufkollaps erleiden. Oder von Solariumbesuchern, die zu Tode geschmort werden, weil die Sicherheitsbügel defekt sind. Sich selbst mit einer Langhantel umzubringen, das sei aber vor Bell noch keinem gelungen. Und wie er mich dann noch auf den Tag der offenen Tür angequatscht hat: *Was macht eine junge Dame wie du bei so einer Veranstaltung?* Womöglich hat er eine vage Vorstellung davon, wie es gelaufen ist. Eine sehr vage. Aber selbst wenn er es mit Sicherheit wüsste – ich würde mir keine Sorgen machen.

Nein, Edgar wird mich nicht verraten.

Ich habe das Glänzen in seinen Augen gesehen, damals, als sie Bell hinausgetragen haben. Vielleicht bin ich ihm sogar zum Vorbild geworden? Auch wenn er sich jetzt an nichts mehr erinnern kann – ich kann es! Ich habe zwar nicht gehört, was er mit Bells Kumpel zu besprechen hatte, aber er sah immer fürchterlich verspannt aus dabei.

Wer weiß, vielleicht ist ja auch Johannes Reichert nicht eines ganz natürlichen Todes gestorben?

Mitte Mai 2010

Der Mensch möchte immer besser sein, als er ist – ein an und für sich tröstlicher Gedanke. Bloß: Vermag er diesen Gedanken auch umzusetzen, ohne in ein noch größeres Übel zu schlittern? Selbst Mörder pochen gerne darauf, dass sie mit ihrer Tat etwas wieder einrenken wollten.

Wenn ich an all meine tollen Gelübde denke – allesamt angekündigte Revolutionen, die nicht stattfanden ...

So wie der auf Büttenpapier gekritzelte Schwur, nie wieder masturbieren zu wollen. Wie alt warst du damals? Fünfzehn, sechzehn? Das teure Papier hast du extra dafür erstanden. Oder die angeblich letzte Packung Zigaretten: Mit einem mächtigen Brotmesser hast du jeden einzelnen der Sargnägel zerstückelt, und du hast dich großartig gefühlt dabei, als Kämpfer wider das Gift dieser Welt. Was ist geblieben von all dem?

Nackt betrachte ich mich im Spiegel. Mein hängender Bauch grinst mir entgegen. Okay, grinse ich zurück, schön, ich geb's ja zu: Es-ist-alles-nichts-wert. Keiner von uns. Aber wozu dann dieser ungeheure Aufwand, sechzig, achtzig, hundert Jahre lang? Wenn doch eh alles in allem nichts zählt?

Eine Gegenfrage, sagt das Spiegelbild: Wenn alles nichts wert sein soll, wenn eh nichts zählt auf dieser Welt – wieso kommst du mir dann immer mit diesem elenden Gejammer?

Gejammer?

Ja, dein Gewinsel, dein Gesudere – nenne es, wie du willst! Wer einen Satz mit *Wozu* beginnt, ohne an einen Schöpfer zu glauben, ist ein hoffnungsloser Lamentierer. Wie ein Windjammer ohne Wind – ein wahres Bild des Jammers! Wenn schon, denn schon, Edgar, wenn schon, denn schon!

Du meinst ...?, dämmert es mir.

Genau, nickt der andere, Spiel oder nicht Spiel, das ist die einzige Frage, die sich stellt. Ob es dafür einen Gott braucht, ist zweitrangig. Und gesetzt den Fall, es gäbe ihn: Vielleicht ist er ja selbst ein Spielertyp, vielleicht würfelt er ja doch? Wenn du meinen Rat willst: Wer sich einmal entschieden hat, sollte diese Entscheidung nicht ständig hinterfragen.

Danke, sage ich, das hilft mir sicher weiter. Meine Hand sucht den Lichtschalter.

Bitte sehr, sagt der andere und zieht sich dezent aus dem Spiegel zurück.

*

Was würde ich jetzt nicht geben für einen lieben Gott!

Es bräuchte nur ein ganz kleiner, alter, verschrumpelter sein. Einer, zu dem du beten kannst – vertrauensvoll, inbrünstig, mit seligem Blick. An dessen grauen Bart du dich klammerst, wenn der Boden schwankt. Wenn die Falltür sich öffnet unter dem armen Sünder.

Bringst du diese katholischen Bilder denn nie aus dem Schädel! Gerade dann tauchen sie auf, wenn du es am wenigsten erwartest.

Wahrscheinlich habe ich zu oft *Vater* zu ihm gesagt in meinen Gebeten, Predigten, Träumen. Jetzt lässt er mich auch als Toter nicht in Frieden. Lässt mich nicht ran an mein eigenes bisschen Leben.

Vielleicht muss ein Agnostiker einfach einen finden, der für ihn betet? Ach komm, vergiss es! Einen solchen Aberglauben darfst du dir nicht mehr erlauben.

Nicht einmal im Scherz.

*

Ich kann nicht behaupten, dass mich die alles entscheidenden Fragen kalt lassen, aber ich gewöhne mich an sie. Wer gewöhnt sich nicht an das Grauen, wenn es nur lange genug dauert? Wie Pater Xaver an seinen Nichtglauben ...

Bin tatsächlich *ich* es, der den Gewissenlosen auf dem Gewissen hat?

Die Hand auf dem Video – war es meine?

Habe ich mein Wissen um Reicherts Krankheit genutzt und seine Medikamente ausgetauscht? Ersetzt durch ein Präparat ohne Wirkung?

Auch mein Gefasel auf dem Sprachmemo, *gnadenlos* sein zu wollen: ein starkes Indiz. Jedenfalls für mich, der ich das Motiv kenne. Kein verwertbarer Beweis natürlich im strafrechtlichen Sinn. Nichts, weswegen einen ein Staatsanwalt vor ein irdisches Gericht bringen könnte. Und ein anderes existiert ja nur in den naiven Köpfen der Gläubigen.

Wie auch immer: Eine letzte Gewissheit gibt es nicht.

Aber gibt es die je?

Und was, wenn die Erinnerung doch noch zurückkehrt? Bruchstücke wenigstens, *Erinnerungsinseln im Meer der vergessenen Zeit*, um Dr. Sellners geschwollenen Jargon zu bemühen. Würde es etwas ändern? Wäre ich dann jemand anders – besser, schlechter?

*

Würde ich heute mein Vermächtnis zu Papier bringen, es müsste handeln von meinem Zorn auf die Kirche, der zwar kein heiliger, aber ein profunder ist und der nichts zu tun hat mit den so heftig diskutierten Schandtaten einzelner Diener Gottes. Es gibt einen viel allgemein gültigeren, viel tiefer gehenden Missbrauch. Er wütet dort, wo immer sie, die Seelenfänger, das Wort *Seele* für sich und ihre Engherzigkeit in Beschlag nehmen, wenn sie schon die Kinderseele mit Höllenfeuer ausbrennen und Fröhlichkeit und Lust aus ihr herauspeitschen. Dieser Missbrauch zerstört nachhaltig, es ist ein fortwährender und er schreckt vor nichts und niemandem zurück. Nicht einmal das Allerheiligste bleibt verschont: unsere Suche nach dem Himmel auf Erden. Stattdessen ziehen sie die Erde in den Dreck und spalten den Himmel von ihr ab.

Sie!

In einer Kurzgeschichte enthüllt Kafka ihre Methode.

Wie standen sie einem noch gegenüber, selbst wenn man ihnen schon längst entlaufen war, wenn es also längst nichts mehr zu fangen gab! Wie setzten sie sich nicht, wie fielen sie nicht hin, sondern sahen einen mit Blicken an, die noch immer, wenn auch nur aus der Ferne, überzeugten! Und ihre Mittel waren stets die gleichen: Sie stellten sich vor uns hin, so breit sie konnten; suchten uns abzuhalten von dort, wohin wir strebten; bereiteten uns zum Ersatz eine Wohnung in ihrer Brust, und bäumte sich endlich das gesammelte Gefühl in uns auf, nahmen sie es als Umarmung, in die sie sich warfen, das Gesicht voran.

Entlarvung eines Bauernfängers, so heißt die Geschichte. Aber ich hatte immer das Gefühl, *sie* meinte weniger jene Schlepper, die naive Burschen vom Land in die Bordelle der Großstadt locken wollen, als vielmehr die Hohepriester aller Herren Länder.

Nein, ich werde kein Vermächtnis hinterlassen – wer würde es lesen, wer gar eine Schlussfolgerung daraus ziehen? Wir sind allesamt geprägt von dieser Kultur, dieser Unkultur, von der ersten Stunde an. Und schütteln wir auch mit viel Glück das eine oder andere Teufelchen aus unserem Pelz: das teuflische Grundmuster bleibt. Meine größte Furcht besteht darin, auf dem Sterbebett wieder schwach zu werden und nach einem Priester zu rufen;

nach dieser lästigen Fliege, die sich auf der Hand niederlässt, die sie erschlagen will.

Dann hätte J. R. doch recht behalten: Einmal ein Pfaff', immer ein Pfaff'!

*

Woran ich mich tadellos erinnere, als hätte es nie ein Schädel-Hirn-Trauma gegeben, sind die frühen Jahre. Mein Theologiestudium in Passau, die Wochenendausflüge in den Bayrischen Wald. Bei Arnbruck im Zellertal bin ich erstmals auf die Totenbretter gestoßen, eine makabre Attraktion. Ich konnte mich nicht sattsehen an ihnen. Eine Zeit lang bemühte ich mich sogar, jedes einzelne Brett fotografisch festzuhalten.

Was ihrem Sinn und Zweck natürlich diametral zuwiderlief. Aber das verstand ich damals noch nicht.

Mich hat die Einbettung des schlichten Holzes in ein für alle gleichermaßen gültiges Ritual fasziniert. Es war, als hätte sich Hofmannsthal hier die Inspiration für seinen Jedermann geholt.

Der Tote wird auf der Latte ein paar Tage lang aufgebahrt, nach dem Begräbnis versieht man sie mit den wichtigsten Daten des Verstorbenen und mit einem sinnigen Spruch. Später wird das bemalte Holz im Freien, oft am einstigen Lieblingsplatz des Verstorbenen, aufgestellt. Mitunter stehen die Totenbretter in kleinen Grüppchen zusammen, als wollten sie sich miteinander unterhalten. Wie eine Runde Raucher vor ihrer Stammkneipe.

Die Sprüche schildern, was der Tote im Leben geleistet hat, warum er *unvergesslich* ist. Meist läuft es darauf hinaus, dass er oder sie so selbstlos gearbeitet hat.

Sich zu Tode schuften als der Sinn des Lebens? Das fragte ich mich damals.

Heute sehe ich die Bretter in einem anderen Licht. Die Idee, dass die Seele des Toten erst dann Erlösung findet, wenn die Schrift auf dem Totenbrett völlig verwittert ist ... Ich glaube, dass ich diesen Gedanken jetzt endlich begreifen kann: dass erst die Auslöschung, der Zerfall einen wirklich freisetzt.

*

Doch noch lebe ich.

Brennende Dornbüsche gibt es zuhauf in der Wüste. Auch ohne einen Jahwe, der aus ihnen spricht. Ob sie auf Dauer zu wärmen vermögen? Wer kann es wissen. Aber ich weiß jetzt, was zu tun ist. Worum ich mich zu kümmern habe.

Um Furat, den Feurigen; dass keiner ihm seinen Humor raubt.

Um Joy, die Zerbrechliche; dass niemand den gestohlenen Taser findet in einer geheimen Lade.

Und, allen voran, um Regina, meine Königin.

Ich muss endlich mit ihr darüber reden. Muss ihr meinen Fehltritt gestehen, das dumme Techtelmechtel mit Iris, auch wenn es wehtun wird, und sie um Verzeihung bitten. Vielleicht sagt sie mir dann auch, warum sie mein Handy versteckt hat, und was das Schutzengerl droben bei der Sautränke zu suchen hatte.

Dafür sorgen, dass die Tage wieder länger werden! Meine Tage, unsere Tage ... *Aureus numerus nondum est plenus*. Denn die goldene Zahl der Jahre, sie ist noch nicht voll.

Vielleicht sollte ich einfach einen Roman einpacken; keinen Krimi, eher einen sentimentalen Liebesroman, und mit Regina auf Urlaub fahren. Irgendwohin. Wir könnten einander daraus vorlesen, ein Kapitel pro Tag. Heut lese ich für dich, morgen du für mich, wie eine gegenseitige Massage. Es muss ja nicht immer Rilke sein.

Obwohl …

Obwohl ich mich schon frage, was ich mit den *Geschichten vom lieben Gott* heute anfangen könnte, würde ich sie noch einmal durchblättern; die Bilder, deren Kraft mir einst sogar als Beweis galten für Ihn …

Epilog

Ich denke mir, man kann ja nie wissen, ob Gott in einer Geschichte ist, ehe man sie auch ganz beendet hat. Denn wenn auch nur noch zwei Worte fehlen sollten, ja selbst, wenn nur noch die Pause hinter dem letzten Worte der Erzählung aussteht: Er kann immer noch kommen.

Lang ist es her.

Ich habe Onkel Gerhard einen Ausflug versprochen. Der Onkel kann nur mehr im Rollstuhl das Bett verlassen. Wir wollen den Zug nehmen, irgendwo hinaus aufs Land.

Eine Volksschulklasse wartet neben uns auf dem Bahnsteig. Welch ein Gewusel! Die Stimme der überforderten Lehrerin: wie das dünne, spitze Pfeifen einer Maus.

Aus dem Lautsprecher die Durchsage: Achtung, durchfahrender Zug ... Die Kinder kümmert es nicht. Sie tollen herum, als wären sie auf dem Schulhof. Die Lehrerin pfeift weiter ihre hilflosen Ermahnungen. Ich sehe einen Buben, wie er lachend losstürmt auf einen anderen. Dieser, ebenfalls lachend, weicht zurück.

Der Schnellzug reißt ihn mit sich.

Ein zartes, klein gewachsenes Bürschchen. Genau wie der Peter Klein, oder der Niederl Wolfgang. Das Seicherl. Längst weiß ich, was *Seicherl* wirklich bedeutet, ich habe es nachgeschlagen in Onkel Gerhards Mundartwörterbuch: *kleines Sieb zum Abseihen. Übertragen für unentschlossener Mensch.*

In meiner Vorstellung bin ich jetzt wieder auf jenem Bahnsteig, keine drei Meter entfernt von der Rempelei. Immer noch taumelt der Bub, hilflos, schon halb in der

Luft. Gleich wird er von der Bahnsteigkante stürzen. Nur ein Sprung, ein wahnwitziger Sprung, könnte ihn retten ...

Womöglich.

Doch die Chancen stehen schlecht. Man ist nicht mehr der Jüngste, war nie ein Sportler wie ehedem Pater Klaus. Und kein Glaube, der einem Flügel verliehe. Kein Schutzengel weit und breit, zu dem man ein Stoßgebet schicken könnte. Kein Wunder, auf das zu hoffen wäre.

Wenn der liebe Gott tot ist, gibt es keine Gnade.

Aber vielleicht gilt es auch noch nach Gottes Tod, das alte franziskanische Motto:

Herr, gib mir die Kraft, die Dinge zu ändern, die ich ändern kann, die Gelassenheit, das Unabänderliche zu ertragen, und die Weisheit, zwischen diesen beiden Dingen die rechte Unterscheidung zu treffen.

Wenn schon kein gottgefälliges Leben mehr, dann halt ein menschengefälliges.

Also spring, Mensch!

Spring!

Ich danke

Pater Egwin Raffl, Anton Kriegler,
Hans Poiger, Walter Widder, Manfred Scheel,
Birgit Waldenberger und meiner Frau Sibylle
für Anregungen, Kritik und Unterstützung.

Die Arbeit an diesem Buch erfolgte zum
Gutteil im Atelier des Landes Oberösterreich
in Český Krumlov/ Krumau. Herzlichen Dank
auch hiefür.

Inhalt

Franz Kabelka
Heimkehr
Kriminalroman
234 Seiten, fest gebunden mit Schutzumschlag
€ 19.90/SFr 33.90
ISBN 978-3-85218-445-6

Der Mord an einem Schriftsteller führt Chefinspektor Anton („Tone“) Hagen hinter die Fassade des gutbürgerlichen Familienlebens seiner Vorarlberger Heimat.

Chefinspektor Tone Hagen kehrt nach Jahren bei der Linzer Kriminalpolizei nach Vorarlberg heim. Einen Tag nach seinem Dienstantritt wird in Feldkirch ein Schriftsteller ermordet – genauer: geköpft, und zwar mit einer mittelalterlichen Hellebarde. Neben der Leiche findet man ein Manuskript, das den Mord literarisch vorwegnimmt. Mit einer wesentlichen Abweichung in der Person des Opfers freilich.

Die Töchter des Ermordeten, eine davon mit einem Türken der zweiten Generation verheiratet, scheinen ihrem Vater nicht sonderlich nachzutrauern. Türkische Kreise und das regionale Schriftstellermilieu sind denn auch zunächst das Umfeld, in dem Hagen und seine neuen Kollegen ermitteln. Doch die Spuren sind rar. Da passiert ein zweiter Mord ...

„Der gebürtige Linzer Franz Kabelka erzählt bedächtig, detailfreudig und bodenständig eine Geschichte, die gut ohne allzu bemühte Knalleffekte auskommt.“
Der Standard, Ingeborg Sperl

„Wirklich großartig ... ein Kriminalroman vom allerfeinsten.“
WDR 5, Ulrich Noller

Franz Kabelka
Letzte Herberge
Kriminalroman
240 Seiten, fest gebunden mit Schutzumschlag
€ 18.90/SFr 33.40
ISBN 978-3-85218-513-2

Sein zweiter Fall führt Chefinspektor „Tone" Hagen tief ins subkulturelle Milieu seiner Heimat: Ausgerechnet am Weihnachtsabend wird in der Ruine der Heidenburg eine Leiche gefunden, die als Paul Pröll identifiziert wird – ehemaliger Slalomstar und nunmehr Bewohner der „Herberge", wie das Obdachlosenheim nahe Bludenz genannt wird. Aber wer ist für Paulis Tod verantwortlich? Sind Eifersucht, Neid, Hass die Motive? Oder war es Selbstmord? Und als wären das noch nicht genug der Fragen, steht Tone Hagen auch in seinem Privatleben vor Turbulenzen: Drei Jahre nach seiner Rückkehr hat er in seiner eigentlichen Heimat noch nicht recht Fuß gefasst, und seine generelle melancholische Grundstimmung droht sich zur ausgewachsenen Midlife-Crisis zu entwickeln.

Franz Kabelka erzählt auch in seinem zweiten Kriminalroman mit trockenem Humor und psychologischer Raffinesse und führt den Leser an die unterschiedlichsten Schauplätze, vom Obdachlosenmilieu bis hin zur Welt des saturierten Großbürgertums.

„Franz Kabelka beweist auch diesmal wieder sprachliche Versiertheit, Witz und Intelligenz."
KULTUR, Annette Raschner

„... ein lesenswerter österreichischer Krimi."
Bibliotheksnachrichten, Michaela Grames

www.haymonverlag.at

Franz Kabelka
Dünne Haut
Kriminalroman
224 Seiten, fest gebunden mit Schutzumschlag
€ 19.90/SFr 35.90
ISBN 978-3-85218-574-3

Der dritte und letzte Fall des eigensinnigen Vorarlberger Chefinspektors Tone Hagen: eine detektivische Spurensuche in einer Welt zwischen Wahn und Wirklichkeit.

Chefinspektor Tone Hagen ist zurück: Nicht in der Bregenzer Kriminalabteilung allerdings, sondern als Patient in einer psychosomatischen Klinik in Süddeutschland – ausgebrannt von jahrelangem Polizeidienst und privaten Tiefschlägen, soll er sich dort eine Auszeit nehmen.

Doch dann wird Hagens kriminalistischer Instinkt von den dunklen Geheimnissen geweckt, die die Klinik zu bergen scheint: Unter den Patienten toben Kämpfe, ebenso in der Ärzteschaft. Im Auge des Hurricans: Marie Therese Herbst, eine Borderline-Patientin, die Hagen immer näher rückt. Aber bald steigen Zweifel in Hagen auf: Kann er den Erzählungen der verführerischen Frau trauen – und seinem eigenen detektivischen Gefühl? Sind die gefährlichsten Verbrechen die realen oder jene, die sich nur im Kopf abspielen? Die Antwort auf diese Fragen bringt Hagen in Lebensgefahr …

„Franz Kabelkas schlanker Krimi ist eine ausbalancierte Wanderung zwischen Wahnwelten und Wirklichkeit, er hat nicht nur Dramatik, sondern auch Humor und eine eigene Kauzigkeit, die schon die zwei vorangegangenen Bücher kennzeichnet.“
Der Standard

„Kabelkas Tatwaffe ist das Wort, das reine Wort, wer sich in seinen Bann begibt, der wird keine ruhige Minute mehr durchleben, bis er dieses Buch überwältigt hat. Ein wahres Leseerlebnis.“
Bücherschau, Adalbert Melichar